ज्ञान गरिमा के
70 वर्ष

भारतीय
ज्ञानपीठ

शब्द

(कहानी-संग्रह)

शब्द

बसंत त्रिपाठी

भारतीय ज्ञानपीठ

लोकोदय ग्रन्थमाला : ग्रन्थांक 1275

ISBN 978-93-263-5449-3

शब्द
(कहानी-संग्रह)
बसंत त्रिपाठी

प्रथम संस्करण : 2016
मूल्य : 200 रुपये

प्रकाशक : **भारतीय ज्ञानपीठ**
18, इन्स्टीट्यूशनल एरिया, लोदी रोड, नयी दिल्ली-110 003

मुद्रक : विकास कम्प्यूटर्स ऐंड प्रिन्टर्स, दिल्ली-32

आवरण : महेश्वर

SHABD
(Short-stories)
By Basant Tripathi

Published by
Bharatiya Jnanpith
18, Institutional Area, Lodi Road, New Delhi-110 003
Ph. : 011-24698417, 24626467; 23241619 (Daryaganj)
Mob. : 9350536020; e-mail : bjnanpith@gmail.com
sales@jnanpith.net; website : www.jnanpith.net

First Edition : 2016
Price : Rs. 200

अग्रज कथाकार मित्र मनोज रूपड़ा के लिए
जिनके साथ रहते हुए कहानी लिखने की इच्छा जागी

और नवीन वैद के लिए
जिसकी राय और इच्छाओं के कारण यह मुमकिन हो सका

अनुक्रम

तीन दिन

'उच्च श्रेणी के पौधों और जन्तुओं में भिन्नता की पहचान आसान है लेकिन निम्न श्रेणी के पौधों और जन्तुओं में नहीं, क्योंकि उनकी जैविक प्रविधि में दोनों ही वर्गों की विशिष्टताएँ होती हैं। युग्लीना और वोल्वोक्स ऐसे ही निम्न श्रेणी के जीव हैं। उन्हें जन्तु-विज्ञान और वनस्पति-विज्ञान दोनों में ही रखा जा सकता है।'

प्रो. सिन्हा पिछले बत्तीस वर्षों से पौधों और जन्तुओं के मूलभूत अन्तर और उनकी जैविक जटिलताओं को अपनी कक्षा में विद्यार्थियों को समझाते रहे हैं और आज भी, कल के अपने लेक्चर की तैयारी की कोशिश कर रहे थे। लेकिन आज... वोल्वोक्स... युग्लीना... फाँस की तरह उनके ज़ेहन में कोई बात चुभ गयी। उन्होंने कुर्सी की पीठ से अपनी पीठ टिका दी और किसी गहरी चिन्ता में डूब गये।

थोड़ी देर तक इसी तरह बैठे रहने के बाद प्रो. सिन्हा अपनी तैयारी को अधूरा छोड़ फिर बालकनी में आ गये। भिखारी अब भी वैसे ही बैठा था... उकड़ूँ... उसकी नंगी पीठ को दिसम्बर का युवा सूरज चमका रहा था। प्रोफेसर की आँखें भिखारी पर टिकी थीं और वे मन्त्र की तरह बुदबुदा रहे थे.... निम्न श्रेणी के जीव.... वोल्वोक्स और युग्लीना... निम्न श्रेणी के जीव.... वोल्वोक्स और युग्लीना....

अभी दो घंटे पहले से लेकर गुज़रे तीस वर्षों के लम्बे अन्तराल में प्रो. सिन्हा ने कभी इतनी बेचैनी महसूस नहीं की जितना कि वे अब कर रहे थे।

(इससे पहले कि मैं आगे का हाल बयान करूँ, ज़रूरी है, आप प्रो. सिन्हा से परिचित हो जाएँ।)

प्रो. सिन्हा दुनियावी भाषा में बेहद नीरस, एकाकी और पागलपन की दुनिया का दरवाज़ा खटखटाते एक अधेड़ व्यक्ति हैं। दुनिया उनके लिए अनुपस्थित है और वे दुनिया के लिए। उनके और दुनिया के बीच केवल उनका पेशा और ज़रूरत भर की चीजों का रिश्ता है, जिन्हें कॉलेज से लौटते हुए वे किसी भी दुकान से खरीद लिया करते हैं।

तेजी से दौड़ रहे महानगर के उस अपार्टमेंट में रहनेवालों के लिए प्रो. सिन्हा

एक अजीब से व्यक्ति थे। उनके अलावा वहाँ रहनेवाले सभी लोग सभ्य, शरीफ और दुनियादार थे। सीढ़ियाँ चढ़ते-उतरते जब उनकी नज़रें मिलतीं तो औपचारिक मुस्कराहट से एक-दूसरे का अभिवादन करते, शब्द लेकिन तब भी खामोश ही रहते थे। खामोशी उनका धर्म था, हालाँकि सभी अपने-अपने कामों में कोलाहल के आदी थे। फिर भी प्रो. सिन्हा की चुप्पी उन्हें खलती थी।

चुप्पी में भी कुछ अनकहे से शब्द होते हैं। सभी उन शब्दों का इस्तेमाल करते हैं। प्रो. सिन्हा की चुप्पी लेकिन खालिस थी। बिना किसी मिलावट के शुद्ध और बुझी हुई चुप्पी!

प्रो. सिन्हा का पूरा नाम दामोदर शक्तिपद सिन्हा है। औसत कद के दुबले-पतले अधेड़ व्यक्ति, उम्र छप्पन साल, माथे पर घाव का गहरा निशान, नाक थोड़ी लम्बी और नुकीली, लेकिन आँखें...बुझ रही सिगड़ी के अधजले कोयले-सी। वे इस अपार्टमेंट के सबसे ऊपरी माले में पिछले सत्रह वर्षों से रह रहे हैं। उन्हें जाननेवाले उनके बारे में कुल इतनी ही बातें जानते हैं। इसके अलावा एक और बात, कि वे एक निजी कॉलेज में वनस्पति-विज्ञान के रीडर और विभागाध्यक्ष हैं और कॉलेज से घर की कुल तीन किलोमीटर की दूरी पैदल ही तय करते हैं।

बीसवीं शताब्दी के समाप्त होने में अभी तीन साल बाकी थे। बाज़ार को इक्कीसवीं सदी के नाम का एक नया, चमचमाता मोहरा मिल गया था लेकिन यह मोहरा प्रो. सिन्हा के आगे नाक रगड़ता था। उनके पिता शक्तिपद सिन्हा सेना में हवलदार थे और द्वितीय विश्वयुद्ध के दौरान, 1940 में, मित्र राष्ट्रों की ओर से लड़ते हुए लापता हो गये थे। प्रो. सिन्हा को तब माँ की गर्भ में आए कुल तीन महीने ही हुए थे। युद्ध में लापता होने के कारण हवलदार शक्तिपद सिन्हा मरे हुए मान लिये गए थे लेकिन उनकी पत्नी ने इसे कभी स्वीकार नहीं किया।

द्वितीय विश्वयुद्ध की समाप्ति के बरसों बाद तक माँ या तो बालक दामोदर को पाल-पोस कर बड़ा करने के लिए रात-रातभर जागकर कपड़े सिलती रही या अपने पति का इन्तज़ार करती रही। उसने अपने दूर-पास के सभी रिश्तेदारों से बड़े क्रूर तरीके से रिश्ता तोड़ लिया था।

माँ अपने बच्चे दामोदर को प्यार नहीं करती, ऐसा नहीं था, लेकिन उनका दिमाग अपनी जगह से हिल गया था। वह उपस्थित दुनिया से लगातार अनुपस्थित होती जा रही थी। दामोदर ने अपने किशोर वय में ही देखा कि माँ को हिस्टीरिया का दौरा पड़ने लगा था। दौरे के क्षणों में माँ बहुत हिंसक हो जाती थी और हिटलर को चुन-चुनकर मर्दाना गालियाँ बकती थीं। उस समय दामोदर कोने में सहमा खड़ा माँ को एकटक देखता रहता। ऐसे ही दौरे के दौरान माँ ने एक बार पीतल का भारी लोटा उसके सिर पर दे मारा था जो उनकी निशानी के रूप में प्रो. सिन्हा के माथे पर

आज तक है।

दौरे के बाद माँ अकसर बेहोश हो जाती थी। माँ के शान्त हो जाने के बाद दामोदर धीरे-धीरे उनके पास जाता और मुँह पर पानी के छींटे मारता। थोड़ी देर बाद माँ को होश आ जाता और वो कपड़े सिलने लगती। प्रो. सिन्हा ये कभी नहीं जान पाए कि होश में आने बाद माँ को अपने पिछले कृत्य याद रहते थे या नहीं। लेकिन उनके जेहन में आज तक घृणा और हिंसा से सनी वे आँखें और शान्त होते समय उनमें उतरता शून्य खुदा हुआ है।

किशोरावस्था तक आते-आते दामोदर भी एक चुप्पे आदमी में बदलता चला गया। कक्षा में वह एक चुप छात्र था और इतना चुप कि मास्टर की छड़ी खाकर भी सी-सी की आवाज नहीं करता था। दोस्त तो, खैर, उसका कोई था ही नहीं, सहपाठी अकसर तंग किया करते थे, जिनका उस पर कोई असर नहीं होता था। वह जितना बाहर से कटता गया, उतना ही भीतर का संसार खुलता गया।

दामोदर अपनी मेहनत से प्रो. सिन्हा में बदल गया, लेकिन माँ की बीमारी ठीक न हुई। कॉलेज में लेक्चरर की नौकरी पा जाने के बाद प्रो. सिन्हा ने बहुत कोशिश की कि माँ को अपने साथ शहर ले आए लेकिन माँ तैयार नहीं हुई। उसे अब तक अपने पति का इन्तजार था। अन्ततः हारकर प्रो. सिन्हा रोज पैंतीस किलोमीटर अप-डाउन करने लगे।

प्रो. सिन्हा महसूस कर रहे थे कि माँ धीरे-धीरे मौत की ओर बढ़ रही है, लेकिन वे कुछ कर नहीं सकते थे...और सच पूछो तो कुछ करना भी नहीं चाहते थे। पच्चीस साल से उन्होंने माँ को एक रहस्यमय दुख में तड़पते देखा था। उनकी आर्थिक स्थिति ठीक होने के बाद भी माँ की तड़प कम नहीं हुई। इसलिए प्रो. सिन्हा की आन्तरिक अदालत ने मौत को, तड़प से मुक्ति के एकमात्र उपाय के रूप में स्वीकार कर लिया था।

लेकिन मुक्ति...मौत...इतनी आसान नहीं होती।

अन्तिम समय में प्रो. सिन्हा जब भी कॉलेज से लौटते, माँ उन्हें अपने सीने से चिपटा लेती और माफी माँगने लगती और बार-बार अपने पति की शिकायत करती। उन्हें शायद लगता था कि उनके पति उसी कमरे में ही है। कई बार वह अपने पति से शिकायती लहजे में बात भी करती थी। वह बातचीत इतनी त्रासद और कातर होती थी कि प्रो. सिन्हा आज भी उसे याद करते हुए सहम जाते हैं। माँ कहती थी—

'इतने बरसों बाद लौटे हो...न मेरी फिक्र न दामोदर की...हाँ, तुम्हें तो वीर कहलवाने का शौक था न... शहादत की जल्दी मची थी न...लेकिन देखो, तुम्हारी शहादत बेकार गयी...मैंने तुम्हें कभी शहीद नहीं कहा और न ही अपने सामने किसी को कहने दिया...मैंने पेंशन तक नहीं ली...तुम्हारी मौत कभी मुझसे जीत नहीं

पायी... तुम्हारी मौत बेकार गयी...।'

फिर सहसा अपने जवान बेटे से माफी माँगने लगती।

प्रो. सिन्हा आज तक समझ नहीं पाये कि माँ उनसे माफी क्यों माँगती थी? जब माँ मरी तब भी उनकी हथेलियाँ माफी माँगने की मुद्रा में ही आपस में जुड़ी हुई थीं।

माँ की मौत के बाद प्रो. सिन्हा ने अपने आपको सार्वजनिक जीवन से पूरी तरह काट लिया। उन्होंने घर में ताला लगाया और उसे चुपचाप ढह जाने की खुली छूट देकर इस शहर में बस गये। वे सामान के नाम पर माँ का पुराना ट्रंक, अपनी किताबें और कुछ कपड़े ही साथ लाए थे। शुरुआती तेरह साल तक वे एक किराये के मकान में रहे और फिर शहर के इस सभ्य और शान्त इलाके में फ्लैट खरीद लिया, जिसमें कि अभी वे रह रहे हैं।

आज रविवार का दिन था। प्रो. सिन्हा हर रविवार को किसी ज़रूरी काम की तरह सुबह-सुबह निकल जाते और बेवजह सड़क पर घूमते रहते थे। घूमने के दौरान शहर का कोई भी चेहरा या दृश्य उनके भीतर आकार नहीं लेता था। दो-तीन घंटे अपने आप में डूबे हुए घूमते रहने के बाद वे अखबार, दूध का पैकेट, सब्जियाँ और अंडे लेकर लौट आते।

आज जब वे लौट रहे थे एक भिखारी को अपार्टमेंट के गेट के बाहर उकड़ूँ बैठे हुए देखा। भिखारी शौच की मुद्रा में जमीन पर बैठा था, अपने दोनों हाथों की उँगलियों को गालों पर रखे हुए। उसकी हथेली के निचले हिस्से ठुड्ढी के पास एक-दूसरे को स्पर्श कर रहे थे। भिखारी की आँखें बिलकुल स्थिर थीं। उसका चेहरा चमक से मुक्त था। बाल अपना रंग खोकर भूरे हो चुके थे और आपस में उलझने लगे थे। हाथों और पैरों में जान बाकी है या नहीं, कुछ कहा नहीं जा सकता। पैरों को तो जमीन ने जैसे जकड़ रखा था!

प्रो. सिन्हा भिखारी को घूरते हुए उसके पास से निकले। भिखारी उन्हें थोड़ा अजीब-सा लगा, विशेषकर उसकी बैठने की मुद्रा।

अपने फ्लैट के भीतर आकर प्रो. सिन्हा ने सारा सामान मेज पर रखा और बालकनी में आ गये। भिखारी वैसे ही बैठा था। वे उसे गौर से देखने लगे।

भिखारी को देखते हुए प्रो. सिन्हा के आन्तरिक संसार में कौन-से परिवर्तन हो रहे थे, ये वो खुद नहीं समझ पा रहे थे। लेकिन उन्हें ऐसा लग रहा था जैसे उनके भीतर का उदास रंग तेजी से बदल रहा है। वह इतनी तेजी से बदल रहा था कि उसे बर्दाश्त करना उनके बूते के बाहर की बात थी।

हालाँकि भागने का उन्हें अभ्यास था। पिछले तीस वर्षों से भागते-भागते वे भागने के इतने अभ्यस्त हो चुके थे कि उन्हें अब प्रयास भी नहीं करना पड़ता था।

भागना उनकी दिनचर्या का हिस्सा बन चुका था।

प्रो. सिन्हा ने इस बार भी अपने अभ्यास पर भरोसा किया और भीतर आकर कल के अपने लेक्चर की तैयारी करने लगे। लेकिन इस तैयारी ने प्रो. सिन्हा को फिर उसी दुनिया में ला पटका, जिससे वे भाग जाना चाहते थे! निम्नश्रेणी के जीव... वोल्वोक्स और युग्लीना...।

वे बाल्कनी में आ गये और अपनी आँखें भिखारी की पीठ पर गड़ा दीं। दो घंटे तक बिना हिले-डुले एक ही मुद्रा में कोई कैसे बैठा रह सकता है!

सूरज आसमान का छोर पकड़कर चढ़ते-चढ़ते ठीक आसमान के बीचोबीच धमक चुका था। उसकी चमक भिखारी की नंगी, खुरदुरी और मटमैली पीठ को सहला रही थी। प्रो. सिन्हा उस नामुराद जिस्म में किसी हरकत का मंसूबा पाले बालकनी में तैनात थे। बरसों बाद उनकी आँखें किसी मनुष्य पर स्थिर हुई थीं। लेकिन यह मनुष्य अपने मनुष्य होने का कोई संकेत नहीं दे रहा था। प्रो. सिन्हा परेशान हो गये और चिढ़कर फिर भीतर आ गये। उन्होंने अपना डिसेक्शन बॉक्स खोला और एक गुड़हल के फूल की चीर-फाड़ करने लगे, जिसे वे रास्ते से उठा लाये थे।

गुड़हल की सारी पंखुड़ियाँ नोचने के बाद प्रो. सिन्हा ने हलका-सा चीरा लगाया और उसके तन को फैलाकर भीतर के सफेद कणों का मुआयना करने लगे। वे आवर्धक लैंस द्वारा इतने गौर से फूल को देख रहे थे मानो उसके भीतर किसी ज़रूरी चीज को तलाश रहे हों। फिर अधूरी तलाश की बेचारगी के भाव से भरकर उस चिथड़े-चिथड़े फूल को डस्टबीन में डाल दिया और बिस्तर पर लेट गये। उनकी आँखें घूमते पंखे पर टिकी थीं और दिमाग गहरे पानी में निर्मित भँवर की तरह शान्त, लेकिन चुम्बकीय आकर्षण से भरा था। आँखों के भीतर धीरे-धीरे वर्तमान का अँधेरा पसरने लगा, जिसे गुज़रे ज़माने की धूल ने लपेट रखा था। वे अपनी आँखें, चेहरे और दिमाग में जलन महसूस करने लगे।

प्रो. सिन्हा बोझिल कदमों से उठे। अपनी आँखों और चेहरे को अच्छे से धोया और बालकनी का दरवाजा बन्द कर दिया। वे उस वर्तमान में नहीं आना चाहते थे जहाँ से बेलौस अतीत का नंगापन दिखाई पड़े। उनके भीतर, उनकी ही इच्छा के विरुद्ध एक ऐसा युद्ध शुरू हो गया जिसके उद्देश्य तक से वे वाकिफ न थे। वे जितना उसे टालते जाते, उतना ही वह बढ़ता हुआ विकराल रूप लेता जाता।

प्रो. सिन्हा ने कई तरह से अपने आपको बचाने की कोशिश की—अपनी प्लास्टिक की पुरानी चप्पल निकालकर उसे रगड़कर धोया, रात के जूठे बर्तनों को मल-मलकर साफ किया, कुछ नयी प्रजाति के पौधों के नाम याद किये, मैले कपड़े धोने के लिए उन्हें बाल्टी में भिगो दिया, शक्कर के डिब्बे के भीतर जो चींटे चल

रहे थे उन्हें चम्मच से निकाल-निकालकर आज़ाद कर दिया, गैस के बर्नर को सुई से साफ किया, और ऐसे ही कई काम; जिनकी कोई परिभाषा या औचित्य उनकी शब्दावली में नहीं था, लेकिन नहीं, बाहर जो दृश्य उन्हें चुनौती दे रहा था, उससे बचने का कोई सीधा रास्ता उनके पास नहीं था। दो-तीन घंटे तक अपने आपको बचाने की असफल कोशिश करने के बाद वे अपनी ही इच्छा के विरुद्ध, मानो मन्त्र-बिद्ध हो, खुद को बालकनी में खड़ा पाया। यह ठीक-ठीक कब हुआ, उन्हें खुद नहीं मालूम।

सूरज को पृथ्वी को अभी अलविदा कहने में देर थी और भिखारी अब भी वैसे ही बैठा था... उकड़ूँ...।

प्रो. सिन्हा को महसूस हुआ कि जैसे हजारों लाल चींटियों ने उनके वजूद को घेर लिया है और अपने महीन अम्लीय डंकों से उनके जिस्म को छेद रही हैं। उनकी आत्मा, जिसे बरसों पहले ताबूत में बन्द कर समुद्र में फेंक दिया गया था, अचानक उनके शरीर में प्रविष्ट हो गयी थी। उसे राख और पत्थर के चूरे से रगड़ा जा रहा था... किर्र किच... किर्र किच... उनके दाँतों में दर्द की ठंडाई दौड़ गयी। अब भागना बेकार था। किसी ने उनकी अपलक निस्तेज आँखों में नाखून चुभो दिया था।

प्रो. सिन्हा गौर से अपने सामने के चुनौतीपूर्ण दृश्य को देखे जा रहे थे। आज बरसों बाद माँ, उन्हें अपनी आँखों के अलावा पूरे वजूद के साथ याद आई। वे मानसिक यातनाएँ याद आईं, जिनके दहशत भरे साये में उनका खामोश बचपन घिसट-घिसटकर बीता था और उनकी रंगहीन जवानी धूसर और बदरंग अधेड़ावस्था में बदल गयी थी। भिखारी ज़मीन पर अचल था और वे अपार्टमेंट के तीसरे माले में। ट्यूशन से घर जाती लड़कियाँ हँसी-ठिठोली, धक्का-मुक्की करती और एक-दूसरे की चोटियाँ खींचती हुई लौट रही थीं। उन्होंने न तो भिखारी को देखा और न ही प्रो. सिन्हा को। प्रो. सिन्हा चाह रहे थे कि कोई एक पल के लिए ही, चाहे घृणा भरी दृष्टि से ही सही, उन्हें देखे। लेकिन दौड़ती अलमस्त दुनिया से वे अनुपस्थित हो चुके थे। और अब भिखारी अनुपस्थित हो रहा था।

अचानक प्रो. सिन्हा को न मालूम क्या सूझा, वे तेजी से अन्दर आए और डिसेक्शन बॉक्स से ब्लेड निकालकर अपने बाएँ हाथ की तर्जनी को हल्के-से चीर दिया। खून की एक पतली धार फर्श की ओर दौड़ गयी। प्रो. सिन्हा आश्चर्य से अपना खून देखते रहे। मालूम हो रहा था कि उनके खून का रंग लाल नहीं है, उनकी नसों में खून नहीं बल्कि प्रोटोप्लाज़्म की ठंडी धार दौड़ रही है। वे आँखें फाड़े फर्श पर फैलते खून को देख रहे थे। उन्होंने अपनी नाड़ी दबाई, दिल पर हाथ रखकर देखा, लेकिन धड़कन का नामोनिशान नहीं था। प्रो. सिन्हा ने अपने आप से ही पूछा—'क्या, मैं इन्सान हूँ?' उन्हें अपने प्रश्न का कोई मुकम्मिल जवाब नहीं मिला।

और हारकर वे पढ़ने की मेज के सामने की कुर्सी में धँस गये। थोड़ी देर बाद उन्होंने अपनी डायरी खोली और तारीख डाला—'17 दिसम्बर, 1997' और लिखने लगे-

'मेरी तीस बरस की अघोषित और निरुद्देश्य चुप्पी आज धराशाई हो रही है, बल्कि हो चुकी है। आज ऐसा क्यों लग रहा है कि मेरा पूरा जीवन साइकस के छितरे पत्तों की तरह का हो गया है, जिसमें कोमलता का नामो-निशान नहीं! और वह भी एक भिखारी के कारण...!

'भिखारी मैंने देखे नहीं हैं, ये ब.त नहीं है। लेकिन इसमें कोई ऐसी बात है जिसने झील से मेरे शान्त मन में, कंकड़ नहीं, एक बड़ा और भारी पत्थर पटक दिया है, और जिसकी 'छपाक्' ने मेरी छप्पन बरस की ज़िन्दगी और पचास बरस के ठहराव को एक झटके से चकनाचूर कर दिया है। क्या मेरी असाध्य और बेगैरत चुप्पी इस तरह तार-तार हो जाएगी? इस भिखारी के चेहरे में आखिर ऐसा क्या है जिससे मैं उबर नहीं पा रहा हूँ, बाहर नहीं निकल पा रहा हूँ...?

'इसके चेहरे में वितृष्णा और विवशता का ऐसा ठहरा-सा भाव है, जो मुझे बोनसाई पेड़ों में दिखाई पड़ता है। बोनसाई पेड़ों को देखकर मेरे भीतर एक अव्यक्त क्रोध जागता रहा है। मुझे घृणा होती है उन्हें गमलों में सजाया हुआ देखकर। लगता है किसी वृद्धि चाहनेवाले वृक्ष पर मुट्ठी भर धूप और कार्बन डाईऑक्साईड फेंककर उसे जीवित रखा जा रहा है। उसे न तो मरने दिया जा रहा है और न ही जीने। केवल अपनी विकृत और कापालिक सौंदर्य-वृत्ति की तृप्ति के लिए एक मूक जीव के प्रति इतना बड़ा अनाचार... सचमुच वर्गों-उपवर्गों के खाँचे में विभाजित दुनिया में वे लोग आसानी से खप सकते हैं जो या तो समर्थ हैं या समर्थ होने की सम्भावना से भरे हैं, निम्नश्रेणी के जीव तो... यदि मेरे पिता नाजी सैनिकों द्वारा कैद कर लिये होंगे तो मृत्यु पर्यन्त इसी तरह का जीवन जीते रहे होंगे...।'

'पिता' लिखने के बाद प्रो. सिन्हा बहुत देर तक उनका चेहरा याद करने की कोशिश करते रहे। पिता को उन्होंने बहुत बचपन में एक पुरानी तस्वीर में देखा था। माँ उस तस्वीर को थामे शून्य में निहारती रहती थी। भरसक कोशिश के बाद भी जब उन्हें पिता का चेहरा याद नहीं आया तो वे उठे। उन्होंने पलंग के नीचे से माँ के काले ट्रंक को खींचकर बाहर निकाला और उसे खोला।

माँ की मौत के तीस बरस बाद, आज पहली बार प्रो. सिन्हा उनका ट्रंक खोल रहे थे। ट्रंक के कब्जे कुछ ऐसे जम चुके थे कि जब उसे खोला गया तो उसमें से 'चूँ-चूँ' की आवाज आई। प्रो. सिन्हा को लगा कि यह माँ के रोने की आवाज है। वे कल्पना करने लगे कि रोते समय माँ का चेहरा कैसा दीखता? अपनी कल्पना में उन्हें अव्यक्त आनन्द मिला। क्योंकि उनके भीतर माँ के दो ही चेहरे थे—शून्य को ताकता हुआ खामोश चेहरा या फिर घृणा और पागलपन से भरा हिंसक चेहरा; और

आज उन्होंने माँ का तीसरा चेहरा तलाश लिया था—रोता, बिलखता, आँसू टपकाता चेहरा। प्रो. सिन्हा को अपनी यह उपलब्धि 'फॉदर ऑफ बॉटनी' थियोफ्रेट्स से भी अधिक महत्त्वपूर्ण लगी, जिन्होंने पाँच सौ वनस्पतियों की सूची बनाकर वनस्पति-विज्ञान की नींव डाली थी।

ट्रंक के भीतर काँच की कुछ चूड़ियाँ थीं, एक बन्द गले का कोट था, जिसकी सीवन कोहनी के पास उधड़ी हुई थी और ऐसी ही कई अपरिभाषित चीज़ें, जो अपनी वस्तुगत भौतिक सच्चाई से जुदा होकर ट्रंक में बन्द थीं। उनकी परिभाषाएँ माँ की देह के साथ भस्म हो चुकी थीं। ट्रंक के ढक्कन में एक लोहे का पॉकेट था, जिसमें एक ब्लैक एंड ह्वाइट तस्वीर रखी थी। तस्वीर में कई जगह लोहे की कत्थई फैल चुकी थी, उसकी चमक धुँधली पड़ गई थी। मालूम पड़ता था कि उसे कई बार चूमा गया है और वह कई-कई बार आँसुओं से भीग चुकी है।

प्रो. सिन्हा तस्वीर को हाथों में लिये, उसे गौर से देखते रहे। तस्वीर से कोई मुकम्मल चेहरा उभर नहीं रहा था, सो वे उपलब्ध अंगों के आधार पर अपनी कल्पना से एक चेहरा बनाने लगे। उन्होंने जो चेहरा बनाया था वह उनके अपने चेहरे से हू-ब-हू मिलता था। उन्होंने एक अलग चेहरे की कल्पना की कई कोशिशें कीं, लेकिन घूम-फिरकर वे अपने ही चेहरे पर पहुँच जाते। फिर ये दोनों ही चेहरे अपार्टमेंट के बाहर बैठे भिखारी से मिलने लगते और अचानक लगता कि दरअसल वे सभी बोनसाई हैं... जीवित, लेकिन जीवन से कोसों दूर... और माँ अपने दोनों हाथ जोड़े उनसे माफी माँग रही है और अपने गर्म आँसुओं से उन्हें सींच रही है। माँ कोशिश कर रही है कि वे बढ़ें लेकिन कोई अदृश्य हाथ उनकी जड़ें कतर जाता है... मुँह अन्धेरे... चुपचाप... और यह क्या... माँ भी बोनसाई में बदल गयी!

प्रो. सिन्हा मेज पर लौटे और अपनी डायरी में जो कुछ लिखा था उस पर एक खड़ी लकीर खींच दी।

माँ के मरने के बाद प्रो. सिन्हा पिछले तीस वर्षों से बिला नागा डायरी लिखते रहे हैं और लिखना भी कैसा? वे डायरी खोलते, उसमें तारीख डालते और एकाध घंटा चुपचाप निहारने के बाद पन्ने पर एक खड़ी लकीर खींच देते। बीच में चार-पाँच मौके ही ऐसे आए थे जब उन्होंने डायरी के पन्ने पर कुछ लिखा था। अन्तिम बार लगभग तीन साल पहले उन्होंने पन्ने पर एक शब्द लिखा था—'मैं...' और फिर उस पर कलम चला दी थी। यह प्रो. सिन्हा की शब्दों से एक खामोश बगावत थी। एक ऐसी बगावत, जो इतिहास, वर्तमान या भविष्य के पन्ने पर कभी दर्ज़ न हो सकेगी। डायरी के सफेद पन्ने पर कलम चलाते हुए प्रो. सिन्हा के चेहरे पर वही भाव रहता था जो किसी मुजरिम को सजा-ए-मौत का फैसला सुनाते वक्त जज के चेहरे पर रहता है। प्रो. सिन्हा अपने बीते दिन को रद्द करते हुए सन्तोष और दर्द के

चक्रव्यूह में फँसे रह जाते थे।

तीस बरस बाद आज ऐसा पहली बार हुआ कि पन्ने पर खड़ी लकीर खींचने के बाद वे पलंग पर लेट नहीं गये बल्कि कुछ सोचकर नये पन्ने पर फिर आज की तारीख डाली और लिखने लगे—

'आखिरकार मैं वनस्पति-विज्ञान की ओर क्यों चला आया? क्या मेरे भीतर इस ओर आने की कुछ खास विवशताएँ थीं? मैं वनस्पति-विज्ञान की दुनिया में शामिल चीह्नी-अचीह्नी वनस्पतियों में आखिर क्या तलाशता रहा हूँ? क्या मुझे कभी अपने आपसे ही यह अपेक्षा रही है कि मैं किसी ऐसी नायाब वनस्पति या सिद्धान्त की तलाश कर लूँगा कि दुनिया मुझे मेरी उपलब्धियों के कारण याद रखेगी? नहीं, यकीनन नहीं; महज उपलब्धियों के कारण मैं अपने नि:शब्द अकेलेपन से सार्वजनिक जीवन की दहलीज पर खींच लाया जाऊँ, यह तो कल्पना में भी असम्भव है। मैं अपने अकेलेपन को नोबेल पुरस्कार की शर्त पर भी खोना नहीं चाहता ! फिर इस ओर आने की कौन-सी वजह थी?

'पेड़-पौधे मेरे अकेलेपन के साथी रहे हैं, लेकिन मैंने उन्हें गमलों में कभी नहीं लगाया। मैं दूर खड़ा उन्हें निहारता रहा हूँ, बन्द कमरे में बैठा उनके बारे में सोचता रहा हूँ। मुझे हमेशा लगता रहा है कि उनका जीवन इस दुनिया के समस्त जीवों से अधिक उपेक्षित और उन्मुक्त रहा है। किशोर वय से ही पेड़-पौधों और मेरे बीच एक ऐसा शब्दहीन संवाद बन गया कि मुझे शब्दों से नफरत हो गयी।

'शोर से घृणा लाजिमी है लेकिन 'शब्द' से घृणा! और यह भी कितनी विचित्र, कितनी विरोधाभासी मन:स्थितियों का जटिल घालमेल है कि 'शब्दों' के प्रति अपनी घृणा को मैं शब्दों में ही व्यक्त कर रहा हूँ! दरअसल 'शब्द' का तात्पर्य मेरे लिये उनकी उच्चारित ध्वनियों से है। मैंने अपनी ज़रूरत के मुताबिक 'शब्द' की परिभाषा गढ़ ली थी, निहायत निजी और व्यक्तिगत! 'शब्द' की यह परिभाषा चूँकि आपसी संवाद का सबसे विश्वसनीय पुल है इसलिए संवादों के प्रति एक स्वाभाविक घृणा मेरे भीतर पलती और बढ़ती गयी। मेरे पीठ पीछे 'शब्द' और 'घृणा' के बीच एक नया और अनोखा समीकरण ठीक-ठीक कब विकसित हो गया, यह मैं जान ही न सका।

'इसकी एक वजह तो शायद माँ की आँखों का बुझा अंगार, उनकी आँखों में पसरा हुआ विराट मरुस्थल या विवश चुप्पी ही होगी। क्या इसीलिए माँ अपने अन्तिम समय में मुझसे माफी माँगती रही थी? क्या ऐसी चुप्पी ने कभी ऐसे भिखारी से बात की होगी जो चुप दुनिया का नागरिक है और अजीब तरह से ज़मीन पर सिमटा हुआ बैठा है!'

सहसा प्रो. सिन्हा उठे और बाल्कनी से नीचे झाँका। शीत का कुहरीला अँधेरा

फैल चुका था। अपार्टमेंट के तीसरे माले से भिखारी केवल एक काला धब्बा जान पड़ता था।

'वैसे भी यह भिखारी या मैं, एक काले धब्बे के सिवाय क्या हैं?' प्रो. सिन्हा ने मन ही मन सोचा। वे फिर मेज पर न जा सके। उन्होंने बत्ती बन्द कर दी और बिस्तर पर लेट गये।

नींद ने प्रो. सिन्हा को झपटकर कब अपने पंजे में दबा लिया, वे जान ही न सके। बिल्ली या चील के पंजे में छटपटाते किसी चूहे की तरह उनकी रात कटी। वे न तो सो रहे थे और न ही जाग रहे थे। सोने और जागने के बीच की किसी स्थिति को वे रात भर आधी बेहोशी में झेलते रहे। उनकी डायरी का खुला हुआ पृष्ठ भी सहमा हुआ और बेचैन था।

सुबह जब उनकी नींद पूरी तरह टूटी, बाहर उजाला हो चुका था। उठते ही बालकनी की ओर से एक अनगढ़ और योजना विहीन शोर के बगूले ने उन पर हमला किया। प्रो. सिन्हा की छटपटाती खुमारी टूट गयी। वे हड़बड़ाकर बालकनी की ओर भागे।

नीचे, लोगों की भीड़ थी। भीड़ से थोड़ा हटकर सड़क के किनारे महा नगरपालिका की एक बीमार गाड़ी खड़ी थी। और कुछ मुर्दे जैसे चेहरे वहाँ खड़े लोगों से पैसे इकट्ठे कर रहे थे। उन्हीं में से एक अपार्टमेंट में घुस आया था और लोगों के दरवाजे खटखटा रहा था।

प्रो. सिन्हा को समझते देर न लगी कि रात में ठंड से अकड़कर भिखारी की मौत हो चुकी है और महानगर पालिका के सफाई कर्मचारी इस सुअवसर का फायदा उठाकर लोगों से पैसे इकट्ठे कर रहे हैं।

पूरा दृश्य ही भयंकर ढंग से अश्लील और घृणित था। भिखारी की लाश एक ओर पड़ी थी। दो-चार आवारा कुत्ते दूर बैठे उसे ललचाई नजर से देख रहे थे। शायद कुत्तों ने रात में लाश को चख भी लिया था। लाश पूरी तरह नंगी और मुड़ी हुई थी जिस पर उस सभ्य कॉलोनी के किसी सभ्य नागरिक ने कॉलोनी की सभ्यता का खयाल करके एक पुरानी और फटी हुई चादर डाल दी थी।

प्रो. सिन्हा ने भीड़ को देखा। भीड़ की व्यग्र आँखों में अपरिभाषित हिंसा की सैकड़ों रेखाएँ तैर रहीं थीं। उन्होंने उत्सुकतावश पास के पेड़-पौधों पर नज़र डाली। वे खामोश थे, बिलकुल खामोश; भीड़ ने हालाँकि उन्हें अपने में शामिल कर लिया था लेकिन फिर भी वे पूरी तरह निर्लिप्त थे। प्रो. सिन्हा को पहली बार पेड़-पौधों की निर्लिप्तता खल गयी। उनकी आँखों के आगे अँधेरा छा गया और सिर चकराने लगा। उनका जी मचलने लगा और महसूस हुआ कि आँतों के भीतर से पिघलता हुआ लावा तेजी से हलक की ओर बढ़ रहा है और एक पल की भी देरी हुई तो नीचे

खड़े लोग उनकी उल्टियों से सन जाएँगे। वे जैसे-तैसे अन्दर की ओर भागे और देर तक बेसिन पर झुके रहे। अन्तत: जब उन्होंने अपना सिर उठाया तो उनकी आँखें लाल थीं और चेहरा किसी पौधे की तरह लग रहा था, निर्लिप्त और उदासीन। एक ऐसा पौधा, जिसमें कोंपल फूटने की क्षमता नष्ट हो चुकी है! तभी दरवाजे पर दस्तक हुई।

पस्त कदमों से लगभग घिसटते हुए प्रो. सिन्हा ने दरवाजा खोला। दरवाजे पर जामुनी रंग की वर्दी पहने एक खौफनाक-सा आदमी खड़ा था। दरवाजा खुलते ही उसने रटे-रटाए वाक्य बोलने शुरू कर दिए—'साब... कल रात तुम्हारी बिल्डिंग ...एक मौत...पैसा...'

प्रो. सिन्हा कुछ भी सुन नहीं पा रहे थे। उन्हें लग रहा था कि यह अजीब-सी शक्लवाला जीव किसी दूसरे ग्रह का है जो अपनी अटपटी आवाज में कुछ कह रहा है। शायद कह रहा है—'कल रात तुम्हारी बिल्डिंग के बाहर एक भिखारी की मौत हो गयी है। लेकिन वह मौत नहीं बल्कि हत्या है और मैं हत्यारे को जानता हूँ। तुम उसका नाम सुनोगे...?'

'नहीं-नहीं...' प्रो. सिन्हा भय से काँपने लगे। उनका चेहरा पीला पड़ गया और पसीने की बूँदें उभर आईं। उन्होंने भड़ाक् से दरवाजा बन्द कर दिया और कान लगाकर सुनते रहे कि दूसरे ग्रह का वह विचित्र जीव गया या नहीं। जब उन्हें यकीन हो गया कि बाहर कोई नहीं है तो उन्होंने दरवाजे की दरार से झाँका। बाहर सचमुच कोई नहीं था। उन्होंने दरवाजा थोड़ा-सा खोलकर इस बात की तसदीक भी कर ली। फिर दरवाजा अच्छी तरह से बन्द कर बिस्तर पर लेट गये। बालकनी की ओर से आवाजों का उठता हुआ धुआँ फ्लैट के भीतर बहुत देर तक फैलता रहा।

स्थिति को सामान्य होते-होते यानी आवाज़ों को और दिनों की आवाज़ों की तरह होते-होते दिन के बारह बज गये। प्रो. सिन्हा की हिम्मत नहीं हुई कि वे इस भीड़ से होते हुए कॉलेज जाएँ।

वह पूरा दिन प्रो. सिन्हा के लिए बहुत ही यातनादायी था। उनके शरीर ने जैसे जीने से इनकार कर दिया था। आँखें छत से चिपकी रहीं। दो दिन से उनके पेट में अन्न का एक दाना भी नहीं गया था लेकिन उन्हें भूख भी नहीं लग रही थी। उन्होंने अपने एक-एक अंग के बारे में सोचा लेकिन उन्हें उद्देश्य का कोई संकेत नहीं मिला। उन्हें पहली बार अपनी निरर्थकता का दुखद और तकलीफदेय एहसास हुआ।

शाम बीत रही थी। सूरज आसमान में दहककर बुझ चुका था। शहर रोशनी में नहा रहा था। रोशनी के छींटे कमरे के अँधेरे में तरह-तरह से पड़ रहे थे। प्रो. सिन्हा ने उठकर बत्ती जलाई और डायरी खोलकर लिखने बैठ गये—'आज मैं हार गया। लेकिन जीतने की कोई इच्छा क्या मेरे भीतर कभी रही थी?

जीतना आखिर होता क्या है? और मैं किसके खिलाफ लड़ रहा था?

'मुझे हमेशा लगता रहा कि मैं एक पेड़ की तरह अपना जीवन निःशब्द जी लूँगा। एक ऐसे पेड़ की तरह, जिसके फूल और फल भले ही अनुपयोगी हों लेकिन वह धूप में अपना भोजन बनाए और उसे निजी तौर पर इस बात का एहसास हो कि उसमें जीवन है। लेकिन... पेड़ों से प्रतिस्पर्धा...? क्या यह कभी सम्भव है? पेड़ों का भाव-शून्य जीवन क्या एक पल के लिए भी मुझे मिल सका? मैं माँ की आँखों में फैली वीरानी को कभी भूल नहीं पाया और आज तो मैंने पेड़ों के घृणास्पद कृत्य को भी लिख लिया! वे कैसे निर्लिप्त थे, निर्लिप्त नहीं बल्कि अभिशप्त, अपनी उदासीनता और चुप्पी के लिए अभिशप्त! उन्होंने अपनी चुप्पी में भी लेकिन धरती को ऑक्सीजन दिया है, अपनी डालियों में पंछियों को जगह दी है, उनके प्रजनन और प्रणायातुर आह्लाद के गवाह रहे हैं, लेकिन मैं...'

प्रो. सिन्हा आगे कुछ भी लिख नहीं पाये। वे चुपचाप कमरे में बैठे रहे। उनके भीतर लहरें उठ रही थीं, उठती हुई लहरें आपस में टकरा रहीं थीं, जिस्म समुद्र में बदल चुका था और ठीक आगे भयंकर मरुस्थल था। उछलता समुद्र और जलता मरुस्थल उन्हें स्वाभाविक लगा, मानो उनके बीच कोई विरोधाभास ही न हो। मरुस्थल, समुद्र और उसकी लहरों को कमरे में लड़ता हुआ छोड़कर वे चुपचाप छत पर आ गये।

आधी रात बीत चुकी थी। शहर की रोशनियाँ आसमान में कुछ दूर तक जाकर दम तोड़ देती थीं। प्रो. सिन्हा आश्चर्य से आसमान को देख रहे थे। उन्हें सचमुच याद नहीं आ रहा था कि पिछली बार उन्होंने कब आसमान को इतने गौर से देखा था। लग रहा था जैसे पैदा होने के बाद पहली बार वे आसमान देख रहे हैं। पूरा आसमान तारों की टिमटिमाहट से भरा था और बीच में खड़े होकर चाँद अपना उजला रंग उछाल रहा था। आसमान का विस्तार उन्हें बहुत सुखद लगा। अपने छप्पन सालों को जब आसमान के सामने रखकर देखा तो उन्हें अपने आप से घृणा हुई। वे दुनिया के किसी बिल में अपने छप्पन सालों को छुपा देना चाहते थे। लेकिन काश कि वे ऐसा कर पाते...?

प्रो. सिन्हा आसमान की अदालत में चाँद और तारों को हाजिर-नाजिर जानकर देर तक माँ से, पिता से और अपने आप से जिरह करते रहे। बीच-बीच में कनखियों से वे उस जगह को भी देख लेते, जहाँ पिछली रात के किसी क्षण में भिखारी की मौत हुई थी। उन्हें महसूस हुआ कि वहाँ अभी भी दो थिर आँखें हैं, जो उन्हें घूर रही हैं! उधर जिरह समाप्त हो चुकी थी, फैसले की घड़ी आ चुकी थी। प्रो. सिन्हा अपने आपको कमजोर दलीलों के लिए कोस रहे थे। उन्हें इस बात का अफसोस था कि कितने कम शब्दों के साथ उन्होंने अपना जीवन गुजार दिया।

प्रो. सिन्हा लौट आए। लेकिन आसमान को तो अपना फैसला सुनाना था और उसने अपना फैसला सुना दिया। प्रो. सिन्हा ने लौटते हुए ही सिर झुकाकर फैसला स्वीकार किया और अपने फ्लैट के अन्दर आकर दरवाजा बन्द कर दिया।

उस दिन आधी रात को प्रो. सिन्हा ने पूरे मनोयोग से खाना बनाया—भात, दाल, सब्जी; अचार और पापड़ भी थाली में रखा और भरपेट खाना खाकर सो गये। उस रात वे इत्मीनान से सोये।

प्रो. सिन्हा देर से सोये थे लेकिन सुबह बिलकुल तरोताजा उठे। नित्य कर्मों से निवृत्त होकर चाय का एक भरपूर कप पिया और तैयार होकर कॉलेज निकल गए।

प्रो. सिन्हा आज लोगों को और दिनों की अपेक्षा कुछ अलग से लग रहे थे। अकसर वे चाबी से चलनेवाली गुड़िया की तरह सधे कदम और धीमी गति से चलते थे, मानो कब्र से सीधे उठकर कोई लाश चली आ रही हो। लेकिन आज उनकी चाल में कुछ व्यग्रता थी। कदम सहज नाप-तौल का विरोध करते हुए उठ रहे थे, कपड़े हालाँकि हमेशा की तरह बेतरतीब थे। आज लोगों ने देखा कि प्रो. सिन्हा कुछ सोचते हुए से चले आ रहे हैं जो लोगों के लिए रहस्यपूर्ण था।

व्यग्रता और हड़बड़ी के साथ प्रो. सिन्हा ने स्टॉफ रूम में रखे मस्टर रोल पर हस्ताक्षर किया और कुर्सी खींचकर बैठ गये। वे हमेशा हस्ताक्षर के बाद सीधे अपने विभाग में चले जाते थे इसलिए वहाँ बैठना अन्य सहकर्मियों को थोड़ा अजीब लगा।

स्टॉफ रूम में उनके चार-पाँच सहकर्मी बैठे हुए थे, जिनसे आज तक उनकी कोई बातचीत नहीं हुई थी। प्रो. सिन्हा के आने से पहले वे आपसी हँसी-ठट्ठा में व्यस्त थे लेकिन प्रो. सिन्हा की उपस्थिति ने उन्हें चौंका दिया। वे असहज हो गये और प्रश्नांकित नज़रों से एक दूसरे को देखने लगे। आखिरकार गणित के प्रो. सिद्दिकी ने स्टॉफ रूम में अचानक पसर गयी इस चुप्पी को तोड़ा—'डॉ. सिन्हा, बी-एस.सी. फाइनल की प्रैक्टिकल परीक्षाएँ आप कब से ले रहे हैं?'

जवाब प्रो. सिन्हा ने फिर अपनी खालिस चुप्पी से दिया और प्रो. सिद्दिकी की स्थिति फिर असहज हो गयी।

प्रो. सिन्हा पूरे कॉलेज में उपहास के घोषित पात्र थे। छात्रों को उनके नोट्स की ज़रूरत थी क्योंकि इस बड़े शहर में वनस्पति-शास्त्र की इतनी सारगर्भित जानकारी देनेवाला दूसरा कोई नहीं था, लेकिन फिर भी मौके-बेमौके वे उन्हें छेड़ने से बाज नहीं आते थे। अपने सहकर्मी प्राध्यापकों और प्रयोगशाला में काम करने वाले कर्मचारियों के लिए, खैर, वे पागल और औघड़ तो थे ही। केवल प्रो. सिद्दिकी ही एकमात्र ऐसे व्यक्ति थे, जिन्हें उनका वेल विशर माना जाता था हालाँकि प्रो. सिन्हा ने आज तक उनसे भी कोई बातचीत न की थी। इसलिए प्रो. सिद्दिकी भी कॉलेज में पाव भर पागल तो मान ही लिये गये थे।

आज जब प्रो. सिन्हा ने प्रो. सिद्दिकी की बात का फिर कोई जवाब नहीं दिया तो वहाँ बैठे दूसरे लोग आँखों ही आँखों में मुस्कराने लगे और प्रो. सिद्दिकी उनकी आँखों से निकलते बाणों को सहते रहे। प्रो. सिन्हा चिड़िया की तरह उत्सुक आँखों से सबको देखते रहे। आज उनकी आँखें ऊँट की तरह अधमुँदी और भाव-शून्य नहीं थीं।

इस छोटी-सी घटना के बाद सहकर्मी पुनः अपनी स्वाभाविक बातचीत में लौटने लगे। प्रो. सिन्हा के आने से पहले जिस मुद्दे पर वे हँसी-ठट्ठा कर रहे थे, वह था—प्रजापिता ब्रह्माकुमारी की कुछ चेलियों का अगले सप्ताह कॉलेज में होने वाला व्याख्यान। कॉलेज के प्रिंसिपल यद्यपि रसायनशास्त्र के प्रोफेसर थे लेकिन अपनी आध्यात्मिकता के लिए कुख्यात-विख्यात थे। उन्होंने एक जवान साध्वी को वैराग्य पर व्याख्यान देने के लिए अगले सप्ताह आमन्त्रित किया था।

'मनुष्य कितनी भी वैज्ञानिक प्रगति क्यों न कर ले उसकी आध्यात्मिक आवश्यकता, भौतिक आवश्यकता से ऊपर ही होती है।' प्रो. चौबे ने कहा।

जो बात पहले मजाक में चल रही थी, अब वह गम्भीर होने लगी थी। प्रो. चौबे प्रिंसिपल साहब के आदमी थे। उनका वक्तव्य दरअसल एक चुनौती था। उन्होंने विजयी मुस्कान से लोगों को देखा। उनकी आँखें जैसे चुनौती दे रही थी कि है कोई माई का लाल यहाँ, जो प्रिंसिपल के खिलाफ जा सकता है?

'आध्यात्मिक ज़रूरत ही सब कुछ है तो आए जनाब, भौतिक सिद्धान्त के मसलों को समझाने में अपनी जिन्दगी क्यों जाया करते हैं! क्यों नहीं लोगों को तन्त्र-मन्त्र और प्रार्थना की नयी-नयी तरकीबें सिखाते? रहा सवाल नोट्स का, तो वो बाज़ार में मिल ही जाता है। और हम सब बाज़ार में ही तो बैठे हैं, बड़े-बड़े बैनर और पोस्टर लगाकर अपना-अपना माल बेचने के लिए।' प्रो. सिद्दिकी तिलमिलाये हुए तो थे ही, उन्होंने बहुत खीझ के साथ अपनी बात रखी और उनका सीधा इशारा प्रो. चौबे के प्राइवेट ट्यूशन की ओर था।

'ज़िन्दगी की ज़रूरत पूरी करते हुए आप लोग भूले रहते हैं कि यह भौतिक ज़रूरत है कि आध्यात्मिक; और बात जब फलसफे की आती है तो शातिराना तरीके से आध्यात्मिकता के पिछवाड़े खड़े हो जाते हैं। दरअसल 'आप लोगों' का पूरा जोर 'पिछाड़ी कल्चर' पर है।' प्रो. सिद्दिकी के 'आप लोगों' का सीधा इशारा प्रिंसिपल साहब और उसके चमचों की ओर था। उन्होंने 'पिछाड़ी कल्चर' कुछ ऐसे अन्दाज में कहा था कि स्टॉफ रूम में बैठे सभी लोग हँसने लगे। प्रो. चौबे को ऐसे पलटवार की उम्मीद न थी। वे तिलमिला गये।

ठीक उसी समय स्टॉफ रूम में बैठे लोगों ने देखा कि प्रो. सिन्हा के चेहरे पर मुस्कराहट की एक पतली रेखा खेल रही है, जो किसी आश्चर्य से कम न था। उन्हें

मुस्कराते देखकर प्रो. सिद्दिकी का हौसला बढ़ गया और उन्होंने पूछा—'क्यों डॉ. सिन्हा, इस बारे में आपकी क्या राय है?'

जवाब में प्रो. सिन्हा ने 'हूँ' कहकर सिर हिलाया और उनके सहकर्मियों ने पहली बार क्लास-रूम के बाहर उनकी आवाज सुनी। तभी पीरियड की घंटी बजी और सभी अपने-अपने लेक्चर के लिए चले गये।

प्रो. सिन्हा भी चुपचाप उठे और अपने विभाग से चॉक, डस्टर, रोल कॉल और किताब लेकर क्लास-रूम की ओर चल पड़े। क्लास-रूम में घुसते ही हमेशा की तरह उन्होंने पंखे बन्द किये, दरवाजे पर कुंडी चढ़ाई, इशारे से खिड़कियों को बन्द करने का निर्देश दिया और कुर्सी खींचकर चुपचाप बैठ गये कोई आधे मिनट तक इसी तरह बैठे रहने के बाद उन्होंने अपना रोल कॉल खोला और अटेन्डेन्स लेने लगे—'टू हन्ड्रेड ट्वेन्टी वन, ट्वेन्टी टू, ट्वेन्टी थ्री...।' अटेंडेंस लेने के बाद उन्होंने किताब खोली और आज का विषय ढूँढ़ने लगे। फिर अचानक जैसे उन्हें कोई बात याद आ गयी। उन्होंने किताब बन्द किया। ब्लैक-बोर्ड में बनाई गयी उल्टी-सीधी तस्वीरों और लिखे वाक्यों को मिटाया और फिर साफ ब्लैक बोर्ड पर आज का विषय लिखा—

'इकोलॉजी', उसके नीचे कोष्टक में लिखा—'पारिस्थितिकी'।

वनस्पति-विज्ञान में रुचि रखनेवाले छात्रों के बीच प्रो. सिन्हा के लेक्चर बेहद लोकप्रिय थे। इसका एक कारण तो उनकी भाषा थी। व्यग्रता और हड़बड़ी से अलग उनकी संयत भाषा एक झील की तरह शान्त और मद्धम थी। क्लास में उन्हें बोलते हुए सुनना विषय में बहने के समान था। प्रो. सिन्हा शब्दों का उच्चारण ऐसे करते थे मानो शब्दों को निचोड़कर उसमें से अर्थ को बाहर निकाल लिया गया हो। वे अपने नोट्स तो अँग्रेजी में देते थे लेकिन समझाते हिन्दी में ही थे। उनकी हिन्दी बहुत साफ थी। चित्र बनाकर समझाते हुए अँग्रेजी नाम लिखने के साथ-साथ कोष्ठक में हिन्दी नाम भी लिख देते थे।

प्रो. सिन्हा ने अपना लेक्चर शुरू किया।

'इकोलॉजी...यानी पारिस्थितिकी...इसे जानना, महसूस करना और अपने आपको जाने हुए के प्रति जिम्मेदार बनाना मनुष्य का सर्वाधिक महत्त्वपूर्ण कर्तव्य है। जीव अपनी तात्कालिक आवश्यकताओं के अनुरूप जीवन को बदलता है, जीवन को बचाने का संघर्ष करता है और पराजित होकर नष्ट हो जाता है। नष्ट होना जीव का जन्मसिद्ध अधिकार है...मृत्यु सर्वाधिक जायज सत्य...'

प्रो. सिन्हा का लेक्चर आज भिन्न तरह का था। अमूमन विषय के बाहर के एक भी शब्द का इस्तेमाल न करनेवाले प्रोफेसर ने अभी तक विषय के बारे में एक शब्द भी नहीं कहा था। वे किसी दार्शनिक की तरह बोले जा रहे थे लेकिन भाषा में

थोड़ी उत्तेजना थी।

'इकोलॉजी को जानना हमारे लिए अत्यन्त महत्त्वपूर्ण है क्योंकि इसे जाने बिना जीवों की व्यवहारगत विशिष्टताओं को नहीं समझा जा सकता...'

'सर, लेकिन इकोलॉजी का मतलब क्या होता है?' एक छात्रा ने प्रश्न किया। दरअसल यह पहली बार हो रहा था कि प्रोफेसर ने विषय की आवश्यकता पर तो बोलना शुरू कर दिया लेकिन विषय की परिभाषा या अर्थ को स्पष्ट नहीं किया था।

प्रो. सिन्हा को शायद अपनी गलती का एहसास हुआ क्योंकि वे तुरन्त विषय पर लौट आए—

'इकोलॉजी का अर्थ है जीव तथा उसके आस-पास के वातावरण के... इंटर-रिलेशनशिप...' थोड़ा रुककर प्रो. सिन्हा ने कहा, मानो इसी शब्द को तलाश रहे थे, '...पारस्परिक सम्बन्धों का अध्ययन। वनस्पतियों में एवं जन्तुओं में इकोलॉजी का अध्ययन भिन्न-भिन्न तरीके से होता है। जन्तुओं में चूँकि स्थान बदलने की क्षमता होती है इसलिए वातावरण में परिवर्तन होने पर वे अनुकूल वातावरण की ओर चले जाते हैं। वनस्पतियों में अपना स्थान स्वयं बदलने की क्षमता नहीं होती, वे अपनी स्थिति में जमे रहने के लिए शापित हैं इसलिए प्रतिकूल वातावरण का सबसे अधिक प्रभाव वनस्पतियों पर पड़ता है। वनस्पतियों से सम्बन्धित वातावरण समय-परिवर्तन के साथ बदलता है जबकि जन्तु समय-परिवर्तन अथवा स्थान-परिवर्तन द्वारा अपने को वातावरण के अनुकूल बनाते हैं...।'

प्रो. सिन्हा ने एक धीमी आह भरी तथा थोड़ा फिसलने के बाद फिर विषय पर लौट आए—'...इकोलॉजी' शब्द का सबसे पहला प्रयोग सन् 1865 में विख्यात जूलोजिस्ट रेटर ने किया। इसकी तीन प्रमुख शाखाएँ हैं— Autecology (स्वयं पारिस्थितिकी), Synewlogy (समुदाय पारिस्थितिकी) Svosystemology तीसरा नाम लिखकर प्रो. सिन्हा थोड़ी देर तक उसका हिन्दी नाम सोचते रहे, शायद उन्हें हिन्दी नाम याद नहीं आया क्योंकि आगे का कोष्ठक उन्होंने मिटा दिया था।

''... 'ऑटेकोलॉजी' इसके अन्तर्गत किसी एक प्राणी या किसी एक जाति के प्राणियों के जीवन पर वातावरण द्वारा पड़नेवाले प्रभाव का अध्ययन किया जाता है...''

सहसा प्रो. सिन्हा ने अपना लहजा बदलकर कहा—'चलो, थोड़ी देर के लिए अपने विषय के भीतर ही हम अपनी तर्कशक्ति यानी लॉजिक की परख करें... ऑटेकोलॉजी...याद रखो, किसी एक प्राणी पर वातावरण द्वारा डाले गये प्रभावों का अध्ययन...मान लो कि वह प्राणी मनुष्य है, एक ऐसा मनुष्य जिसके पिता सेकन्ड वर्ल्ड वार में मारे गये हैं... थोड़ी देर के लिए, मान लो कि ऐसा हुआ है! ... और... उसके आस-पास का जैविक वातावरण सर्वथा उसके प्रतिकूल है... तब उस मनुष्य

की क्रिया-कलाप कैसी होगी... उसका बिहेवियर कैसा होगा...?'

प्रो. सिन्हा ने पहली बार छात्रों से प्रश्न किया था। प्रश्न करते हुए मजा आया। वे विषय से बाहर चले गये थे इसलिए छात्र दिलचस्पी ले रहे थे, विशेषकर वे छात्र जिन्हें यह विषय बहुत बोर करता था।

'लेकिन सर... आपने अभी कहा था कि पौधे अपनी जगह खुद नहीं बदल सकते, आपने एक वर्ड यूज किया था... शा... शापित... समथिंग लाइक दिज। जबकि आदमी तो जन्तु की श्रेणी में आता है, और जन्तु अपना स्थान बदल सकते हैं, मूव कर सकते हैं, इसलिए वह आदमी भी अपनी जगह बदलकर अपने आपको वातावरण के जैसा बना लेगा।' एक वाचाल छात्र ने कहा।

'...यही तो असल मुश्किल है माई डियर...' प्रो. सिन्हा ने मुस्कराते हुए कहा। 'तुम लोगों ने बचपन में कई कहानियाँ सुनी होंगी कि अमुक आदमी, आदमी नहीं बल्कि पेड़ था या पत्थर था, या कि बना दिया गया था...'

'...यस सर, अहिल्या...' उसी छात्र ने तत्परता से कहा।

'...एब्स्यूलिटली करेक्ट... तो यह जो मनुष्य है, जिसके पिता सेकेंड वर्ल्ड वार में मारे गये थे और जिसके आस-पास का जैविक वातावरण उसके विपरीत था, दरअसल एक वृक्ष था, लगभग पचास वर्ष पुराना वृक्ष! वनस्पतियों की दुनिया का एक नागरिक! वह जन्मा तो मनुष्य के रूप में ही था लेकिन बाद में वृक्ष बन गया था या कि शायद बना दिया गया था... इसलिए वह जन्तुओं की तरह अपना वातावरण बदलने के लिए मूव नहीं कर सकता था। वातावरण को अनुकूल बना लेना तो खैर उसके बूते के बाहर की बात थी। अब बताओ, इस वृक्ष का क्या होगा...?'

क्लास-रूम में चुप्पी छा गयी। छात्र जिज्ञासा से प्रो. सिन्हा का चेहरा ताक रहे थे और प्रोफेसर हल्के-हल्के मुस्करा रहे थे। उनके चेहरे से साफ जाहिर था कि उन्हें मुस्कराने का अभ्यास नहीं है।

अन्ततः एक शान्त-सी छात्रा ने क्लास रूम में फैली चुप्पी को तोड़कर थोड़ा झिझकते हुए कहा—'सर, यदि उसमें मूव करने की कैपिबिलिटी नहीं है तो उसे नष्ट होना होगा।'

'एक्सलेन्ट आन्सर...' प्रो. सिन्हा ने चहकते हुए कहा। उनको देखकर लग रहा था कि उनके द्वारा खोजे गये किसी बहुत बड़े सत्य पर मासूम मुहर लगा दी गयी है।

तभी पीरियड के खत्म होने की घंटी बजी। प्रो. सिन्हा ने अपना सामान समेटा और यह कहे बिना कि 'बाकी कल', जो कि वे हमेशा कहते थे, क्लास रूम से बाहर निकल गये।

प्रो. सिन्हा की यह अन्तिम क्लास थी।

अतीत के प्रेत

> चिन्तन के एक विषय के रूप में निर्वासन जितना भी आकर्षक लगता हो, अनुभव के स्तर पर यह उतना ही भयावह है। निर्वासन नाम है उस टूटन का, जो किसी मनुष्य और उसकी जन्मभूमि, उसके अपने स्व और इस स्व के वास्तविक के बीच घटित होता है। यह एक ऐसा घाव है जो कभी भी भर नहीं पाता, इसके अन्तरतम में छिपी व्यथा से पार पाना असम्भव होता है—एडवर्ड सईद।

(मैं जब तक उठता, कहानी शुरू हो चुकी थी। मुझे कहानी के बीच में ही घुसना पड़ा। रात का हैंगओवर अभी बचा था इसलिए कहानी के साथ चलते-चलते मैं अचानक पिछड़ जाता था लेकिन फिर दौड़कर कहानी को थाम लेता था, इसलिए आपको कहानी कुछ टूटी-टूटी लग सकती है।)

वह एक दोमंजिला बड़ा-सा मकान था। बाहरी दीवार कभी सफेद रही होगी। लेकिन अब पूरी तरह बदरंग थी। दीवारों पर जगह-जगह सूखी हुई काई के काले पड़ चुके धब्बे थे और उन धब्बों से अव्यवस्था टपक-टपककर आस-पास फैल गयी थी, जिससे मकान और भी अधिक उदास लगता था। उस भुतहा-से मकान में इस वक्त अतीत के तीन प्रेत गहरी बहस में डूबे हुए थे।

मकान डी.जे. का था, डी.जे. यानी प्रेत नं. 1, उम्र सत्तर से कम; दूसरा आर.पी., प्रेत नं. 2, तिरसठ-चौसठ के आस-पास और तीसरा के.के., प्रेत नं. 3, अभी-अभी 60 का हुआ था और सरकार ने उसे तोहफे के रूप में हमेशा के लिए छुट्टी दे दी थी।

(मैं जब कहानी में घुसा, डी.जे. ने काफी के दो मग उड़ी पॉलिशवाली टेबिल पर रखे। मग रखने के अन्दाज से ही लग रहा था कि वह उत्तेजित और नाराज है। मैं यहीं से कहानी में घुसा, करीब 11-12 बजे के आस-पास, जबकि कहानी को शुरू हुए 3-4 घंटे बीत चुके थे।)

काफी के मग रखने बल्कि पटकने के बाद डी.जे. किचन से अपना मग भी ले आया और बेंत की कुर्सी में बैठ गया। वह इस तरह बैठा हुआ था मानो अभी

उछलकर रोशनदान पर चढ़ जाएगा और वहीं से ऐलानिया अन्दाज में कहने लगेगा। डी.जे. हालाँकि रोशनदान पर नहीं चढ़ा लेकिन चिढ़कर बोला—"तो तुम दोनों का खयाल ये है कि साइंस ने बीसवीं शताब्दी में अमीरों की गुलामी और तबाही और चमत्कारिक नुस्खों की वेश्यावृत्ति के अलावा कुछ भी ईजाद नहीं किया, क्यों यही कहना चाहते थे न तुम दोनों?"

"डी.जे. तुम कितने बद्‌दिमाग हो, और कितने वाहियात अन्दाज में हमारी बातों को दुहराते हो, बिलकुल तोड़-मरोड़कर, टुकड़े-टुकड़े करके... जबकि तुम ये अच्छी तरह जानते हो कि न तो मैंने और न ही के.के. ने इस तरह की कोई बात कही है। यह तुम्हारी ज्यादती है जो हमारी कही हुई बातों का अर्थ अपने सोचे हुए के अनुसार निकाल लेते हो! तुम हमेशा ही साइंस के पक्ष में खड़े रहनेवाले हो, सोचकर देखो, क्या साइंस तुम्हें इस तरह के अतार्किक निष्कर्षों को निकालने की मंजूरी देता है? तुम्हारे निष्कर्ष टोटली मिस्टिरीयस एनालिसिस के उदाहरण हैं।" आर.पी. ने अपेक्षाकृत शान्त लहजे में कहा।

"आर.पी. तुम फिलोसोफिकल लेंग्वेज का जबरन इस्तेमाल मत करो। मेरी सीधी-सादी और सहज प्रतिक्रिया को तुम ऐसे फिलोसाफिकल इक्वेशन में कन्वर्ट कर देते हो कि पता ही नहीं चलता—आखिर मैंने कहा ही क्या था! मिस्टीरियस बातें तो तुम खुद करते हो!" डी.जे. ने अपनी उत्तेजना को थोड़ा कम करते हुए लेकिन दृढ़ता के साथ अपनी बात कही।

"माई डियर जेन्टलमेन, यस बोथ ऑफ यू, क्या तुम्हें मालूम है कि तुम दोनों एक-दूसरे पर एक जैसे आरोप लगा रहे हो! कम-से-कम संडे की इस सुबह, सुबह नहीं बल्कि दोपहर, आरोप तो अलग-अलग लगाओ। दोनों एक जैसे हथियार से लड़ोगे तो साली यह लड़ाई कितनी देर चलेगी? लगता है घिसे रिकार्ड की तरह दोनों की सुई एक ही जगह पर अटक गयी है—तू मेरे ऊपर फाल्स आरोप लगा रहा है...तू मेरे ऊपर फाल्स आरोप लगा रहा है...अरे इससे थोड़ा तो आगे बढ़ो यार।" के.के. ने मजा लेते हुए कहा।

"के.के. सरकार ने तुम्हें काम से अलग कर दिया है लेकिन दो लोगों को लड़वाकर अपनी सरकारी अफसरशाही की ऐय्याशी का भूत तुम्हारे सिर से अभी तक उतरा नहीं है। यदि मजा लेने का इतना ही शौक है तो मैं तुम्हें कुछ मजे की जगहें बता देता हूँ, नहीं तो कुछ ठीक-ठीक सोचो।" डी.जे. ने अपने चिरपरिचित अन्दाज में कहा।

"सोचेगा कहाँ से, सरकारी फाइलों में कलम घिसते-घिसते इस साले के दिमाग में भी फफोले पड़ गये हैं। हाँ डी.जे., तुम इत्मीनान से अपनी बात कहो, हम वादा करते हैं कि तुम्हें रोकेंगे नहीं।" आर.पी. ने कहा।

''मैं यह कह रहा था कि...'', डी. जे. ने मुँह में काफी का एक भरपूट घूँट भरा, ''इनसानी रिश्ते भी साइंस की थियरी से अलग नहीं हैं। हमारे साथ मुश्किल यह होती है कि साइंस पढ़ते हुए हम थियरी और लैब के उल्टे-सीधे प्रयोगों को दुहराने और रटे-रटाये, पिटे-पिटाये निष्कर्षों को पाने के लिए इतने बेचैन होते हैं कि उसकी मूल चिन्ता और उसके विराट दर्शन के भीतर मानवीय इकाइयों की व्यवहारगत विशिष्टताओं को समझने की कोशिश ही नहीं करते। सोचकर देखो कि साइंस, जब तक हमने पढ़ा, क्या प्रैक्टिकल कॉपी और किताबों के अलावा हमारे लिये कोई इंडिपेन्डेन्ट मैटर रहा है? बहुत पीछे न जाएँ, इसी शताब्दी को देखें, साइंस ने क्या कुछ नहीं किया! मेंढक की तरह उठी हुई कारें और धीमी गति से चलनेवाले दुपहिये वाहन तेज रफ्तार गाड़ियों में बदल गये। विद्युत चुम्बकीय तरंगों ने ब्रह्मांड के अधिकांश रहस्यों को सुलझा लिया और जैसे-जैसे रहस्य सुलझते गये, वैसे-वैसे दुनिया का बर्ताव, यदि तुम दुनिया को एक रहस्यमय इकाई मानते हो, तो कहें, कि आदमी का बर्ताव बदल गया। बीहड़ किले की तरह लगती कई बीमारियों की हैसियत मामूली सर्दी-जुकाम से अधिक की नहीं रह गयी। मनुष्य के रहन-सहन, उसके सोचने-समझने के तरीकों में बदलाव हुए। क्या तीन सौ साल पहले कोई सोच सकता था कि हजारों किलोमीटर दूर खड़े किसी व्यक्ति को वह देख सकता है या उससे बातें कर सकता है?''

''बिलकुल नहीं सोच सकता था, सोच तो यह भी नहीं सकता था कि हजारों आदमी कुछ ही मिनटों में तड़पकर मर सकते हैं। सोच तो यह नहीं सकता था कि परमाणु बम नामक महान खोज से आनेवाली कई पीढ़ियाँ अपंग पैदा हो सकती हैं, सोच तो यह भी नहीं सकता था कि...''

''अव्यवस्था, मिसमैनेजमेंट, के लिए तुम साइंस को जिम्मेदार नहीं ठहरा सकते। यदि नियन्त्रण के अभाव में कोई बच्चा बिगड़ता है तो क्या इसके लिए बच्चे को दोषी माना जाएगा?''

''खैर, डी.जे. इस पर हम फिर कभी बात कर लेंगे, फिलहाल तुम्हारी किसी भी बात से हम इनकार नहीं कर रहे हैं, लेकिन तुम्हारी बात मानवीय रिश्तों के रहस्यों को साइंस से मिलाने की बात से शुरू हुई थी, एम. आई. करेक्ट?''

''हाँ, मैं उसी पर आ रहा हूँ। एक मिनट रुको।'' डी.जे. अपनी कॉफी खत्म कर भीतर गया। थोड़ी देर बाद जब वह लौटा तो उसके हाथ में दो लाल रंग के चुम्बक थे। उसने दोनों चुम्बक टेबिल पर रखे—''देखो यह चुम्बक का उत्तरी ध्रुव है और यह दक्षिणी। उत्तरी ध्रुव के सामने दूसरे चुम्बक का दक्षिणी ध्रुव लाओ तो पहला चुम्बक दूसरे को बहुत तेजी से खींचता है।'' दूसरा चुम्बक पहले से चिपक गया था। ''अब उत्तरी ध्रुव के सामने दूसरे चुम्बक के उत्तरी ध्रुव को ही रखें। यह

दूसरे चुम्बक को पीछे ढकेलता है, देखो इस तरह।'' दूसरा चुम्बक पीछे जा रहा था। ''दोनों चुम्बक के बीच की यह जो दूरी है, जिस पर दोनों काम करते हैं यानी आकर्षण और विकर्षण, यही इन चुम्बकों की शक्ति है। चुम्बक की चुम्बकीय शक्ति दूसरी वस्तु की प्रकृति और उसकी दूरी पर निर्भर करती है।''

''डी. जे., इसे फिजिक्स की सामान्य किताबों से भी समझा जा सकता है। तुम्हारा मुद्दा था साइंस की थियरी से मानवीय स्वभावों की संगति। क्या आकर्षण और विकर्षण इतने ही यान्त्रिक तरीके से मनुष्य के भीतर काम करते हैं? तुम यही कहना चाहते हो न! और एग्ज़ेक्ट यही कहना चाहते हो तो पहेलियाँ बुझाये बिना अपनी बात साबित करो या फिर मान लो कि हम हमेशा की तरह बातें कर रहे हैं और तुम कोई नयी और अनोखी बात नहीं कहने जा रहे हो।'' आर. पी. ने थोड़ा झुँझलाते हुए कहा।

लेकिन डी. जे. आज अपनी ही रौ में था—''एक चुम्बक के भीतर उसके अणुओं की विशिष्ट स्थिति ही चुम्बक की शक्ति का निर्धारण करती है और यह शक्ति निश्चित दूरी पर ही काम करती है। ठीक इसी तरह मनुष्य की शक्ति भी उसके विशिष्ट व्यवहारों का कुल योग होती है। जब तक दो मनुष्य एक-दूसरे के प्रभाव क्षेत्र में नहीं आते तब तक न तो वे आकर्षित होते हैं और न ही विकर्षित। मनुष्य चूँकि अपने ऐन्द्रिक तन्त्रों का कुल योग होता है इसलिए उसके आकर्षित या विकर्षित होने की क्षमता उसकी ऐन्द्रिय क्षमता के कुल योग के बराबर होती है। इंग्लैड या ऑस्ट्रेलिया या मिस्र में रहनेवाले किसी व्यक्ति के सुख-दुख से हम कोई वास्ता नहीं रखते तो इसका अर्थ यह है कि हम उसके विशिष्ट प्रभाव से दूर हैं। अब मान लो कि अमरीका में रहनेवाले किसी व्यक्ति के दुख से हम प्रभावित हो रहे हैं तो इसका मतलब हुआ कि हम अपने श्रवणतन्त्र, दृश्यतन्त्र या अपनी स्मृति और अनुभव के कारण उसके विशिष्ट चुम्बकीय प्रभाव में आ चुके हैं। जिसे हम उदासीनता कहते हैं, वह दरअसल निश्चित दूरी के बाहर दो पिंडों की स्वाभाविक प्रक्रिया है। यह तो हुई प्रत्यक्ष प्रभाव की बात, जिसे हम अपनी खुली आँखों से देख पाते हैं, लेकिन इसके साथ, यह भी सच है कि ब्रह्मांड की हर घटना, दूसरी घटना को प्रभावित करती है। केवल निश्चित दूरी के भीतर होने पर ही यह प्रभाव दिखाई पड़ता है अन्यथा नहीं। ठीक वैसे ही जैसे सैकड़ों प्रकाशवर्ष की दूरी पर किसी नक्षत्र में रहनेवाले विस्फोट का पृथ्वी पर प्रभाव नगण्य होता है...।'

''क्या तुमने ठान रखा है कि आज अपनी बात पर नहीं आओगे, तो चलो, हम सब मिलकर एक लम्बी उबासी लें।'' और के. के. ने मुँह फाड़ दिया।

(इस कहानी को लिपिबद्ध करते हुए मैं भी ऊब रहा था। मैं थ्रिलर फिल्म देखना चाहता था जबकि डी. जे. नामक यह प्रेत नं. 1, नसीरुद्दीन शाह की फिल्मों

की तरह धीरे-धीरे चल रहा था। खैर, मैंने प्रेत नं. 2 और 3 से आँख बचाकर प्रेत नं. 1 को भूमिका कम और कहानी ज्यादा कवर करने का इशारा कर दिया और इस बीच लघुशंका से निवृत्त होकर भी आ गया।)

(सॉरी, मुझे आने में देर हो गयी कहानी शुरू हो चुकी थी। डी.जे. कह रहा था)

'जिस चुम्बक के चुम्बकीय प्रभाव को समझाने की मैं कोशिश कर रहा हूँ मनुष्य की प्रकृति भी उससे अलग नहीं है। अपनी बात को साबित करने के लिए मैं अपनी ही कथा सुनाता हूँ जिस पर गुजरे चालीस वर्षों से मैंने रहस्य का परदा डाल रखा है।

''...मैं तब शिमला रिसर्च इन्स्टीट्यूट में सीनियर रिसर्च फैलो था और आइंस्टीन के खगोलीय समीकरणों के आधार पर नक्षत्रों की दूरी की गणितीय व्याख्या में उलझा हुआ था। मेरे लिए तब दूरी का केवल एक ही मानक था—प्रकाशवर्ष; और यह मानक मुझ पर इतना हावी था कि मैं किचन और ड्राइंग रूम के बीच की दूरी को भी प्रकाशवर्ष से नापता 3×10^{-16} प्रकाशवर्ष (3 मीटर) और मेरे घर से इन्स्टीट्यूट की दूरी थी 10^{-16} प्रकाशवर्ष (1 कि. मी.) तुम लोग कह सकते हो कि प्रकाशवर्ष मेरे लिये प्रामाणिक मानक था। यानी मेरे बौरा जाने की शुरुआत हो चुकी थी। मुझे दो व्यक्ति दो नक्षत्र की तरह लगते। शिमला में रहते हुए कई पहाड़ी चोटियों के बीच की दूरी को दूरबीन की सहायता से मैं प्रकाशवर्ष में कन्वर्ट कर चुका था।

तुम लोग बेशक इसे मेरा पागलपन कह सकते हो, लेकिन वह पागलपन नहीं था बल्कि जुनून था, फिजिक्स का जूनून; और मैं तुम लोगों को बताऊँ कि यह वक्ती जुनून नहीं था। रुचियाँ जब भौतिक परिस्थितियों का अतिक्रमण कर एक निश्चित दिशा में दौड़ने लगती हैं तो वह जुनून में बदल जाती हैं। मैं ब्रह्मांड की गणितीय व्याख्या को लेकर जुनूनी हो गया था!

मेरा पागलपन बढ़ता जा रहा था। मेरी उम्र तब 26 से अधिक नहीं होगी लेकिन मुझे एहसास ही नहीं था कि मैं 26 का हूँ। कई बार माल रोड के किनारे पत्थर की बेंच पर जब सैलानियों को बैठे हुए देखता तो मुझे लगता कि दुनिया में कितना कुछ अजीब है! जब कोई ग्रीन वैली या खुफरी की सुन्दरता पर मुग्ध होकर हाल ही में पत्नी बनी स्त्री को चूमता और गुजरते हुए मुझे 'पुच्च' की ध्वनि सुनाई पड़ती तो मैं कैल्कुलेशन करने लगता कि इस घटना के होने के कितनी देर बाद मैं उसे सुन पाया या यदि मैं दृश्य को देखता तो हिसाब करने लगता कि दृश्य के होने और देखने के बीच का अन्तराल एक सेकंड का कितना अरबवाँ हिस्सा है! मैं पूरी तरह आइंस्टीन की थियरी में घुस चुका था।

उन दिनों हमारे इन्स्टीट्यूट के डायरेक्टर डॉ. मुखर्जी थे, बेहद शान्त और जिज्ञासु, बला के खुबसूरत। मेरी जानकारी में वे पहले आदमी थे जो अपने अधपके बालों पर मेंहदी लगाया करते थे। उनके चेहरे पर एक मासूम किस्म की लाली खेलती रहती थी और बालों का रंग सुबह के सूरज से मिलता था। उनकी खूबसूरती का आलम तो यह था कि शिमला में आनेवाली खूबसूरत से खूबसूरत लड़की की खूबसूरती भी उनके आगे पानी भरती थी। सुबह-सुबह जब वे इन्स्टीट्यूट के लिए पैदल निकलते थे तो लगता था कि सूरज अभी-अभी उनके बालों से निकलकर आसमान की ओर चला गया है! वे हमारे इन्स्टीट्यूट की जान थे लेकिन मेरी श्रद्धा का कारण कुछ और था। युद्ध के दिनों में वे वैश्विक युद्ध विरोधी आन्दोलन में शामिल थे और आइंस्टीन के साथ कई जलसों में शिरकत कर चुके थे।

एक दिन मैं लैब में नक्षत्रों के स्पैक्ट्रम का अध्ययन कर रहा था कि चपरासी ने आकर सूचना दी—डॉ. मुखर्जी ने मुझे बुलाया है।

मैं अपना काम छोड़कर उनकी केबिन में घुसा।

डॉ. मुखर्जी किसी शोधपत्र में डूबे हुए थे। उन्होंने मुझे बैठने का इशारा किया। थोड़ी देर बाद शोधपत्र खत्म कर उन्होंने एक सिगरेट सुलगाई और ढेर सारा धुआँ उगलते हुए कहा—''तुम्हें जल्द ही गोवा जाना होगा।''

'गोवा!' मैं आश्चर्य से भर उठा।

डॉ. मुखर्जी ने आगे कहा—''गोवा में मेरे एक अजीज दोस्त हैं—डॉ. डेविड फर्नांडिस। उनके पास आइंस्टीन के अन्तिम दिनों के काम की कुछ प्रतिलिपियाँ हैं, जिन पर उनका रिसर्च पेपर इस जर्नल में छपा है। हमारे इन्स्टीट्यूट में उन पेपर्स की प्रतिलिपियाँ होनी चाहिए इसलिए तुम जाकर उन्हें ले आओ। मैं डॉ. फर्नांडिस के लिए एक चिट्ठी लिखे देता हूँ।''

डॉ. मुखर्जी ने सिगरेट का एक लम्बा कश खींचा, फिर अपनी आँखों में थोड़ी शरारत भरकर बोले—''इन पहाड़ों में रहते हुए तुमने कभी गोवा की कल्पना भी न की होगी। जाओ, समुद्र के करीब जाओ, लहरों के आसपास कुछ समय बिताओ, ये तुम्हारे लिये भी पॉज़िटिव चेंज होगा और तुम अपने आगे के काम के लिए थोड़ा फ्रेश भी हो जाओगे! मैं तुम्हारी छुट्टियाँ ऑफिशियल टूर के रूप में मंजूर किये देता हूँ लेकिन तुम्हें जल्दी निकलना होगा, मुमकिन हो तो कल ही।''

'गोवा!' मैंने सुन रखा था कि समुद्र की लहरों पर बसा गोवा पुर्तगाली और कोंकणी कल्चर के मिश्रण का एक अनूठा इलाका है। वहाँ लोगों की साँसों से भी समुद्र की आवाज झरती है और अभी 4-5 साल पहले ही वह भारत में मिलाया गया है। लेकिन मुझे इन सब बातों में दिलचस्पी न थी। मेरी दिलचस्पी तो उन पेपर्स में थी जो डॉ. डेविड के पास थे। मेरे भीतर आइंस्टीन की लिखावट देखने की इच्छा

मचल रही थी।

वो ठंड का मौसम था। मुझे गोवा के क्लाइमेट का अन्दाजा नहीं था सो मैंने दो बड़े बैग में अपना सामान पैक किया। एक में किताबें, कपड़े, पैन, कॉपी वगैरह और दूसरे में गरम कपड़े। लेकिन दिल्ली पार करते-करते मुझे दूसरा बैग बोझ लगने लगा और मुम्बई पहुँचते-पहुँचते तो उसे फेंक देने की इच्छा हुई।

मुम्बई पहुँचकर मैं गोवा जानेवाली स्टीमर में सवार हो गया। मैं ज़िन्दगी में पहली बार इतना पानी देख रहा था। चारों ओर पानी ही पानी था। गहरा, नीला और शान्त। दूर किसी बिन्दु पर ध्यान केन्द्रित करो तो पता ही नहीं चलता कि जहाज चल रहा है! मैं समुद्र के बीच शिमला के पहाड़ों को याद करता रहा और सोचता रहा, पहाड़ों में दो बाल्टी पानी भी एक मुश्किल किले की तरह होता है, जबकि यहाँ तो पानी के अलावा कुछ है ही नहीं। पानी से मुझे डर लगने लगा और गोवा पहुँचने तक मैं अपनी केबिन में दुबका रहा। बाहर निकलने की मेरी हिम्मत नहीं हुई।

गोवा पहुँचकर मैं सीधे डॉ. डेविड फर्नांडिस के घर गया और उन्हें डॉ. मुखर्जी द्वारा लिखा हुआ पत्र सौंप दिया। डॉ. फर्नांडिस ऊँचे-पूरे, गोरे-चिट्टे और सौम्य से दिखनेवाले खूबसूरत इनसान थे। पत्र पूरा पढ़ने के बाद उन्होंने कहा कि अभी यहाँ क्रिसमस की छुट्टियाँ चल रही हैं। लगभग दो सप्ताह बाद इंस्टीट्यूट खुलेगा तभी मुझे आइंस्टीन के काम की प्रतिलिपियाँ मिल सकती हैं। उन्होंने यह भी कहा कि मैं चाहूँ तो उनके घर में ही रुक सकता हूँ या इंस्टीट्यूट के गेस्ट हाउस में या फिर होटल में।

मैंने होटल में ही ठहरने का फैसला किया और डॉ. फर्नांडिस ने समुद्र के तट पर एक अच्छे-से होटल में कमरे की व्यवस्था कर दी।

उस होटल की बाल्कनी और खिड़की समुद्र की ओर खुलती थी। जिस समुद्र से डरकर जहाज में मैं अपने केबिन में दुबका रहा था, अब वह ठीक मेरे सामने था—नीला, चमकीला और मानो उबलता हुआ समुद्र। बाल्कनी में बैठे हुए जब मैं तट की ओर से आती हुई लहरों को देखता तो लगता कि वे आते-आते होटल के कमरे तक पहुँच जाएँगी। जब वे लहरें तट से टकरातीं तो मैं अपने गालों पर उनकी छींटें महसूस करता!

दिसम्बर का महीना था। क्रिसमस बिलकुल करीब था और पूरा गोवा झूम रहा था। मोहक संगीत का शोर शाम के झुटपुटे अँधेरे से शुरू हो जाता और देर रात तक चलता रहता। समुद्र में दूर-दूर तक रोशनी से नहाई कश्तियाँ, बड़े-बड़े जहाज और उनमें से उठता हुआ हल्का-हल्का संगीत... जैसे लहरों ने संगीत के कपड़े पहन लिये हों... और कपड़ों की सरसराहट की तरह किनारों पर फिसलती हुई मोहक तानें।

मेरे लिये यह किसी अनोखे और चमत्कारिक लोक से कम न था। मैं पहाड़ों में रहनेवाला आदमी हूँ। शाम होते ही पहाड़ चुप्पी की चादर ओढ़े सो जाते हैं। खिड़कियों से कहीं-कहीं रोशनी के बिन्दु हिलते हुए कन्दील की तरह दिखाई पड़ते हैं लेकिन उस शहर का मिज़ाज बिलकुल अलग था। होटल की पहली रात तो मैं बहुत बेचैन रहा। संगीत के मद्धिम होने के इन्तजार में आधी रात होते-होते लहरों ने मुझे अपनी गिरफ्त में ले लिया। आँख बन्द करता तो लगता कि मैं लहरों के ऊपर किसी तख़्त पर लेटा हुआ हूँ। अचानक पलंग हिलता हुआ-सा जान पड़ता और मैं घबराकर आँखें खोल देता!

सुबह होते-होते मुझे नींद लग गयी और जब उठा तो दस बज चुके थे। मेरे पास कोई काम नहीं था। मैं तैयार होकर होटल से निकल गया। साइंस का जुनून बैग के भीतर ही बन्द था और सच पूछो तो मुझे उसकी याद भी नहीं आई। लेकिन पहली रात का यह फायदा जरूर हुआ कि समुद्र का ख़ौफ़ एक सुखद और चमत्कारी रोमांच में बदल गया।

रात का संगीतमय शोर अब घंटे की ध्वनियों में बदल चुका था। रह रहकर गिरिजाघरों से प्रार्थनाओं और घंटियों के स्वर उठते और दूर-दूर तक फैल जाते। मैं बेवजह घूम रहा था। फिलहाल तो घूमना ही मेरे लिये एक काम था। इतने में एक बेकरी के बाहर मुझे 'वह' दिखाई पड़ी—'वह' यानी रोज़ी। गोवा में विदेशी सैलानियों से अधिक सुन्दर मुझे वहाँ की स्थानीय लड़कियाँ लग रही थीं। पहाड़ों में लाल और गोरे रंग की लड़कियों को देखते-देखते मैं बड़ा हुआ था इसलिए इस रंग की लड़कियाँ मुझे बहुत स्वाभाविक लगती थीं। लेकिन साँवली खूबसूरती का मंजर मैं पहली बार देख रहा था और रोज़ी तो साँवली खूबसूरती का एक सँवलाया चाँद थी! चाँद यदि साँवले रंग का होता तो जैसा दिखता, रोज़ी का चेहरा बिलकुल वैसा ही था—गोवा की साँवली खूबसूरती का एक बेशकीमती रत्न!

यह पहली बार का चुम्बकीय आकर्षण था। मैं चुम्बकीय क्षेत्र में प्रवेश कर चुका था, बिलकुल इस तरह...

और डी.जे. फिर चुम्बक के एक ध्रुव को दूसरे ध्रुव की ओर ले जाना शुरू किया। निश्चित दूरी से आगे बढ़ने पर दूसरा चुम्बक हिलने-डुलने लगा, हालाँकि वह पहले चुम्बक से एकदम चिपक नहीं गया। दोनों के बीच एक प्रतिरोधी शक्ति काम कर रही थी।

''हाँ, मैं इसे प्रतिरोधी शक्ति ही कहूँगा'', डी.जे. ने कहा, ''एक निश्चित दिशा में गति यानी वेग विरुद्ध प्रभावी शक्तियाँ यानी हमारे संस्कार, हमारा समाज क्या प्रतिरोधी शक्ति की तरह काम नहीं करता?'' डी.जे. ने अचानक प्रश्न किया। के.के. या आर.पी. के पास इस प्रश्न का कोई उत्तर नहीं था। वे चुप रहे। डी.जे.

अपनी बात पर लौट आया, यानी दूसरे चुम्बक की हरकत पर।

''हम एक खुले रेस्तराँ में बैठे चाय पी रहे थे। अब तक वह मेरे बारे में सब कुछ जान चुकी थी और मैं भी उसके बारे में, कि वह एक प्राइमरी स्कूल में संगीत की शिक्षिका है कि उसने बचपने में अपनी माँ को खो दिया था कि वह अपने पिता, जो एक पब्लिक लाइब्रेरी में लाइब्रेरियन हैं, की इकलौती बेटी है और उन्हें बहुत प्यार करती है, कि उसे केक और मछली बहुत पसन्द हैं कि वह मछली बहुत अच्छा बना लेती है, कि पियानो बजाना उसे अच्छा लगता है, कि समुद्री लहरों को टकराते देखना उसका प्रिय शगल है, और सप्ताह में कम-से-कम एक बार, और अधिक की कोई सीमा नहीं, वह समुद्र में तर भीगती है, कि... कि... उसे मुझसे प्यार हो गया है। यह अन्तिम बात उसने क्रिसमस के बीतने के बाद पहली जनवरी की रात नाच के हंगामे में धीरे-से मेरे कानों में कहा था और देर तक गोवाइन संगीत में झूमती रही थी। आकाशगंगा में विस्फोट से अभी-अभी जन्मे एक नये नक्षत्र की तरह।

मैं भी चुम्बकीय कम्पास की सुई की तरह उसकी उपस्थिति से अपने भीतर कम्पन महसूस कर रहा था। मुझे दुनिया में रोज़ी से अधिक अपना कोई नहीं जान पड़ता था। मैं और रोज़ी... रोज़ी और मैं।''

फिर डी.जे. चुम्बक को और अधिक करीब ले गया। दूसरे चुम्बक में फिर हरकत हुई और वह पहले चुम्बक से चिपक गया।

इसके कुछ देर बाद तक चुप्पी छाई रही। डी.जे. ने इस बीच एक सिगरेट सुलगा ली। उसका धुआँ धीरे-धीरे कमरे में फैलता रहा। केवल कश खींचने की एक हल्की-सी आवाज आती और फिर धुआँ उगलने की। सिगरेट से धुआँ एक सफेद लकीर बनकर उठता और थोड़ी देर बाद गायब हो जाता। बगल के कमरे में पंखे की घिर्र-घिर्र... ठीक लहरों की आवाज की तरह... आर.पी. और के.के. को लगा कि वे गोवा पहुँच गये हैं!

सिगरेट पीने तक चुप्पी छाई रही। डी.जे. ने जलती ठूँठ को ऐश ट्रे में मसला नहीं, जो कि वह हमेशा करता था। उसने फिर कहना शुरू किया—''जनवरी के सात दिन बीत चुके थे, यानी प्यार के ज़ाहिर होने के सात दिन! मैं रोज़ी के सीने में सिर रखकर सोया हुआ था। मुझे लग रहा था कि यह उसका सीना नहीं बल्कि समुद्र में तैरती एक कश्ती है, हलकी-हलकी डगमगाती हुई एक साँवली कश्ती और मैं उस पर अकेला सवार हूँ! किसी शरीर के करीब होने का वह मेरा पहला अनुभव था। उसके शरीर में नमक का स्वाद और मछली की गन्ध बसी थी। वह भीगकर सीधे होटल के कमरे में आ गयी थी और उसने अपना तंग ब्लाऊज उतार दिया था। मैंने उसके होंठ चूमे और लगा कि समुद्री जल को अंजुरी में भरकर चख लिया है। होंठ

नमकीन थे और बेहद तपे हुए और...''

डी. जे. अपनी बात अधूरी छोड़ दी। आगे की बात कहने का कोई अर्थ नहीं था। वह जैसे किसी बीते हुए क्षणों की गलियों में भटक रहा था। कुछ देर भटकने के बाद वह फिर अपने कमरे में लौट आया और कहने लगा—''प्यार के जाहिर होने के दसवें दिन डॉ. फर्नांडिस मुझे ढूँढ़ते हुए होटल के कमरे में आए तो मैं एक लम्बी नींद से जागा।

''क्यों मिस्टर धनंजय, लगता है गोवा आपको बहा ले गया।''

डॉ. फर्नांडिस की बातों में हलका-सा व्यंग्य था। गोवा इतना खुला हुआ इलाका था कि बातें वहाँ छुपती नहीं थीं। वहाँ पहाड़ों की तरह का रहस्य नहीं था और न ही चुप्पी। उन्होंने मुझे आइंस्टीन के काम की प्रतिलिपियाँ थमा दीं और हर तरह की मदद का आश्वासन देकर चले गये।

इन प्रतिलिपियों को प्राप्त करने के साथ-साथ मेरा काम खत्म हो चुका था, वह काम जिसके लिए मैं गोवा गया था, लेकिन काम क्या वाकई खत्म हो गया था? कुछ देर तक मैं सन्न खड़ा उन प्रतिलिपियों को देखता रहा। जो पेपर मेरे लिये एक जुनून थे, वे अब मेरे हाथों में थे लेकिन मन में एक अजीब-सी दहशत थी। अचानक खाली हो जाने का एहसास भीतर भर गया था। मुझे समझ में नहीं आ रहा था कि मैं क्या करूँ! और मैं शाम का इन्तज़ार करने लगा।

वह शाम उस दिन बहुत देर से आई।

हम समुद्र के तट में पत्थर की बेंच पर बैठे थे। रोज़ी ने धीमे से अपना हाथ मेरी हथेलियों से छुड़ा लिया—''तो तुम्हें अब लौटना होगा?'' रोज़ी ने पूछा।

फिर एक लम्बी चुप्पी...हमारी चुप्पी के बीच लहरों की आवाजें फैलती रहीं। रोज़ी, जो अकसर चिड़िया की तरह फुदकती रहती थी, आज शान्त थी। उसका शान्त हो जाना मुझे खल रहा था। लगता था कि समुद्र अचानक शान्त हो गया है। तटों की ओर उसने लहरें फेंकना बन्द कर दिया है!

''रोज़ी क्या ऐसा नहीं हो सकता कि तुम भी मेरे साथ चलो, मेरी पत्नी बनकर!'' रोज़ी के चेहरे पर एक हलकी-सी मुस्कराहट आकर लौट गयी। समुद्री तट से लौटती लहर की तरह। इस बार उसका रास्ता किसी ने नहीं रोका था।

''तुम्हें मेरे फादर से बात करनी होगी।''

''फिर चलो, अभी बात कर लेते हैं।'' मैंने तुरन्त उठते हुए कहा। रोज़ी खिलखिला उठी। समुद्र में फिर लहरें उठने लगीं। उसकी छीटों से मेरा चेहरा फिर भीगने लगा। कई तरह से अनोखे सपनों की लहरियाँ आपस में टकराकर मेरे चेहरे पर छींटे उड़ा रही थीं। उस नमी और फुहारों में भीगना, मुझे बहुत अच्छा लग रहा था।

''तो मिस्टर धनंजय, आइंस्टीन की नक्षत्रीय गणना के स्कॉलर और शिमला रिसर्च इन्स्टीट्यूट के सीनियर फैलो, अपनी शादी की बात खुद ही करेंगे!'' रोज़ी ने मुझे छेड़ते हुए कहा।

''क्यों इसमें हर्ज ही क्या है?''

''और तुम्हारे माँ-बाप?''

''उन्हें भी बाद में बता दिया जाएगा लेकिन फिलहाल नहीं। इसलिए नहीं कि मैं छुपाना चाहता हूँ या उनके इनकार से डरता हूँ। सिर्फ इसलिए कि उन्हें चिट्ठी लिखने और जवाब आने में कम-से कम एक महीना लग जाएगा। वे लोग शिमला से कुछ दूरी पर एक पहाड़ी गाँव में रहते हैं। वहाँ चिट्ठी पहुँचने में कम-से कम पन्द्रह दिन तो लगेंगे ही। जबकि मुझे तुरन्त लौटना है, इसी सप्ताह।''

''तो तुम रज़ामन्दी लेकर लौट आओ, फिर साथ रहना शुरू करते हैं।''

''रोजी मैं कोई रिस्क लेना नहीं चाहता।'' मैंने शान्त लहजे में लेकिन थोड़ा चिढ़ाते हुए कहा, ''तुम समुद्र की बेटी हो और समुद्र में लहरें उठती ही रहती हैं, मान लो तुम्हारे भीतर फिर कोई नयी लहर पैदा हो गयी तो मेरा क्या होगा?''

''तो मिस्टर धनंजय मेरे बारे में ऐसा सोचते हैं, मुझे कैद करना चाहते हैं। लुक मिस्टर धनंजय, लहरों को आज तक कोई भी कैद करके नहीं रख पाया। तुम चाहे जितनी कोशिशें कर लो, जब मेरा मन करेगा फिसलती हुई निकल जाऊँगी।'' रोज़ी ने जिस तरह आँख मटकाते हुए कहा था उससे मुझे हँसी आ गयी। मैंने कहा—''मजाक मत करो रोज़ी, आई. एम. सीरियस।''

''आई एम. आल्सो सीरियस।'' और रोज़ी ने वहीं मेरे गालों को चूम लिया। फिर समुद्र की ओर चली गयी। थोड़ी देर बाद लौटी तो भीगी हुई थी, जनवरी की रात में भीगी हुई।

''अब चलो, तुम्हारे कमरे में कपड़े सुखाने होंगे, घर ऐसे ही जाऊँगी तो बीमार पड़ जाऊँगी।'' रोज़ी ने शरारती अन्दाज़ में कहा।

उस रात दस बजे तक कमरे में रोज़ी के कपड़े सूखते रहे।

दूसरे दिन सुबह-सुबह मैं डॉ. डेविड फर्नांडिस के साथ रोज़ी के घर में था। डॉ. डेविड ही मेरे लोकल गार्जियन थे—माँ, पिता, बहन, भाई सभी कुछ एक साथ। उन्होंने कुछ इस ढंग से मेरी पैरवी की कि रोज़ी के पिता इनकार ही न कर सके और उसके ठीक सात दिन बाद मैं रोज़ी के साथ लौट रहा था।

मुम्बई में जहाज से उतरने के बाद जब हम समुद्री तट से दूर जा रहे थे तब पहली बार रोज़ी को बिछोह का एहसास हुआ। वह अपने पियानो, स्कूल और पिता से तो पहले ही बिछड़ चुकी थी और अब समुद्र से भी दूर जा रही थी। उसके मन में बार-बार एक हूक-सी उठती—क्या पता अब कभी समुद्र देख भी पाऊँगी या

नहीं! बिछोह का दुख गलकर उसकी आँखों से बहने लगा। शिमला पहुँचते तक रोज़ी की आँखें भीगी ही रहीं।

शादी के बाद शुरुआती दो महीने तो आँखों ही आँखों में बीत गये। इस बीच मेरे घरवाले भी मिलने आए। मेरी शादी को लेकर कोई हंगामा नहीं हुआ। उन्होंने रोज़ी को अपना लिया। हम पहाड़ी लोगों की यही तो खूबी होती है। पहाड़ों का जीवन बहुत कठिन होता है। जीने के साधन बहुत थोड़े होते हैं, इसलिए हम जल्दी ही सन्तुष्ट हो जाते हैं। हम सबके भीतर सन्तोष की गुनगुनी धूप फैल चुकी थी। हम सब—यानी माँ, बाबा, बहन, डॉ. मुखर्जी मेरे दोस्त यार और खुद मैं। लेकिन रोज़ी? रोज़ी के भीतर कुछ दरकने लगा था। उसकी ठीक-ठीक आहट मुझे दो महीने बाद ही हुई, जब मैंने उसे बाँहों में भरने की कोशिश की, वह मछली की तरह फिसलती हुई निकल गयी।

"क्या बात है रोज़ी, तुम खुश नहीं हो?"

रोज़ी ने एक ठंडी साँस भरी और फिर मेरी बाँहों के घेरे में आ गयी। एक ऐसी मछली की तरह, जिसे एक्वेरियम से आजाद कर दिया गया हो लेकिन वह फिर एक्वेरियम में लौट आए! उस रात उसकी भीगी आँखों के बावजूद मैंने दम भरकर प्यार किया। उसकी देह में अब भी एक ताज़ा मछली की गन्ध थी लेकिन होंठों का नमक अब मद्धिम पड़ने लगा था। उस पर अब सेब का स्वाद चढ़ने लगा था, लेकिन नमक अपनी स्वाद को बचाने के लिए जूझ रहा था!

मैं धीरे-धीरे अपनी स्वाभाविक ज़िन्दगी में लौटने लगा यानी आइंस्टीन की गणितीय व्याख्या की दुनिया में। और इसका स्पष्ट एहसास मुझे तब हुआ जब एक रात मैंने उसके निप्पलों को देखकर कहा, पता है इन दोनों उड़ने को आतुर भौरों के बीच की दूरी कितनी है—15×10^{-18} प्रकाशवर्ष (15 से.मी.)।

रोज़ी के चेहरे पर मुस्कराहट की एक हलकी-सी रेखा दिखाई पड़ी। थोड़ी देर तक वह रेखा उसके चेहरे पर खेलती रही और फिर गायब हो गयी।

रोज़ी के भीतर की दरार बढ़ती जा रही थी। उसके शरीर का नमक जैसे-जैसे कम हो रहा था, उसके भीतर नमक की प्यास बढ़ने लगी थी। उसकी नींद में भी अब नमक के स्वप्न उबलते और दिनों-दिन काले होकर उसकी आँखों के नीचे जमते जाते।

डॉ. मुखर्जी जब भी घर आते, रोज़ी की कमजोरी की ओर ध्यान दिलाते और मुझे अच्छी-खासी डाँट पिलाते। मैं रोज़ी का दुख जानना चाहता था लेकिन वह कुछ भी कहाँ कहती थी! वह तो लगातार दूर होती जा रही थी।

चुम्बक के ध्रुव अब पलट गये थे।

तो क्या मेरा और रोज़ी का आकर्षण क्षणिक आवेग का परिणाम था? मैं

यकीनन कह सकता हूँ कि ऐसा नहीं था। ऐसा होता तो रोज़ी आज भी मुझे इतनी याद न होती।'' डी. जे. ने कहा और फिर एक सिगरेट सुलगा ली।

''एक दिन शाम को जब मैं इन्स्टीट्यूट से लौटा तो देखा कि दरवाजा खुला हुआ है। मैं दबे पाँव घर के भीतर गया। रोज़ी कमरे में नहीं थी। वह बाथरूम में थी। बाल्टी के पानी को घुटनों के बल बैठकर निहारती हुई। पानी जब शान्त हो जाता तो वह अपनी हथेली से पानी में तरंगें पैदा कर देती और उसे चुपचाप निहारने लगती। मैं लगभग आधे घंटे तक रोज़ी को देखता रहा, फिर धीरे-से उसके कन्धे पर हाथ रखे। रोज़ी चौंकी जैसे नींद से जाग गयी हो। उसने थकी आवाज में चहकने की बनावटी कोशिश करते हुए कहा—''अरे तुम कब आ गये? आज इतनी जल्दी?''

मैंने अपने हाथों का सहारा देकर उसे उठाया। वह अपने कमजोर कदमों को घसीटती और लड़खड़ाती हुई सोफे में लेट गयी।

''तुम्हें क्या हो गया है रोज़ी? तुम इतनी चुप-चुप क्यों रहने लगी हो? क्या तुम्हें मेरे साथ रहना अब अच्छा नहीं लगता और तुम बाथरूम में क्या कर रही थी?'' अपनी आशंकाओं से जन्मे कई सवाल मैंने रोज़ी से एक ही साँस में पूछ लिये थे।

''ऐसी बात नहीं है डियर, तुम तो मेरे सब कुछ हो, लेकिन...'' रोज़ी ने एक गहरी साँस ली, ''मैं लहरें देख रही थी, उसे छूने की कोशिश कर रही थी...'' और वह फफक-फफककर रो पड़ी। उसके रोने में भी समुद्र की आवाज थी। बारिश में भीगते हुए समुद्र की आवाज!

उस दिन रोज़ी ने पहली बार अपना दुख कहा—''धनंजय, मैं गोवा में रहते हुए बर्फीले पहाड़ों की कल्पनाएँ किया करती थी कि वे कैसे दिखते होंगे? बहुत पहले मेरे रिश्ते के एक अंकल पहाड़ों में छुट्टियाँ बिताने आए थे और लौटते हुए रोरिख़ की हिमालय सीरीज़ की बहुत-सी पेंटिंग्स के पिक्चर पोस्टकार्ड साथ लेकर गये थे और उनमें से कुछ मुझे प्रेजेन्ट किया था। उन चित्रों को देखते हुए मेरे भीतर पहाड़ों को लेकर अजब-सा रोमांच घर कर गया। उन चित्रों में बैंगनी, नीले, भूरे और गुलाबी के गाढ़े रंग पहाड़ों पर चढ़े थे, बीच-बीच में झाँकता हुआ-सा सफेद रंग। मैंने कितनी-कितनी बार अपनी उँगलियों की पोरों से उन रंगों को छुआ था! धीरे-धीरे वे रंग मेरे भीतर जमते चले गये। मुझे उन रंगों के सपने आने लगे। उन सपनों में एक चेहरा दिखाई पड़ता, जो पहाड़ की तरह था। पहाड़ के रंग अचानक फैले हुए हाथ बन जाते और मुझे अपनी ओर बुलाते। मैं घबराकर उठ जाती। लेकिन रंगों का वह आमन्त्रण मुझे अच्छा लगता। फिर धीरे-धीरे वह आमन्त्रण मेरी इच्छा बनता गया। गोवा में जब तुम पहली बार मुझसे बेकरी के बाहर मिले और बिना किसी औपचारिकता के चाय का न्योता दे डाला तो मैं तुम्हारी ओर खिंचती चली गयी। बचपन की वे तस्वीरें मेरे भीतर ज़िन्दा होने लगी थीं और मैं तुमसे प्यार करने लगी।

''लेकिन...तस्वीरों में और जीवन में फ़र्क़ होता है, होता है न? मैं उन तस्वीरों को लहरों के संगीत के बीच देखती थी। रंगों के उस आमन्त्रण की पृष्ठभूमि में समुद्र की आवाजें तैरती रहती थीं। उन तस्वीरों को देखते हुए या सपने देखते हुए मुझे कुछ भी छूट जाने का एहसास नहीं होता था। लेकिन अब, जबकि मैं उन्हीं तस्वीरों के देश में रह रही हूँ, लगता है जैसे बहुत कुछ छूट गया है। मैं हर चीज को हिलते हुए यानी हरकत में देखने की आदी रही हूँ। चुप्पी जैसे शब्द मेरी डिक्शनरी में थे ही नहीं, लेकिन यहाँ सब कुछ चुप-चुप है। पहाड़, पेड़ और यहाँ तक कि लोग भी; जहाँ नजर फेरती हूँ वहाँ एक गतिहीन नज़ारा दिखाई पड़ता है। न लहरें, न मछलियों की उछल कूद, न हिलती हुई कश्तियाँ और न संगीत का शोर! सब कुछ पर जैसे एक रहस्यमय चुप्पी का परदा पड़ा हुआ है। ऐसा मत समझो कि मैं तुमसे ऊब गयी हूँ...लेकिन...लगता है मेरा जहाज तैरते-तैरते बर्फ के दलदल में फँस गया है और लगातार डूबता जा रहा है...मैं बर्फ में धँसती जा रही हूँ धनंजय, प्लीज, मुझे बचा लो, किसी भी तरह बचा लो...''

रोज़ी लगातार रोये जा रही थी। मैंने कहा—''रोज़ी, कहीं ऐसा तो नहीं कि तुम मुझसे अलग होना चाहती हो?''

''नहीं धनंजय, प्लीज, ऐसा मत कहो, क्या मैं ऐसा सोच भी सकती हूँ?'' रोजी ने तड़पते हुए कहा, ''लेकिन तुम चिन्ता मत करो, धीरे-धीरे मैं इन पहाड़ों की, इन चुप्पियों की आदी हो जाऊँगी, तुम भरोसा करते हो न मुझ पर?'' रोज़ी ने मुस्कराने की कोशिश की।

लेकिन रोज़ी आदी नहीं हो पायी। वह लगातार बीमार होती गयी। उस सँवलाये चाँद की रोशनी लगातार मद्धिम पड़ती गयी। इस बीच मैंने बहुत कोशिश की कि उसे कुछ दिनों के लिए गोवा वापिस भेज दूँ, लेकिन उसने अकेले जाने से साफ मना कर दिया था।

पहाड़ों में गर्मी आकर लौट गयी। गर्मियों के दिनों के कारण सैलानियों का जो हुजूम शिमला पर टूट पड़ा था, वह फिर उसे चुप्पियों के हवाले कर अपनी दुनिया में लौट गया था। बारिश में पहाड़ों पर थोड़ी हलचल हुई। पानी के बरसने या रिसने या पत्थरों से निकलकर बहते पानी का शोर जब रोज़ी के कानों में पड़ता तो वह बहुत खुश हो जाती। यदि वह कमजोर नहीं हो गयी होती तो जरूर नाचने लगती। लेकिन उसका शरीर साथ नहीं देता था। वह बिस्तर पर पड़े-पड़े ही अपनी खुशी को चेहरे से व्यक्त करती।

बारिश के बीतते-बीतते पहाड़ फिर अकेले हो गये।

मैं अब अधिक-से-अधिक रोज़ी के करीब रहने लगा था। रोज़ी की आँखों के नीचे का काला घेरा अधिक गहरा हो गया था और वह लगातार फैलता जा रहा

था। उसकी आवाज बुझती जा रही थी। पहाड़ों में सर्दियाँ शुरू हो चुकी थीं। मैं जब भी इन्टीट्यूट से लौटता, देखता कि रोजी छींटदार स्कर्ट और गाढ़े रंग का भड़कीला पतला-सा ब्लाऊज पहने होती। रजाई-कम्बल बिलकुल नहीं ओढ़ती। मैं जब उसे गर्म कपड़े पहनाने या रजाई ओढ़ाने की कोशिश करता तो वह मिन्नतें करने लगती—"धनंजय, प्लीज मुझे इन कपड़ों को पहने रहने दो, मुझे बिलकुल ठंड नहीं लग रही है।" मैं देखता कि वह काँप रही है फिर भी उसके चेहरे पर सन्तोष की लकीरें हैं!

मुझे याद है वे नवम्बर के आखिरी दिन थे जब मैंने रोज़ी को चूमते हुए कहा—"रोज़ी, मेरी छुट्टियाँ मंजूर हो गयी हैं, हम अपनी पहली मेरिज एनीवर्सरी गोवा में ही मनाएँगे।"

रोज़ी का चेहरा अचानक खिल गया। बादलों के पीछे से जैसे अचानक चाँद निकल आया हो! उसने कहा—"धनंजय, मैं एक बार लहरों को देखना चाहती हूँ, समुद्री मछली देखना चाहती हूँ, समुद्र की सतह पर बिछी धूप देखना चाहती हूँ, एक बार, अन्तिम बार... इसके बाद तुम जैसे चाहोगे वैसे रहूँगी। बिलकुल तुम्हारी तरह... तुम्हारे साथ..."

"रोज़ी, तुम ऐसा क्यों कह रही हो? हम बार-बार समुद्र देखेंगे, बार-बार उसके करीब जाएँगे।" मैंने तड़पकर कहा।

और 15 दिसम्बर को हम फिर गोवा के लिए निकल पड़े। रोज़ी ने शर्त रखी थी कि हम उसी होटल में रुकेंगे, उन्हीं क्षणों को फिर जियेंगे, फिर-फिर जियेंगे।

मुम्बई में लगभग साल भर बाद उसने जब समुद्र देखा तो मारे खुशी के उछल पड़ी। वह अचानक मेरा हाथ छुड़ाकर उसकी ओर दौड़ पड़ी। नहीं मालूम उसके पैरों में इतनी ताकत कहाँ से आ गयी थी। वह अंजुरी में पानी भरकर अपने हलक में डाल लेती। मैं उसे समझाता रहा—"रोज़ी, हम महीने भर तुम्हारे समुद्र के साथ रहेंगे। तुम थोड़ा ठीक हो जाओ फिर खूब उछल-कूद करना, अभी नहीं।" लेकिन तब तक रोज़ी पूरी तरह भीग चुकी थी।

जहाज की केबिन में उसने कपड़े बदले और पूरी यात्रा डेक में खड़े-खड़े पूरी की। जब थक जाती तो वहीं रेलिंग का सहारा लेकर बैठ जाती।

साल भर बाद मेरे लिए एक बार फिर गोवा। वही उबलता, चमकता, मेरे भीतर बेचैनी जगाता और मेरी नींद में अपनी आवाज के साथ घुसपैठ करता समुद्र। वही संगीत और उमंग से झूमते हुए शहर। वही चर्च और वही घंटियाँ और वही प्रार्थनाएँ। उस शहर का मिज़ाज तो कुछ भी नहीं बदला था! लेकिन उस शहर की लड़की, जो सालभर बाद वहाँ लौटी थी, काफी बदल चुकी थी।

हम उसी होटल के उसी कमरे में रुके, जहाँ मैंने पहली बार रोज़ी के शरीर के

नमक को अपने होठों से छुआ था। रोज़ी को जाननेवाले उसे पहचान ही न पाते। उसके पिता आए। अपनी इकलौती लड़की का हाल देखकर बहुत दुखी हुए। वे उसे घर ले जाना चाहते थे लेकिन रोज़ी तैयार नहीं हुई। नहीं मालूम, ऐसी अटूट ज़िद वह कहाँ से पा गयी थी! वह चर्च जाती और शाम को हम उसी पत्थर की बेंच पर बैठते। यदि बेंच में पहले से ही लोग बैठे हों तो हम उसके किनारे बैठकर खाली होने का इन्तजार करते। इस बीच रोज़ी एक दिन अपने स्कूल भी गयी और लौटकर वह बहुत खुश थी। उसने पिता के घर पियानो भी बजाया और पिता फेनी पीकर देर तक नाचते रहे। हम दिन में उसकी जानी-पहचानी जगहों में जाते और रात को होटल के कमरे में लौट आते।

तो क्या रोज़ी ठीक हो रही थी? यकीनन नहीं। उसके चेहरे की चमक लौट आई थी लेकिन शरीर थक चुका था।

एक शाम हम पत्थर की बेंच पर बैठे थे। नया साल आ चुका था। शाम का लाल-लाल सूरज समुद्र की गोद में छुप जाने की तैयारी कर रहा था। रोज़ी मेरी हथेलियों को थामे बैठी थी। उसने काँपती हुई धीमी आवाज में कहा—''धनंजय, मुझे माफ कर दो, अब शायद मैं तुम्हारा साथ नहीं दे पाऊँगी। मैं एक समुद्री मछली हूँ जो ऊँचाइयों से अपना मिलान नहीं कर पायी। तुम्हारे पहाड़ बहुत खूबसूरत हैं लेकिन मेरे लिए तो मेरा समुद्र ही सब कुछ है। मैं एक समुद्री पौधे की तरह हूँ जो उखड़कर दूसरी ज़मीन में जीना चाहता था। तुम ये नहीं कह सकते कि मैंने कोशिश नहीं की... लेकिन मैं ऐसा कर नहीं पायी। तुम्हें याद होगा, यहीं इसी बेंच पर एक दिन मैंने कहा था कि लहरों का जब मन होगा वे फिसलती हुई निकल जाएँगी। तब मुझे पता नहीं था कि एक साल के भीतर मुझे अपने कहे को साबित करना होगा... मैं जिन्दगी की शुरुआत में ही तुम्हारा साथ छोड़े जा रही हूँ, हो सके तो मुझे माफ कर देना।''

डी.जे. गहरी हताशा में उठकर टहलने लगा—''वो रोज़ी के अन्तिम शब्द थे। उसके बाद रोज़ी पूरी तरह चुप हो गयी और दो दिन बाद हमें छोड़कर हमेशा के लिए चली गयी। वो हमारी पहली सालगिरह के बाद वाला दिन था। समुद्र से प्यार करनेवाली उस लड़की को समुद्र के पासवाले कब्रिस्तान में दफना दिया गया।''

(डी.जे. ने अपना शरीर ढीला छोड़ते हुए ये बात कही। कमरा थोड़ी देर तक शान्त रहा, बिलकुल शान्त। मैंने कल्पना नहीं की थी कि अतीत के इन प्रेतों का सम्बन्ध इतने दुखद अतीत से है। मैं वहाँ से भाग जाना चाहता था लेकिन एक तो, कहानी में देर से घुसने का अपराध-बोध और दूसरा, क्या मैं अपने पात्रों को यूँ ही अकेला छोड़कर भाग जाऊँ? अपने दौर की राजनीति, समाज, संस्कृति की हलचलों से कटे लेकिन संवेदनशील ये पात्र, क्या उन्हें उनके ही हाल पर छोड़ दिया जाए?

और...बात शुरू कहाँ से हुई थी? विज्ञान के रहस्यों से मानवीय व्यवहारों के रहस्यों की संगति बैठाने की बात से, जो अब तक अधूरी थी, सो मैं वहीं मौजूद रहा।)

डी.जे. कह रहा था—''गोवा से मैं अकेला ही लौटा। लौटकर मैंने सीनियर रिसर्च फैलो के पद से इस्तीफा दे दिया। डॉ. मुखर्जी ने मुझे बहुत समझाया। भविष्य की योजनाओं की ओर ध्यान भी दिलाया लेकिन मैं निर्णय कर चुका था। शिमला में या पहाड़ों में रहना मेरे लिये अब मुमकिन नहीं था। मैं मैदानी इलाके में आ गया, यानी इस शहर में, जो पहाड़ और समुद्र से बराबर की दूरी पर है। मुझे बार-बार लगता था, और अब भी लगता है, कि रोज़ी ने बैलेंस न बनाने की ज़िद में अपनी जान दी है। यहाँ रहते हुए मैं साबित करूँगा कि निर्णय लेकर जीवन जिया जा सकता है... मैं एक चुम्बक ही तो हूँ जिसने परिस्थिति बदलने के बावजूद अपना गुण-धर्म नहीं छोड़ा... और...और...'' डी.जे. कहते-कहते रुक गया।

के.के. धीरे से उठा। उसने डी.जे. के कन्धे पर हाथ रखे और कहा—''नहीं डी.जे., तुम चुम्बक नहीं हो, डी.जे. हो, मि. धनंजय—हमारे सबसे प्यारे और अजीज दोस्त...'' और वह फूट-फूटकर रोने लगा। आर.पी. भी दोनों से लिपट गया।

उस बड़े से कमरे से देर तक केवल सिसकियों और हिचकियों की आवाजें आती रहीं।

(मैं लौटने लगा। फिलहाल मेरे कान शराब की खुलती ढक्कन की आवाज सुनने के लिए बेचैन हो रहे थे। मैं सन्तुष्ट था कि मैं एक चुम्बक की अन्त:कथा को लिपिबद्ध नहीं कर रहा था। मूल प्रश्न यहाँ फिर रह जाता है कि क्या विज्ञान का सत्य, मानवीय व्यवहारों की सत्ता से पृथक् है? शायद हाँ...शायद नहीं...पता नही!)

पिता

गाड़ी आने के लगभग आधा घंटा पहले मैं स्टेशन पहुँच गया। रात के साढ़े बारह बज रहे थे। जुलाई के अन्तिम कुछ ही दिन बाकी थे। पिछले दस घंटे से हो रही लगातार बारिश अब रुक चुकी थी। लेकिन पानी जहाँ तहाँ से बह रहा था, जो बारिश की निरन्तरता को बनाए हुए था।

स्टेशन लगभग शान्त था। बाहर की कीचड़ पैरों-पैरों होते हुए प्लेटफार्म तक पहुँच गयी थी। कहीं कहीं प्लेटफार्म की छत से पानी बूँद बूँद टपककर पूरे फर्श को गीला कर चुका था। इसमें उन तेज बौछारों का हाथ भी कम नहीं था, जो अभी कुछ समय पहले तक लगातार पड़ती रही थी। प्लेटफार्म की कुर्सियाँ कीचड़ से सनी थीं। कुछ लोग कुर्सियों की पीठ पर बैठे थे और बैठने की जगह पर अपने जूते चप्पलों को टिकाए हुए थे। सूखी कुर्सियों पर अखबार बिछाए हुए लोग सो रहे थे। मेरे पास खड़े रहने के अलावा कोई विकल्प नहीं था।

मैं पिता से मिलने आया था, जो हैदराबाद से अपना चेक-अप कराकर अपने शहर भिलाई नगर लौट रहे थे। चेक-अप का सारा खर्च मैंने एडवांस में भर दिया था और डॉक्टर से तीन महिने पहले ही एपॉइंटमेंट ले लिया था। जाँच से पता चला कि उनके दिल में तीन ब्लॉकेज़ हैं। पिछले कुछ दिनों से पिता जल्दी हाँफ जाने की शिकायत करने लगे थे। इसे पूरी गम्भीरता से लेते हुए मैंने हैदराबाद में इलाज करवाना पक्का किया क्योंकि वहाँ मेरे कुछ परिचित लोग रहते थे। मैंने महिने भर पहले ही छुट्टी के लिए आवेदन कर दिया था और वह मंजूर भी हो गया था। लेकिन ऐन मौके पर बारिश की कुछ बम्पर योजनाओं पर तुरन्त नये तरह से काम करने की ज़रूरत का हवाला देते हुए मेरी छुट्टी रद्द कर दी गयी और मुझे नये प्रोजेक्ट थमा दिए गये।

मन तो हुआ था कि प्रोजेक्ट की फाइल बॉस के सिर पर दे मारूँ। लेकिन ऐसे क्षोभ के लिए हमारी दुनिया में कोई जगह नहीं है। तत्परता... हाँ यही हमारी कॉरपोरेट दुनिया का अन्तिम सच है। अपनी चौदह घंटे की रोजाना नौकरी में सिवाय

तत्परता के और कुछ भी नहीं।

'सिकन्दराबाद से चलकर दरभंगा की ओर जानेवाली गाड़ी क्रमांक 7007 के आने का संकेत हो चुका है। यह गाड़ी कुछ ही समय पश्चात् प्लेटफार्म क्रमांक पाँच पर आएगी।' एक यन्त्रचालित स्त्री-आवाज़ मराठी, हिन्दी और अंग्रेजी में लगातार इस सूचना को शालीन तरीके से प्रक्षेपित कर रही थी। गाड़ी के आने की सूचना से प्लेटफार्म में कुछ हलचल हुई। नींद में डूबे बच्चों को माँएँ झिंझोड़ने लगीं। पुरुष सामानों को ठीक से जमाने लगे थे। चाय की केतली गर्म होने लगी थी। वेंडर कुछ और सामान बेच लेने की तैयारी में लग गये थे। ये सारी तैयारियाँ भी जैसे किसी 'यात्रा' नाम के महानाटक का ज़रूरी हिस्सा हैं, मैंने सोचा और पटरी की उस दिशा में देखने लगा, जहाँ से ट्रेन को आना था।

दूर पटरी के आस-पास पसरे अँधेरे के बीच पहले रोशनी का एक गोला दिखा, जो स्टेशन की ओर सरक रहा था। फिर उस गोले का घेरा बढ़ता गया। गाड़ी धीरे-धीरे प्लेटफार्म में प्रवेश कर रही थी। और मैं ट्रेन के चालक को देखने लगा। बहुत बचपन से ही ट्रेन के चालक मेरे कुतूहल का हिस्सा रहे हैं। उन दिनों जब हमारे गाँव की ओर जानेवाली ट्रेन कोयले से चलती थी, ट्रेन के चालक सिर में कपड़ा बाँधे रहते थे। उन्हें देखकर मैं सोचता था कि कितना बढ़िया है उनका जीवन। दिन भर घूमो और जब चाहो, ट्रेन की सीटी बजा दो। लेकिन इस गाड़ी के चालक वैसे नहीं थे। एक अधेड़ और एक युवा, दोनों ही अपने काम पर्याप्त जिम्मेदार दिखते हुए-से। बचपन में देखे हुए ट्रेन चालकों की तरह ये बिलकुल नहीं थे। फिर भी उन्हें देखकर मुझे अच्छा-सा लगा।

'एस-7' पिता ने टेलीफोन पर सूचना दे दी थी। मैं नियत स्थान पर खड़ा हो गया, जहाँ वह बोगी रुकनेवाली थी। मुझे वे दिन फिर से याद आने लगे, जब गाड़ी के आने के बाद मुसाफिरों का रेला आगे से पीछे और पीछे से आगे बदहवास भागता था। टीन की ट्रंक पुरुषों के सिर पर और स्त्रियाँ छोटे बच्चों को गोदी में उठाए। थोड़े बड़े बच्चे उनके पीछे। जनरल बोगी में दरवाज़ा खोलने की गुहार लगाते, चिल्लाते, गाली बकते मर्द और औरतें...दुनिया में कितना कुछ बदल गया है। शर्त बस यही है कि इस बदलाव को खरीदने का सामर्थ्य आपके पास हो।

गाड़ी रुकी। मैं एस-7 के दरवाज़े के सामने था लेकिन पिता वहाँ नहीं थे। अचानक बोगी के दूसरे दरवाज़े से मुझे अपने नाम की पुकार सुनाई पड़ी। मैंने देखा, पिता दूसरे दरवाज़े से उतर चुके थे और मुझे पुकार रहे थे। मैं तेजी से उनके पास गया, पाँव छुए और उनके साथ बोगी के अन्दर आ गया।

अपनी खराशवाली आवाज़ के साथ पिता बीमारी, उसका इलाज और बरती जानेवाली सावधानियों के बारे में अटक-अटक बताते रहे। मैंने लक्ष्य किया, वे

जितना बता रहे थे, उससे कहीं ज्यादा छिपा रहे थे। इसका एक कारण तो उनके और मेरे बीच का रिश्ता भी था। उनके और मेरे बीच हमेशा ही संवादहीनता की स्थिति बनी रही। मुझे ठीक-ठीक याद नहीं कि कैशोर्य की देहरी लाँघने के बाद मैंने उनसे कभी सीधे बात की हो या कुछ माँगा हो। ऐसे में उनकी छुपाने की मंशा अजीब तो नहीं थी लेकिन फिर भी मैं अटपटा महसूस कर रहा था। छुपाने का अभ्यास उन्हें भी नहीं था इसलिए बोलते-बोलते अपना वाक्य वे बीच में ही छोड़ देते और किसी दूसरे वाक्य का सिरा पकड़ लेते। मुझे इस वक्त वे एक लाचार बूढ़े की तरह लग रहे थे।

लेकिन पिता हमेशा से ऐसे ही नहीं थे। एक उम्र तक वे बहुत आक्रामक रहे। मुझे अब भी याद है, लकड़ी की अलमारी के ऊपर एक बेंत रखी होती थी। वे जब घर में न होते तो बेंत ही उनकी उपस्थिति का एहसास कराती रहती। हमारी शैतानियों के बीच माँ भी बराबर उसकी याद दिलाती रहती। बेंत की याद आते ही हम कुछ पल को सहमकर शान्त हो जाते। कभी-कभी जब लौटने के थोड़ी देर बाद ही पिता हमारी शैतानियाँ जान जाते, तब लगता कि ज़रूर उनकी बेंत की आँखें हैं जो सब कुछ देखती रहती हैं। यह विश्वास बहुत बाद तक बना रहा।

हम बड़े हुए और बेंत निस्तेज होकर किसी खोह में बिला गयी। शायद वह अब भी कहीं पड़ी हो। हो सकता है कि समय के दीमकों ने उसे चट कर दिया हो।

एक लम्बा समय बेआवाज़ बीत गया। कम से कम अब तो यही लगता है कि बेआवाज़ बीत गया। लेकिन कोई समय कहाँ बेआवाज़ बीतता है! शायद हमारी दौड़ उनकी आवाज़ से ज्यादा तेज थी इसलिए उनकी पुकार हम तक पहुँच नहीं पायी। या क्या पता, शायद उन्होंने पुकारा ही न हो! और यदि पुकारते तो भी क्या हम उन्हें जवाब देने की स्थिति में थे? मेरी दोनों बहनें अपने-अपने परिवारों में पूरी तरह डूबी हुई हैं। बड़े भैया पिछले पाँच सालों से अमेरिका के अलग-अलग शहरों में घूम रहे हैं और मैं यहाँ देश के अलग-अलग शहरों में...मुम्बई, बंगलुरू, पुणे, दिल्ली, हैदराबाद और अब पिछले दो महिने से यहाँ नागपुर में।

''चाय पियेंगे'' मैंने पूछा।

सिर हिलाकर पिता ने नहीं का इशारा किया और नमकीन बिस्किट का पैकेट लाने को कहा। बिस्किट लाने को जब मैं उतरा तो मेरी जगह को ट्रेन की नीली रोशनी ने भर दिया।

इक्का-दुक्का आदमी ट्रेन में चढ़ उतर रहे थे। कुछ चायवाले झुँझलाकर अपने अपने अन्दाज़ में 'चाय' या 'कॉफी' चिल्ला रहे थे। उनके लिए चाय या कॉफी बेच लेने से ज्यादा ज़रूरी लोगों को जगा देना था। और कुछ लोगों को इसमें कामयाबी भी मिल चुकी थी। एक यान्त्रिक आवाज़ बार-बार स्टेशन पर उतरे हुए लोगों का

स्वागत कर रही थी। कुछ लोगों की आँखें गाड़ी के रुकने के साथ ही खुल गयी थी और वे लेटे-लेटे ही खिड़की से स्टेशन को टोहने की कोशिश कर रहे थे। उनमें से अधिकतर लोगों ने अपने-अपने सामानों के होने की पुष्टि कर ली थी और नज़र बचाकर अपने जूते-चप्पल देख रहे थे। यह पूरा दृश्य-व्यापार बोगी के बाहर की पीली रोशनी और बोगी के भीतर की नीली रोशनी में एकसाथ घटित हो रहा था।

मैं बिस्किट का एक बड़ा पैकेट और बोतलबन्द पानी लेकर लौटा। बोतलबन्द पानी देखकर पिता के ताम्बई चेहरे पर कुछ दरकता हुआ मैंने महसूस किया क्योंकि उनके हाथ में वाटर बैग था। शायद उसे भरकर लाने के लिए मुझे कहनेवाले थे।

''इसे क्यों ले आए? बेकार में दस रुपये खर्च कर दिये।'', यह उनके चेहरे में ताजा बनी हुई दरार से फूटती हुई एक आवाज़ थी, ''वाटर बैग तो था ही।''

मैं बोलते-बोलते रह गया कि पानी अब दस नहीं पन्द्रह रुपये में मिलता है और स्टेशन में तो अठारह-बीस रुपये तक देने पड़ते हैं।

पिता बिस्किट खाने लगे। और इस दौरान उनकी आँखें इधर-उधर देखती रहीं। मैंने गौर से उनका चेहरा देखा। ताँबे का लोटा बहुत दिनों तक सन्दूक में बन्द हो या उपयोग में न लाया जा रहा हो तो उस पर एक हलकी हरी परत चढ़ जाती है। पिता के ताम्बई चेहरे पर भी थकान की परत चढ़ चुकी थी। उनके चेहरे में कुछ बुझ रहा था। वे उस शहर में रह रहे थे, जहाँ हमारा बचपन बीता । मैंने बहुत आग्रह किया कि वे हमारे साथ रहें लेकिन ऐसा नहीं हो पाया। हालाँकि ऐसा बिलकुल नहीं था कि उन्हें अपने शहर से बहुत मोह हो या व्यापार बहुत फैला हुआ हुआ हो या बहुत सम्पत्ति हो, जिसकी सतत निगरानी ज़रूरी हो। वह उनका पैतृक शहर था भी नहीं। बारह की उम्र में ही गरीबी से त्रस्त होकर वे अपने गाँव से जो भागे तो भटकते-भटकते आखिरकार उस औद्योगिक नगरी में पैर टिकाया, जहाँ वे अभी रह रहे थे। उनकी ज़िन्दगी के चालीस से अधिक वर्ष उसी शहर में बीते थे। इन वर्षों में उन्होंने कारखाने में बोझा ढोया, हथौड़ा चलाया, सलाखें बनाईं, हम भाई-बहनों को पाला-पोसा, पढ़ाया-लिखाया और अपनी पहुँच से आज़ाद कर दिया। या क्या पता, शायद हम ही उनकी पहुँच से आज़ाद होते चले गये। वे वहीं रह गये। माँ के बाद तो बिलकुल अकेले।

''घर कब तक बना लोगे?'', पिता ने पूछा।

''एक फ्लैट देखा है। अच्छी जगह पर है। कुछ पैसे जमा किये हैं। बाकी पैसों के लिए लोन ले रहा हूँ।'' फ्लैट की कीमत और लोन की राशि जान बूझकर मैंने नहीं बताई और न ही इस बारे में उन्होंने कुछ पूछा।

''उधार उधार ही होता है, फिर चाहे उसका नाम लोन ही क्यों न हो'' पिता ने मेरी युक्ति के उत्तर में धीमी साँस छोड़ते हुए कहा। हालाँकि हमारे समय में उनकी

युक्ति में कोई दम नहीं था। मैं जान रहा था कि वे अपना घर न बना पाने का स्पष्टीकरण दे रहे हैं। हम बचपने से ही किराये के मकान में रहे। पिता आज भी किराये के मकान में रह रहे हैं। वैसे मेरे फ्लैट लेने के फैसले से उन्हें दिली तौर पर खुशी ही हुई थी। यह मैं बहनों के मार्फत जानता था। वे इधर चलकर हम दोनों भाइयों की बजाय अपनी लड़कियों से थोड़ा ज्यादा अनौपचारिक हो गये थे। लेकिन इस वक्त उनके भीतर एक अदद घर न बना पाने की अक्षमता सिर उठा रही थी।

मैंने पिता की समझाइश का कोई जवाब नहीं दिया। केवल इस अंदाज में सिर हिलाया, जिसका अर्थ न तो सहमति होता है और न ही इनकार। और उनके लहजे पर गौर किया। उनकी आवाज़ में आदेश नहीं था, याचना का पुट था। सत्तर पार पिता क्या याचक हो जाता है! यह प्रश्न मुझे चीरते हुए निकल गया और में नज़र बचाकर नीली लाइट की ओर देखने लगा, जिसके इर्द-गिर्द चार-पाँच कीड़े उड़ रहे थे।

पिता कुछ टूटे-फूटे वाक्य कहते और फिर चुप हो जाते। उनकी आवाज़ में पहलेवाली खनक नहीं थी। मुझे उनकी चुप्पी खल रही थी। हालाँकि वह कुलीन चुप्पी नहीं थी। वे कुलीन कभी नहीं रहे और न ही ऐसी कोई चाह उनके भीतर थी। हमने जीवन भर उन्हें अपने हिस्से में कुछ न कुछ कटौती करते हुए ही देखा। लेकिन हमें उनके द्वारा हमारे हिस्से की कटौती कभी अच्छी नहीं लगी। बचपन से जूते की ज़िद जब कॉलेज के दिनों में पूरी हुई, तब तक हमने यह धारणा बना ली थी कि वे हमें दूसरे पिताओं की तरह प्यार नहीं करते। हमारे घर में कभी ढंग के पर्दे नहीं लटके और न ही हमने पूरे परिवार के साथ मिलकर कभी कुल्फी, चाट या गोलगप्पे खाये। अधिक से अधिक वे हम भाई बहनों में से किसी एक या दो को अलग से चाट या कुल्फी खिला दिया करते थे, वह भी तब जब वे कभी अपने काम से हमें बाहर ले जाते थे।

मैंने गौर किया कि पिता ने अपनी बर्थ पर चादर नहीं बिछाई है। जुलाई की लगातार बारिश से मौसम काफी ठंडा हो गया था और पिता ठंड से अच्छे खासे डरनेवाले व्यक्ति थे। मुझे अच्छी तरह याद है कि ठंड के दिनों में शौच के लिए जाते वक्त भी, अगर सम्भव हो तो, वे पानी गर्म करवा लिया करते थे। लेकिन अभी एक मटमैली धोती, कुर्ता और एक भूरे रंग का पुराना स्वेटर पहने अपनी सीट पर सिकुड़े-दुबके हुए-से बैठे थे।

"बिस्तर क्यों नहीं बिछाया?"

"कुछ नहीं, बस ऐसे ही, नींद नहीं आ रही थी।"

"नींद नहीं आ रही थी तो भी, चादर तो बिछा ही लेना चाहिए था न। देखो तो, सीट कितनी ठंडी हो गयी है!"

"रहने दो, बाद में बिछा लूँगा।"

''बाद में बिछा लूँगा का क्या मतलब? लाओ चादर निकालो।'' और मैं सीट के नीचे से उनका बरसों पुराना बैग, जिसके साथ ही वे अपनी यात्रा करते थे, खींचने लगा।

''नहीं रहने दो, सीट में कोई और भी बैठा है।''

'कोई और भी क्यों? सीट तो आपकी ही है न?''

''हाँ, सीट तो मेरी ही है। लेकिन उसे रिज़र्वेशन नहीं मिला। और फर्श तो तुम देख ही रहे हो, कीचड़-कीचड़ है। और फिर वह मुझसे भी अधिक उम्रवाला है... बीमार और कमज़ोर भी...'', पिता लगभग रिरियाते हुए कह रहे थे जैसे उनके ही कारण उसे बर्थ न मिली हो।

''कहाँ से वह आपकी आधी सीट पर कब्ज़ा जमाए हुए है?''

''काजीपेठ से...''

''अभी वह कहाँ गया है?'' मैंने थोड़ी झल्लाहट के साथ पूछा। पिछले बारह घंटे से पिता सीट के एक कोने में मुड़े-तुड़े बैठे थे। मुझे पिता पर नहीं, उस आदमी पर गुस्सा आ रहा था। उम्र न सही, पिता की सेहत का ख्याल तो उसे रखना था! पिता के हृदय में तीन ब्लॉकेज़ थे और ऐसा नहीं हो सकता कि उसे यह बात अब तक न मालूम हो। मुझे गुस्सा अपने ऊपर भी आ रहा था और बॉस पर भी। टिकट तो हवाई जहाज से ही था। लेकिन मेरा न जाना जानकर पिता ने अकेले हवाई जहाज से सफर करने से इनकार कर दिया। मजबूरन रेल की टिकट लेनी पड़ी। ए.सी. की टिकट मिली ही नहीं। यही टिकट बहुत मुश्किल से मिली थी।

अपनी झल्लाहट और बेबसी को किसी तरह काबू में रखते हुए मैंने कहा, ''कम से कम चादर तो बिछा लो। सीट की ठंडक से राहत मिलेगी। कहाँ है चादर?'' मैं फिर हठ पर उतर आया था।

''नहीं...नहीं..., रहने दो आधी सीट पर चादर बिछाना अच्छा नहीं लगेगा।'' पिता ने याचना भरी आपत्ति जताई।

''तो पूरी सीट पर चादर बिछा लो। अब जब उसे आधी सीट दे ही दी है तो चादर पर भी बैठने दो।'' मैं फिर बैग खींचने लगा।

''रहने दो, पाँच घंटे ही तो रह गये हैं।''

''पाँच घंटे आधी रात से सुबह तक के हैं। गाड़ी जब आमगाँव के बाद के जंगल से गुजरेगी तो ज्यादा ठंड लगेगी। चादर कहाँ है?'' इस बार मैंने थोड़ी कड़ाई से पूछा।

''चादर मत बिछाओ। बेवजह धोबी को देना होगा। अभी ज्यादा गन्दा नहीं हुआ है।''

''ज्यादा गन्दा नहीं हुआ है तो धोबी को क्यों देना पड़ेगा? घर में ही धुलवा

लेना।''

''असल में...वो आदमी...'', पिता ने अटकते हुए कहा, ''...मुसलमान है...''

छपाक्... जैसे झील में कोई पत्थर गिरा था। गाड़ी ने लम्बी सीटी दी और मैं बिना कुछ कहे आश्चर्य से उनके चेहरे को देखता हुआ बोगी से नीचे उतर गया। उतरते हुए बाथरूम के पास खड़े उस आदमी को भी देखा। वह एक ओर सरककर खड़ा था और पिता से भी ज्यादा बीमार लग रहा था। उसकी दाढ़ी बेतरतीब थी।

गाड़ी अब सरकने लगी थी। एक पल के लिए खिड़की के जंगले के अन्तराल में पिता और मेरी नज़र मिली और तुरन्त इधर-उधर बिखर गयी। गाड़ी जा चुकी थी। मैं बाहर की ओर बढ़ गया, यह विचारता हुआ कि क्या यही मेरे कर्मकांडी पिता थे, जो आज भी होटल से पका अन्न ग्रहण नहीं करते? हो सकता है इस पूरी यात्रा में छूत के भय से उन्होंने एक कप चाय तक न पी हो। मैं कुछ भी नहीं समझ पा रहा था।

बूँदा-बाँदी फिर होने लगी थी। पार्किंग की ओर बढ़ते हुए मैंने सिगरेट निकाल ली और सोचा कि सुलगाऊँ या नहीं। पिछले तीन घंटे से मैंने एहतियातन सिगरेट नहीं पी थी। सिगरेट की महकवाला मुँह लिए क्या पिता के पास जाना अच्छा होता?

अन्तिम चित्र

ठीक आधी रात को सेल नं. 3 से गों-गों की और लोहे के जंगले को पीटने की आवाज से प्रहरी की नींद टूट गयी। यदि जेलर साहब का विशेष हुकुम न होता तो वह कान में रुई ठूँसकर सो गया होता। लेकिन उसे मजबूरन उठना पड़ा। नींद में लड़खड़ाता-लहराता हुआ वह सेल नं. 3 के सामने खड़ा हो गया।

सेल के बाहर बिजली का बल्ब जल रहा था। उसकी बीमार, पीली और टूटी-टूटी-सी रोशनी सेल के भीतर फैल गयी थी। लोहे के जंगले की परछाईं सेल की दीवारों पर छपी हुई थी, जिसके कारण सेल के भीतर एक और कैदखाने का-सा आभास होता था।

"क्या है?" झुँझलाते हुए तीखी आवाज में प्रहरी ने पूछा।

सेल नं. 3 के भीतर बन्द कैदी नं. 371 ने इशारे से चॉक माँगा। एक तो नींद का नशा और दूसरा गूँगे से सामना! लानत है ऐसी स्पेशल ड्यूटी पर! प्रहरी ने एक भद्दी-सी गाली दी और लौट गया। थोड़ी देर बाद उसने सेल के भीतर चॉक के कुछ टुकड़े फेंके और फिर उसी पत्थर की बेंच पर लेट गया।

कैदी नं. 371 ने चॉक के टुकड़े इस भाव से उठाए मानो संजीवनी बूटी हाथ लग गयी हो! चॉक को हाथ में लिये हुए वह थोड़ी देर तक सामने की दीवार को देखता रहा। उसे उबड़-खाबड़ दीवार, दीवार नहीं बल्कि एक चुनौती लग रही थी। उसकी लाल-लाल आँखों में स्वप्न का एक भीगा हुआ टुकड़ा तैरने लगा।

रात, गाँव के बाहर से गुजरी एक्सप्रेस ट्रेन की तरह, धड़धड़ाती हुई गुजर रही थी। लेकिन कैदी, ट्रेन के भीतर इत्मीनान से बैठे यात्री की तरह तल्लीन था। वह कोई पाँच-छः घंटे तक दीवार में खोया रहा। बिलकुल कुशल तैराक की तरह, जो नीले जल में उन्मुक्त तैर रहा हो!

सुबह का एहसास सेंट्रल जेल के भीतर जाग रहा था। रात में सेल नं. 3 की जो दीवार मटमैली और ऊबड़-खाबड़ थी, वह सुबह तक एक चित्र में बदल गयी थी। चित्र में एक समुन्दर था। उसके ऊपर से एक चिड़िया, एक ही पंख से उड़ी जा

रही थी। समुन्दर के किनारे हजारों लोगों का हुजूम खड़ा जान पड़ता था और सबसे पीछे एक चेहरा थोड़ा स्पष्ट था जो निश्चित ही किसी लड़की का था।

सुबह के थोड़ा पहले प्रहरी की नींद की खुमारी टूट गयी। वह चुपचाप सेल नं. 3 के सामने खड़ा हो गया। कैदी को चित्र बनाते देखना उसके लिए अजीब किस्म का अनुभव था।

बढ़े, काले छितरे बाल, ऊँचा बलिष्ठ शरीर और बड़ा-सा सिर, पूरा डील-डौल ही भयंकर था। लेकिन उसकी हथेली में चॉक का टुकड़ा ऐसे लग रहा था, जैसे कोई हत्यारा अपने मासूम बच्चे को प्यार कर रहा हो। प्रहरी के लिए पूरा दृश्य किसी जीवित चित्र से कम न था! कैदी ने जब अपना चित्र पूरा कर लिया तो प्रहरी ने कहा—"नहा लो भाई, आज तुम्हें जाना है।"

कैदी मुस्कराया। उसकी लाल-लाल आँखों में चॉक के लिए धन्यवाद के भाव झलक रहे थे।

थोड़ी देर बाद मजिस्ट्रेट, जेलर और डॉक्टर भी आ गये और कैदी नं. 371 फाँसी पर लटका दिया गया।

कैदी की मौत के बाद एक गहरा सन्नाटा उस जेल में तैरने लगा। मौत के जलसे में शामिल सभी लोग एक दूसरे से बिना कुछ कहे थके-माँदे लौट रहे थे। जेलर जेल के लम्बे गलियारे से होता हुआ गुजर रहा था। वह चाहता तो नहीं था लेकिन खुद को सेल नं. 3 के आगे खड़ा पाया।

जेलर देर तक दीवार में बने चित्र को निहारता रहा। दिवंगत खूनी चित्रकार का यह अन्तिम चित्र था। जेलर ने प्रहरी को बुलाकर कहा—"आज इस सेल में सफेदी करवा देना।"

"साहेब, कहें तो सामनेवाली दीवार को ऐसे ही रहने दें, बेचारे का यह अन्तिम चित्र है।" प्रहरी ने कहा। जेलर प्रहरी को देखता रहा, फिर वह आगे बढ़ा और उसने चित्र में से चिड़िया को पोंछकर हटा दिया।

प्रहरी कुछ देर जेलर साहब को जाते हुए देखता रहा फिर उसने गर्दन फेरकर चित्र की तरफ देखा।

जहाँ कुछ देर पहले चिड़िया थी, वहाँ एक भद्दी घसीट से बना धब्बा दिखाई दे रहा था और भीड़ में खोई वह लड़की, जो कुछ देर पहले उस चिड़िया की परवाज़ को उत्सुक आँखों से देख रही थी, अब बहुत भयभीत दिखाई दी। कुछ देर बाद उसकी आँखों में नमीं उभर आई। देखते ही देखते उसकी पलकों पर पनीली चमक दिखाई दी फिर दों बूँदें उसकी आँखों से बाहर आई और प्रहरी की विस्फारित आँखों ने उन सजीव आँसुओं को सचमुच दीवार पर लुढ़कते हुए देखा।

ये दुनिया अगर मिल भी जाए तो क्या है...

इस शहर में होटलों और बीयर बारों में इत्मीनान से बैठकर पीना पसन्द करनेवालों में शायद ही कोई ऐसा होगा जो बख्शी को न जानता हो। नशे में डूबी हुई सी आँखें, दुबला-पतला घुलता हुआ-सा शरीर, लम्बे काले बाल, अकसर ही गहरे रंग की टी-शर्ट और नीली जीन्स पहने हुए जब वह माइक हाथ में थामता, तालियों की गड़गड़ाहट गूँज उठती. कुछ अपने मन की और कुछ लोगों के मन की गाते हुए वह जैसे कोई दूसरा बख्शी ही हो जाता। वह गाना चाहे जहाँ से शुरू करे, अन्त किशोर कुमार के गाए गीत 'घुँघरू की तरह बजता ही रहा हूँ मैं' से करता। धीरे-धीरे यह गीत ऑर्केस्ट्रा के उठने का गीत हो गया, चाहे वह जिस भी ऑर्केस्ट्रा में गा रहा हो।

बख्शी की एक खासियत थी, जो उसे होटल के दूसरे गानेवालों से अलग करती थी. वह फरमाइश न कर पाने वालों के मन की बात को समझ लेता था। कभी कभी तो ब्रेक के दौरान वह सबसे उदास और अकेले ग्राहक के साथ बैठकर उसका साथ भी देता और उठते-उठते कई बार उसके कन्धे पर दोस्ताना हाथ रखते हुए कहता भी—"उदासी से बचने के रास्ते शराबखानों से होकर नहीं गुजरते दोस्त!" इस शहर में कई ऐसे लोग हैं जो अपने शराब छोड़ने का सबब बख्शी के उस दोस्ताना वाक्य को मानते हैं। इसलिए जब वह मरा तो अखबार और इलेक्ट्रॉनिक मीडिया में बगैर किसी खबर के उसे अन्तिम विदाई देने के लिए सैकड़ों की संख्या में लोग जमा हो गये थे।

दाह संस्कार के बाद तो कई लोगों ने अन्तिम बार अपने प्याले टकराए। जैसे उनके पीने का सम्बन्ध केवल बख्शी की आवाज से ही था। उसकी मौत के बाद होटलों में वैसे ही ऑर्केस्ट्रा चलते रहे। उसकी पत्नी पहले की तरह संगीत से जुड़ी रही। थोड़ी बेचैनी के बाद शराबखोरी के प्रति समर्पित लोगों ने किसी दूसरे गायक की आवाज का सिरा पकड़कर अपने प्यालों में शराब ढालनी शुरू कर दी। चाँद हमेशा की तरह ही घटता बढ़ता रहा। फिर भी कई लोग कहते हैं कि बख्शी उन्हें अब भी याद आता है और कई बार उसकी याद सालती है।

बेशक़ वह कलाकार था। बेहतरीन कलाकार। संगीत उसने भी कायदे से सीखा था। किशोर वय में उसने भी सपना देखा था कि फिल्मों में गाएगा। इस दिशा में छोटी-मोटी कोशिशों के बाद वह ऐसी सफलता के दुरूह रास्तों की कभी न सुलझनेवाली सचाइयों को समझ गया। उस दिन उसने अपने सपने जलाकर खाक तो नहीं कर डाले, लेकिन उन्हें फूलों की तरह ज़िन्दगी की डायरी में दबाकर ताक पर रख दिया और ऑर्केस्ट्रा के माइक को हाथों में थाम लिया।

मैंने एक दिन उससे पूछा भी था—"जब तुम्हें पता चल चुका था कि गायकी में सफलता की राह तुम कभी नहीं ढूँढ़ पाओगे तो वापस क्यों नहीं लौट गये?"

कुछ दार्शनिक अन्दाज में मुस्कराते हुए उसने कहा—"सफलता का मतलब कहीं पहुँचकर वहीं बने रहना नहीं होता दोस्त! कई बार किसी पसन्दीदा रास्ते पर जीवन भर चलना भी सफलता ही होती है।"

"मान लिया, लेकिन तुमने भी तो कभी सोचा होगा कि तुम्हारे अपने गाए हुए गीत होंगे, दुनिया तुम्हें तुम्हारी आवाज से पहचानेगी। तुम्हारे भी एलबम निकलेंगे। संगीत के समारोहों में तुम भी बुलाए जाओगे और तुम्हें भी गुलदस्ते भेंट किए जाएँगे!"

बख्शी कुछ नहीं बोला। बस अपने गिलास को देखता रहा। उसके सपनों के सूखे फूल जिन पन्नों के बीच दबे थे, वो पन्ना मैंने अचानक खोल दिया था। जवाब देना उसके लिए मुश्किल था। जवाब दरअसल कोई था भी नहीं। जवाब के नाम पर कुछ समझौते थे, जिस पर उदासी और अवसाद की किसी रात में उसने विवश होकर हस्ताक्षर किए थे और कलम की नोंक तोड़ दी थी। फिर भी उसने कहा—"किसी और की धुन में अपनी आवाज को ढालकर इस दुनिया में ज़िन्दा रहना कोई छोटा काम नहीं है। इसके लिए कलेजा चाहिए। हम ताउम्र किसी और की इबारत पढ़ते हैं, किसी और की बनाई हुई गाड़ी पर चढ़ते हैं, किसी और के द्वारा लाया हुआ पानी पीते हैं। यह शराब भी, जिसे हम अभी पी रहे हैं, किसी और के द्वारा बनाई गयी है। लेकिन जहाँ तक कला की मौलिकता का सवाल है, दुनिया में हर चीज एक साथ नकल भी है और मौलिक भी। मामला आपके जुड़ाव का है, इन्वाल्वमेंट का है।"

उसका जवाब खुद उसकी तसल्ली थी या ज़िन्दा रहने की ज़रूरत, यह कहना तो कठिन है। लेकिन उस दिन के बाद मैंने उसके गाने में अजीब तरह की तब्दीलियाँ देखीं। मसलन, अब वह सस्ते चलताऊ गानों की बजाय अकसर शास्त्रीय पुट लिये हुए गीत गाता, और किसी-किसी अन्तरा को अपनी ओर से कोई नया मोड़ भी दे देता। ऐसे प्रयोग मेरी उपस्थिति में वह ज़रूर करता और उसके बाद कुछ अजीब नज़रों से मेरी ओर देखता। मैं भी मुस्कराकर उसे दाद देता। यह सिलसिला बिना किसी घोषणा के कुछ महिनों तक चलता रहा।

उन दिनों मैं इस शहर में बिलकुल नया था और अकेला भी। मेरी शामें और रातें अकसर उदास और खाली हुआ करती थीं। किसी शहर से हारकर जब आप उसे छोड़ देते हैं तो वहाँ की यादें और निर्वासित हो जाने का बोध बहुत दिनों तक पीछा करता है। वह आपको नये शहर में जल्द घुलने मिलने नहीं देता। मेरी स्थिति भी इससे अलग नहीं थी। काम का समय चूँकि नियत और बँधा हुआ था इसलिए दिन तो किसी तरह कट ही जाता था लेकिन शामें नहीं। बस इन शामों को काटने के लिए ही मैं कभी-कभी बार या सिनेमा हॉल जाने लगा। मजे से तो नहीं कहूँगा, लेकिन ज़िन्दगी किसी तरह पटरी पर लौट रही थी। बख्शी से मेरी मुलाकत तभी हुई। और समय के साथ वह आत्मीयता में बदलती चली गयी।

''बख्शी, तुम इस शहर के तो नहीं लगते?'' एक शाम मैंने उससे पूछा था।

''क्यों, क्या तुम्हारी तरह मेरे सिर पर भी सिंग उगे हैं?'' बेहद मजाकिया अन्दाज़ में उसने जवाब दिया। न मालूम उसे देखकर मुझे हमेशा लगता कि उसका अतीत सीधा और आसान नहीं रहा होगा। बल्कि पेंचदार, ऊबड़-खाबड़ और तकलीफों से भरा हुआ होगा। उन तकलीफों के कुछ जिद्दी निशान मुझे हमेशा उसके चेहरे पर दिखाई पड़ते। लेकिन आज वह अलग ही मूड में था। मैंने जब इसका कारण पूछा तो बड़े रहस्यपूर्ण अन्दाज़ में उसने कहा—''आज मैं आज़ाद हो गया हूँ...पूरी तरह आज़ाद...''

मैं चुप रहा। चाहता था कि वह अपनी ओर से जितना बताना चाहे, बताए। कुछ भी पूछकर मैं उसकी तन्मयता को तोड़ना नहीं चाहता था। लेकिन कुछ बताने की बजाय उसने एक चिट्ठी पकड़ा दी। चिट्ठी किसी सुरिन्दर ने लिखी थी। बहुत छोटी, चार लाइन की। लिखा था—''दार जी नहीं रहे। कल ही उनकी मिट्टी हुई। तुमको मरते हुए भी उन्होंने याद नहीं किया। वैसे भी तुम्हें यहाँ कोई याद नहीं करता इसलिए आगे भी यहाँ आने की कोशिश मत करना। उस कुतिया की वजह से तुम हमें पहले ही काफी तकलीफ दे चुके हो। दार जी हमारे बीच की आखिरी कड़ी थे। खेत-खलिहान और दुकानें उन्होंने हमको बाँट दी हैं। उम्मीद करते हैं कि अब तुम्हारी शकल हमें कभी देखने को नहीं मिलेगी।''

तारीख दस दिन पहले की डली थी। दार जी ज़रूर इसके पिता होंगे। लेकिन बाकी चीजों पर रहस्य का परदा पड़ा रहा।

बख्शी ने अपना गिलास खाली किया और स्टेज पर पहुँच गया। उसकी पत्नी दो-तीन गाने गा चुकी थी। लेकिन बात कुछ जम नहीं पायी थी।

दोस्तो, उसने कहा, ''पन्द्रह अगस्त को देश आज़ाद हुआ था और आज चौबीस सितम्बर मेरी रिहाई का दिन है। लीजिए पेश है अपनी ही रिहाई को समर्पित यह तोहफा। गिटार हाथ में लेकर उसके तारों को हलके से छेड़ता हुआ वह मानो

किसी गीत में डूब रहा था। गायक चाहे जिस दर्जे का हो, जब अपनी आवाज के साथ गीत के बोलों और संगीत की लहरियों में डूबने लगे तो समझ लो कि उसने अपना समूचा वजूद उस क्षण के लिए संगीत को दे दिया है। बख्शी ने गाना शुरू किया—'कोई हमदम न रहा, कोई सहारा न रहा, हम किसी के न रहे, कोई हमारा न रहा...कोई हमदम न रहा...', मजरूह सुल्तानपुरी के लिखे और किशोर कुमार के गाए इस गीत ने मुझे कभी इतना उदास नहीं किया था जितना कि आज कर रहा था। गीत भीतर की उन छिपी हुई दरारों से रिस रहा था, जिसे बख्शी अकसर सन्दूक में ताला लगाकर रखता था।

उस दिन देर रात तक बख्शी इसी तरह के दुख और उदासी में डूबे हुए गीत गाता रहा। मुसाफिर हूँ यारों..., कहीं दूर जब दिन ढल जाए..., नदियाँ से दरिया..., जाने वो कैसे लोग थे जिनके..., अकेला हूँ मैं इस दुनिया में...जैसे गीतों की धारा लगातार बहती रही। कुछ गानों में उसने वायलीन भी बजाया। पत्नी के एक गाने पर ड्रम भी। मुझे उस दिन एहसास हुआ कि हिन्दी सिनेमा के गीतों ने लोगों के मनोभावों के विरेचन के लिए कितनी सारी जगहें रख छोड़ी हैं!

गानों में दुख की बाढ़ इतनी आ चुकी थी कि मैनेजर ने टोका—"ओए बख्शी, अब बन्द भी कर यार। साला आज न पानी की बिक्री हो रही है न चखने की। सारे दुखी बन्दे अपने आँसुओं के साथ ही पैग-शैग पी रहे हैं। फ्रीजिंग का खर्चा भी नहीं निकल पाया आज। बन्द कर यार ये मुकेश टाइप गाना!"

बख्शी ने अचानक गाना बन्द कर दिया। जैसे बरसता हुआ पानी अचानक रुक गया हो। यहाँ तक कि उसने अपना अन्तिम गाना 'घुँघरू की तरह' भी नहीं गाया। शायद उसे सबसे अन्त में गाने के लिए रख छोड़ा था। सारे वाद्य यन्त्र पैक किए जाने लगे। लेकिन हॉल में पूरी तरह सन्नाटा था। सितम्बर की आखिरी बारिश बरस कर शाम से ही चुप थी। बादलों से लुका-छिपी करता हुआ भीगा चाँद भी निकल आया था। और अपने किरणों के रेशमी कपड़े सुखा रहा था। लेकिन हॉल में बैठे लोग तो किसी और ही बारिश में भीग कर चुप थे।

उसकी पत्नी ने भी अपना गिलास खाली किया और पूछा—"घर कब तक आओगे?"

"तुम चलो, मैं थोड़ी देर से आता हूँ।"

वह उठी और चुपचाप बाहर खड़ी उस नीली कार में बैठ गयी।

बख्शी आज अकेला नहीं था। ऑर्केस्ट्रा बन्द होने के बाद वह वैसे भी कभी अकेला नहीं होता। गाने का दौर खत्म होने के बाद भी बार एक-डेढ़ घंटे तक खुला रहता था इसलिए उसे कोई न कोई कद्रदान मिल ही जाता था। फिर आज जिस तरह के गीत उसने गाए थे, उससे उसके अकेले रहने का सवाल ही नहीं था। सारे दुखी

बन्दों के दुख के तार जैसे उसने छेड़ दिए थे। कोई प्यार का मारा था, कोई परिवार का। कोई सम्बन्धों का मारा था, कोई व्यवसाय का। किसी को अपना बचपन बुलाता था तो किसी को अपना बुढ़ापा सालता था। एक तो सट्टे में पिछले पचीस दिनों से डबल चौआ न आने के कारण परेशान था! ऐसे लोगों ने उसे अब घेर लिया था और अपने अपने गिलास से पीने का आग्रह कर रहे थे।

बेचारे वेटरों की हालत खराब थी। छः-सात लोग पहले अलग-अलग टेबिल पर बैठे थे और उनका बिल भी बकाया था। लेकिन वे सब अब बख्शी की टेबिल पर बैठे थे और अपना अपना ऑर्डर दे रहे थे। वेटरों को उनके ऑर्डर ठीक ठीक काउंटर पर लिखाना था। अन्यथा देर रात झक-झक होती और उनका टिप भी मारा जाता। बख्शी की हालत तो और भी खराब थी। वह कभी इसके आग्रह पर रम पीता तो उसके आग्रह पर व्हिस्की। कभी बीयर का घूँट भरता तो कभी वोद्का का गिलास खाली करना पड़ता। वह अपनी टेबिल पर ही नहीं घूम-घूम कर पी रहा था। वैसे दो तीन तरह के कॉकटेल का तो वह आदी था ही, लेकिन आज कुछ ज्यादा ही हो गया था।

मैं भी बार में बैठा रहा। मेरी दिलचस्पी उस सजा को जानने की थी, जिसकी रिहाई का वह जश्न मना रहा था। आखिरकार सबको निपटाने के बाद वह मेरे पास आया। बारह बजने में कुछ ही मिनट शेष थे। बार की लगभग सभी बत्तियाँ बन्द की जा चुकी थीं। यह इस बात का संकेत था कि अब आप उठ जाइए।

''कैसा रहा मेरी रिहाई का जश्न?'' उसने पूछा।

''यदि जश्न से मन भर गया हो तो चलें?'' मैंने कहा।

''बस एक मिनट।'' उसने कहा और मैनेजर के पास जाकर एक बोतल और उठा लाया। मैनेजर भी उसके पीछे-पीछे टेबिल तक चला आया—''अबे और कितनी पिएगा। समझा इसे।'' ''मुझसे मुखातिब होकर उसने कहा, ''साला खामखा अपने लीवर में डायनामिट फिट करने में लगा है। ये जो डेढ़ पसली का शरीर है न, देखना किसी दिन उड़ जाएगा।''

''अभी तक तो दूसरों की शराब पी रहा था काका, यदि अपनी न पियूँ तो पाप लगेगा। इसका बिल आप मेरे हिसाब से काट लेना।''

''हिसाब...कौन सा हिसाब? यदि हिसाब करूँ तो लेना ही लेना बनता है। देना कुछ नहीं। समझे। जा अब। कल शाम ठीक समय पर आ जाना। कल क्यों, आज ही। बारह से ऊपर हो गया है। आज संडे है। भूलना मत। और आज ये मजनूँ टाइप गाने मत गाना। रात के दुखियों को सम्हालते सम्हालते साला दिमाग का दही बन जाता है। चल अब निकल। और मुझे भी जाने दे।''

वह उठा और उसके साथ मैं भी उठ गया। हम बाहर आ गये। आपनी बाइक

के पास आकर मैंने सिगरेट जलाई।

"ये सिगरेट मत पिया कर। फेफड़े का छाजन हो जाता है।"

मैंने एक लम्बा कश खींचते हुए कहा—"छलनी सुई से कहती है कि तेरी गांड़ में एक छेद है।"

उसने जोरदार ठहाका लगाया, "मस्त है बॉस, मस्त है...तो सूजे भाई, अब चलें?"

"पहले अपनी गाड़ी तो निकाल।"

"गाड़ी रहने दे। आज गाड़ी चलाने का मूड नहीं है।" उसने अपनी बाइक बार की पार्किंग में खड़ी कर चाबी वहाँ के गार्ड को थमा दी। फिर मेरी डिक्की में शराब और पानी की बोतल और दो डिस्पोज़ल गिलास रखे।

"चलें अब।"

"तुझे घर ड्रॉप कर दूँ?"

"घर... तुझे ये घर जाने की तैयारी लग रही है! रात उफान पर है। झिंगुरों का संगीत चारों ओर लहरा रहा है। पूनम के चाँद ने राग भैरवी छेड़ दी है। भीमसेन जोशी भी इसके सामने फीके हैं। और तुझे घर की पड़ी है? आज इस अनोखी महफिल का मज़ा हम दोनों लेते हैं। क्या खयाल है? वैसे भी आज संडे है। तेरी छुट्टी बल्कि बोरियत का दिन। ऐसे दिन को सोकर काटना चाहिए। और इसके लिए रात भर जागना ज़रूरी है।'

"लेकिन इस वक़्त जाएँगे कहाँ?"

"इस शहर की सड़कों में रात को पीने का अपना ही मज़ा है। बस पुलिस वगैरह से थोड़ा बच के रहना पड़ता है। लेकिन डोंट फिकर। इतने दिन का अनुभव आखिर किस काम आएगा? पहले ज़रा घर चलते हैं। बेटे को देख लूँ।"

हम दोनों उसके घर की ओर चल पड़े। पीछे बैठकर वह मुझे रास्ता बताता रहा। कॉलोनी की एक गली में घुसते ही उसने मुझे रोक दिया। नीली गाड़ी अब भी वहीं खड़ी थी—"चल, कहीं और चलते हैं।" उसने कहा, "ऑरेंज सिटी हॉस्पीटल चल। वहाँ चाय टपरी के थोड़ा आगे पीने की बढ़िया व्यवस्था है।"

उसकी आवाज में खनक की जगह थोड़ी देर के लिए खिन्नता ज़रूर आई, लेकिन उसने तुरन्त उस पर काबू पा लिया और मेहदी हसन को गुनगुनाने लगा—"तुझे प्यार करते करते, मेरी उम्र बीत जाए...।" थोड़ी देर बाद वह भीमसेन जोशी को गुनगुनाने लगा—"ये तनु मुंडना बे मुंडना...आखिर मट्टी में मिल जाना...।"

चाय की टपरी से कोई बीस कदम दूर बाँस की एक छप्पर छायी हुई थी। हम वहीं बैठ गये। एहतियात के तौर पर हमने अपने गिलास छुपा दिए थे। लेकिन इस तरह से पीना मुझे बेवजह खतरा मोल लेना लग रहा था। मैं फिर भी ले रहा था

क्योंकि मुझे बख्शी की रिहाई के पन्नों को पढ़ना था।

एक दो पैग वहाँ पीने के बाद मैंने कहा—''यार बख्शी, इस तरह पीना मुझे अजीब लग रहा है। हर तेज लाइट पर नशा कुछ नीचे चला जाता है। चढ़ना तो बहुत दूर की बात है, पहले का भी उतर गया है। यदि तूने रात का तमाम संगीत सुन लिया हो तो मेरे घर चलें। वहाँ इत्मीनान से बैठते हैं।''

उस वक़्त इससे बेहतर प्रस्ताव कुछ हो ही नहीं सकता था। उसने दोनों डिस्पोज़ल गिलास हवा में उछाले। पानी की बोतल, जिसमें थोड़ा पानी बचा था, पास की झाड़ियों में जोर से फेंका। झाड़ी से कुछ परिन्दे फड़फड़ाते हुए शोर मचाकर भागे।

''सॉरी...'', उसने परिन्दों से कहा, ''तुम्हारे सुकून में खलल डालने के लिए सॉरी...'' और वह मेरी बाइक पर आकर बैठ गया।

जब हम दोनों फ्लैट में घुसे, रात का एक बज रहा था। आज मैंने कितनी शराब पी थी यह तो याद न था। लेकिन नशा छूमन्तर था। घर पहुँचकर मैंने दो गिलास निकाले। फ्रिज से पानी की बोतल और नमकीन निकालकर टेबिल पर रखते हुए पूछा—''अब कुछ विस्तार से बताएगा?''

''क्या?'' उसने पूछा, जैसे सचमुच ही न जानता हो।

''तो तू सचमुच नहीं जानता कि मैं क्या पूछ रहा हूँ?''

''यार, तू मेरी पर्सनल लाइफ में इतना इंटरेस्ट मत दिखा। लगने लगता है कि मैं भी कुछ हूँ। अपने आपको कुछ होना महसूस करना और फिर उसे दूसरों की नज़र में ना पाना बहुत तकलीफ देता है। तू तो केवल मेरा गाना सुन और मेरी आवाज़ से अपने सूनेपन को भरता जा।''

मैंने सिगरेट जलाई और पूछा—''ये सुरिन्दर कौन है, और दार जी...?'' कुछ देर वह खामोश रहा। फिर अपना गिलास एक ही साँस में खाली करने के बाद बोला—''सुरिन्दर मेरा छोटा भाई है और दार जी मेरे पिता, जिनके बारे में तो तुम जान ही चुके हो कि वे अब इस दुनिया में नहीं हैं।''

''और कुतिया...?''

''कुतिया... वे लोग रेहाना को आज भी प्यार से कुतिया ही कहते हैं। छोड़ यार, ज्यादा लम्बी या महान स्टोरी नहीं है। तू जबरन खींच रहा है। मैं बख्शी हूँ, राजिन्दर बख्शी, और इस खुशनुमा रात की नाव में बैठकर तेरे साथ जाम टकरा रहा हूँ। क्या इसका कोई मोल नहीं है, जो तू मेरा अतीत कुरेद रहा है?''

''तूने ही मुझे कुरेदने का अवसर दिया है, चिट्ठी पढ़वाकर।'' फिर खामोशी। इस दौरान मेरा चेहरा वैसे ही सख्त बना रहा। आँखों में प्रश्नवाचक चिह्न वैसे ही जमे रहे। जब उसने जान लिया कि मैं बहलने, बहकने या पिघलनेवाला नहीं हूँ तो

बोला—''बहुत छोटी-सी स्टोरी है अपनी। मैं सिक्ख परिवार से हूँ। बचपन में जूड़ा भी रखता था। लेकिन '84 के दंगों के बाद दार जी ने कटवा दिया। तब मैं चार साल का था। हम लोग मूलतः पाकिस्तान के रहनेवाले हैं। विभाजन के थोड़ा पहले दार जी अपने पिता के साथ बैतूल आकर बस गये थे। अपनी मेहनत से उन्होंने खेती-बाड़ी, दुकान, मकान सब कुछ बनाया। हम छः भाई-बहन हैं। चार भाई, दो बहन। मैं तीसरे नम्बर का लड़का हूँ। सुरिन्दर मुझसे छोटा है और सबसे छोटी कुल्लो।

''मुझे रेहाना से प्यार हो गया था। गुजरात दंगों के बाद की बात है यह। घरवालों के विरोध के बावजूद हम सुधरे नहीं। गरम खून जो था! फिर हम बनारस भाग गये। वहीं तीन महिने छुप-छुपाकर रहे। एक दिन रेहाना अचानक गायब हो गया। दो दिन बाद गंगा पार उसकी लाश मिली। फिर कुछ हफ्ते बाद कुल्लो पागल हो गयी। बाद में पता चला कि सुरिन्दर और उसके साथियों ने रेहाना को मारकर फेंक दिया था। बदले में उनके लोगों ने कुल्लो का रेप किया। उसी सदमे में वो पागल हो गयी। हमारे मुहल्ले में इसी को लेकर दंगा भी हो गया था। बस तभी तय हो गया कि अब घर नहीं लौटना है। तीन-चार साल भटकता रहा। कानपुर, लखनऊ, कोलकाता, मुम्बई, दिल्ली, इलाहाबाद...एक बेचैनी भरी तलाश। जैसे चील किसी चीज़ की तलाश में आसमान में उड़ती है, मैं भी उड़ा-उड़ा फिरता था! संगीत उसी समय मुझ पर फिर से हावी हुआ था। इसी में मैंने पैर जमाने की कोशिश की। उम्मीद के हर कतरे को खँगाला। अपना छोटा-मोटा ऑर्केस्ट्रा भी खड़ा किया। स्कूल-कॉलेज में प्रोग्राम किए। लेकिन बात कुछ बनी नहीं।''

''और यह शादी...?''

''कामना मुझे लखनऊ में मिली थी, एक प्रोग्राम के दौरान। माँ-बाप नहीं थे। बुआ के घर पली-बढ़ी थी। मुलाकातें हुईं। प्यार बढ़ा। और हमने शादी कर ली। फिर हम यहाँ नागपुर आ गये।''

''उसके घरवालों ने कोई खोज-खबर नहीं ली?''

''नहीं, उनके लिहाज से तो ये ठीक ही हुआ था। बस इतनी-सी बात है।''

कुछ लोग ज़िन्दगी की छोटी-छोटी बातों को भी कोस भर खींचकर बताते हैं। शायद ये उनका शगल होता है। लेकिन कुछ दूसरी तरह के लोग भी होते हैं जो कोस भर की बात को सेंटीमीटर में नाप देते हैं। हो सकता है कि ऐसे लोग अकेले में अपनी परछाईं से बातें करते होंगे। लेकिन आप उनकी निजी ज़िन्दगी के बारे में ज्यादा बात नहीं कर सकते। बख्शी दूसरी तरह का आदमी था। वन वे ट्राफ़िक के नियमों का पूरी ईमानदारी और कड़ाई से पालन करनेवाला...वह केवल घटना बता सकता था, वह भी टुकड़ों में। उसके पीछे छुपी बेचैनी को चुपचाप जी लेता या गीतों के रास्ते बहा देता।

फिर भी मैंने पूछा—"और यह गीत संगीत?"

"भला हो तेरा, कम से कम तू इसे संगीत तो कहता है। नहीं तो मेरी हैसियत बार और होटलों में गानेवाले एक दो टके के गायक के अलावा और क्या है! ये रात में मेरे गीतों पर झूमनेवाले और मुझे पीने का आग्रह करनेवालों को तुम देखते हो न, ये सब अपने गम के मारे लोग हैं। मेरी आवाज़ की चादर में छुपकर कुछ पल के लिए झपकी ले लेते हैं। कभी इनसे दिन में मिलूँ तो शायद पहचानेंगे भी नहीं।"

"मैं तेरी फिलॉसोफी नहीं पूछ रहा हूँ। ये पूछ रहा हूँ कि गीत संगीत की शुरुआत कब से हुई?"

"बैतुल में ही एक उस्ताद थे, करीमुउद्दीन खाँ साहेब। बेहद जानकार, लेकिन बहुत ही लो प्रोफाइल के आदमी। संगीत को दुनिया में जीने का सलीका कहते थे। रेहाना उन्हीं की बेटी थी। अब यह उनकी आवाज़ का असर था या रेहाना की शोख़ हरकतों का असर, कि मैं दस-बारह साल की उम्र से ही उस ओर खिंचता चला गया। घर वालों को पता चला। पहले रोक-टोक हुई। फिर पिटाई हुई। उसके बाद चोरी-छिपे तालीम चली। अन्तिम एक दो सालों में तालीम और प्यार दोनों साथ-साथ चले। और उसके बाद हमने भागने का फैसला किया। आगे की कहानी तो तुम जान ही गये हो।"

"तुम्हारे उस्ताद...उनका क्या हुआ?"

"पक्का तो पता नहीं। दंगे में वे भी मारे गये थे। उन पर मुहल्लेवालों ने जासूसी का आरोप लगाया था। कहते हैं कि प्रशासन की देख-रेख में जब एक उग्र भीड़ ने उन पर हमला किया, तब वे मीरा का कोई भजन गा रहे थे।"

कमरे में कुछ देर तक खामोशी छाई रही। फिर मैंने पूछा—"तो शुरुआत तुम्हारी क्लासिकल म्यूज़िक से हुई थी? फिर ये फिल्मी गाने, गिटार, ड्रम वगैरह?"

"जुनून और ज़िद ने क्लासिकल सिखाया, ज़रूरत और थपेड़ों ने बाकी सब कुछ।"

वह फिर चुप हो गया। मैं जान रहा था कि इससे ज्यादा उससे अपने बारे में बुलवाना सम्भव नहीं है।

"खैर, छोड़ यार, अब अपने बारे में कुछ बता।"

"मेरे पास बताने के लिए कुछ खास नहीं है।" उसके सवाल पर एक मजबूत बैरियर लगाते हुए मैंने कहा।

"जो कहता है ना कि मेरे पास बताने को कुछ नहीं है, दरअसल उसी के पास बताने को बहुत कुछ होता है। जमाने की नब्ज़ को ऐसे लोग अपनी चुप्पियों से थामे हुए रहते हैं।"

"अच्छा..." उसकी आँखों में झाँकते हुए मैंने कहा तो वह ठठाकर हँस पड़ा।

"आज बात कुछ ज्यादा ही हो गयी। देखो शराब भी हमारे इन्तज़ार में कैसे बेचैन हुई जा रही है?" बातों के सिरे को शराब की ओर मोड़ते हुए मैंने कहा, "जे बात...", उसने अपनी हथेलियों को जाँघों पर जोर से मारते हुए कहा और गिलास में शराब ढाली।

हमने उस रात को सुबह तक पहुँचाई और पस्त होकर फर्श पर बिखर गये। बीच में मेरी नींद खुली। वह फर्श पर ऐसे पड़ा था जैसे कोई कटा हुआ पेड़। मैं फिर सो गया। और दोपहर के बाद जब मेरी नींद और खुमारी दोनों टूटीं, वह जा चुका था।

दो सप्ताह उससे मिले बगैर गुजर गये। कुछ ऑफिस की परेशानियाँ, कुछ उस रात का असर कि मैं खुद टालता रहा। चाहता था कि अपनी ज़िन्दगी के खड्डों से जितने परदे उसने उठाए हैं उन्हें फिर ठीक तरह से ढँक ले, उसके बाद ही मिलूँगा। ठीक दो हफ्ते बाद शनिवार की शाम मैं बार पहुँच गया। लेकिन बख्शी के गीतों की जगह वहाँ म्यूज़िक सिस्टम पर गाने बज रहे थे। बार शनिवार के बावजूद खाली खाली सा ही था। जब नौ बज गये और उसके आने की कोई आशा नहीं बची तो मैं सीधे बार मैनेजर के पास पहुँचा और बख्शी के बारे में पूछा।

"नाम मत ले उस भैनचो...का।" उसने गाली दी, "यदि पीना है तो यहाँ बैठो। वही सर्विस मिलेगी। बार दारु से चलता है किसी दो टके के गवैये के रेंकने से नहीं।"

मैं उसकी झल्लाहट को समझ रहा था इसलिए अपना सा मुँह लेकर चला आया। एक और पैग का ऑर्डर देते हुए बख्शी के बारे में सोचता रहा। कहाँ होगा इस वक़्त? वेटर से भी पूछा। लेकिन उसने मैनेजर की ओर इशारा करते हुए जीभ दाँतों से काट ली। बिल चुकाकर बाहर गार्ड से भी पूछा—नहीं मालूम साब, उसने टका सा जवाब दिया। इस वक़्त घर जाना तो बेकार ही होगा। लेकिन आखिर गया कहाँ होगा?

उस रात मैं घर तो चला आया लेकिन बख्शी की याद मथती रही। हर बार एक से ही सवाल—गया कहाँ होगा? कुछ हो-हवा तो नहीं गया? कहीं शहर छोड़कर ही तो नहीं चला गया? मैं जितने सवाल सोचता और ज्यादा उलझता जाता। बबूल की डालियों में पतंग की तरह। फोन तो कभी वह उठाता ही नहीं, सो करने का भी कोई मतलब नहीं था। एक दो बार लगाया भी, लेकिन हमेशा की तरह स्विच ऑफ था।

अगले दिन लगभग दस बजे के आसपास मैं उसके घर पहुँचा। घर ढूँढ़ने में काफी मशक्कत करनी पड़ी। एक ही बार तो आया था। वह भी रात में और नशे की खुमारी में। तब घर भी कहाँ आया था। गली से ही लौट गया था। वह तो नीली गाड़ी के खड़े होने की जगह से अन्दाज़ा लगाया था कि यही घर होगा। घर के

सामने एक पाँच-छः साल का बच्चा खेल रहा था।

"बख्शी का घर यही है?" मैंने पूछा।

"पापा घर में नहीं हैं।"

"मम्मी हैं।"

"जी...मम्मी देखो कोई आया है", वह अन्दर की ओर भागा।

थोड़ी देर बाद कामना निकली।

"बख्शी घर में नहीं है?"

"नहीं रात से लौटे नहीं हैं।"

"क्या आप लोगों ने ब्लू डायमंड छोड़ दिया है?"

"हाँ, वो आजकल होटल प्राइड में हैं।"

"और आप...?"

"मैं तलाश में हूँ...मेरा मतलब काम की तलाश में हूँ।" सूनी मुस्कराहट के साथ उसने जवाब दिया।

"प्राइड का टाइम भी शाम का ही रहता है न?"

"जी..."

"ठीक है। मैं उससे शाम को वहीं मिल लूँगा। अच्छा नमस्ते।"

मैं चला आया। यह तो पता चल चुका था कि बख्शी इसी शहर में है। लेकिन क्यों, यह बात समझ में नहीं आ रही थी। और वह भी अकेले। जबकि वह और कामना, दोनों साथ गाते थे। सारी बातें उससे मिलकर ही जानी जा सकती थीं। लेकिन होटल प्राइड... थ्री स्टार होटल... महिने के अन्तिम दिन थे। जेब वहाँ जाने की गवाही नहीं दे रही थी। वहाँ हर चीज की कीमत तिगुनी-चौगनी होती है। लेकिन उससे मिलने का इसके अलावा कोई रास्ता भी तो नहीं था!

मैं जान-बूझकर वहाँ देर से पहुँचा ताकि कम से कम ऑर्डर करना पड़े। बख्शी स्टेज पर था। मुझे देखकर वह मुस्कराया। गाना खत्म करने के बाद उसने जल्दी से एक चिट लिखी और वेटर को थमा दी।

"साढ़े दस के बाद मधुशाला बार में मिलो, यहाँ नहीं।" मैंने अभी ऑर्डर दिया नहीं था, इसलिए तुरन्त उठ गया। साढ़े दस बजने में एक घंटे की देरी थी इसलिए थोड़ा इधर-उधर घूमकर मधुशाला पहुँचा और कोने की टेबिल पर जम गया। वह लगभग पौने ग्यारह बजे आया। और आते ही हाय-हैलो के बाद अपना पैग बनाया। बिलकुल पटियाला और एक ही साँस में खाली कर गया। जैसे जनम जनम का प्यासा हो।

पहला पैग पीने के बाद जब मैंने उसे कुर्सी की पीठ से टिकते देखा तो पूछा—"होटल प्राइड कब से ज्वाइन कर लिया। कम से कम बता तो सकता था। नम्बर तेरे

पास है ना?''

''बस यार...ज्वाइन कर लिया। तीन हजार ज्यादा का ऑफर मिला तो कर लिया।'' अचानक बगल वाली टेबिल में बैठे किसी पुराने कद्रदान ने बख्शी को पहचान लिया और लपककर उससे मिला—''क्यों बख्शी भाई, कहाँ हो आजकल? दस दिन हो गये तुम्हारी आवाज़ के बगैर पीते हुए। साली चढ़ती ही नहीं। इतने दिन हो गये दारु से अपना कलेजा जलाते हुए। लेकिन ये साली अब भी तुम्हारी ही वफादार है।''

''आजकल प्राइड में हूँ कपूर साब...।'' उसने संक्षिप्त सा जवाब दिया। जैसे पूरे मुद्दे को टालना चाहता हो।

''प्राइड...अपना वहाँ जाना तो नहीं हो पाएगा। लेकिन किसी दिन ज़रूर आऊँगा। खैर अभी मिले हो तो ज़रा एक गाना गुनगुना दो। आज का पीना तो सफल हो जाए!''

बख्शी ने उसकी इस आत्मीय माँग पर 'नाम गुम जाएगा' की कुछ पंक्तियाँ गुनगुना दीं। कद्रदान दाद और धन्यवाद देता हुआ अपनी टेबिल पर लौट गया।

''तो कैसा चल रहा है प्राइड में?'' मैंने पूछा।

''बस ठीक ही है'', उसके जवाब में थ्री स्टार में गाने या तीन हजार की बढ़ोतरी का कोई उत्साहजनक चिह्न नहीं था। साफ लग रहा था कि वह अपने इस निर्णय से खुश नहीं है।

''क्यों, यहाँ खुश नहीं है?''

''खुशी...'' वह मुस्कराया, 'खुशी यहाँ होती है यहाँ'' उसने अपने सीने की बायीं ओर इशारा किया, ''यदि यहाँ खुशी नहीं है तो दुनिया अपनी पूरी भव्यता के बावजूद कब्रिस्तान है।''

''जब तूने खुद एक नयी जगह, एक नया रास्ता, एक नया अन्दाज़ चुना है तो तुझे खुश होना चाहिए। यदि आदमी अपने निर्णय को लेकर खुश नहीं है, सन्तुष्ट नहीं है तो वह कभी हो भी नहीं सकता।''

नहीं मालूम मेरे इस वाक्य के कारण या अपनी इच्छा के कारण वह फिर टुकड़ों में बताने लगा—''ब्लू डायमंड का गिटारिस्ट ऑर्केस्ट्रा छोड़कर चला गया था। मुझे भी ऑफर मिला। अब बार में गाना कोई स्थायी तो होता नहीं। बार मालिक को मेरे जैसा या मुझसे सस्ता कोई दूसरा मिलता तो वह भी मुझे निकाल देता। तो बस मैं प्राइड चला गया। असल में थ्री स्टार में गाने का मेरा यह पहला अनुभव है। इसको लेकर थोड़ा आकर्षण भी था। लेकिन यहाँ का महौल बिलकुल अलग है। यहाँ न तो वे निश्छल कद्रदान हैं और न ही हमप्याले श्रोता। पीने पिलाने की भी कोई रियायत नहीं। शाम को अपने गानों की लिस्ट मैनेजर को दिखाकर

सहमति लेनी पड़ती है। दस बजे ऑर्केस्ट्रा खत्म। पर कतरे तोते की तरह मुझे यहाँ रटी-रटाई चीजें पेश करनी पड़ती हैं।''

''तो छोड़ दे। जब मन नहीं लग रहा है तो क्यों कर रहा है?''

''लेकिन जाऊँगा कहाँ? मैंने अब तक किसी के सामने काम के लिए हाथ नहीं फैलाया है। हर बार मुझे सामने से ही ऑफर मिला है।''

''और भाभी जी...?''

''हाँ यार मेरी करनी बेचारी वो झेल रही है। मेरे काम छोड़ने के बाद वहाँ का ऑर्केस्ट्रा भी बन्द हो गया। प्राइड होटल उसे लेने को तैयार नहीं है।''

''मुझे लगता है कि तुझे ये बार और होटल का चक्कर छोड़कर अपना ग्रुप बनाना चाहिए। कम से कम सन्तुष्टि तो रहेगी।'' मैंने सुझाया।

वह हँसा, ''सन्तुष्टि...सन्तुष्टि से पेट नहीं भरता। ग्रूप बनाऊँ भी तो पेश कहाँ करूँगा? गणेश पूजा और दुर्गा पूजा में भी पहले जैसा ऑर्केस्ट्रा नहीं होता। मन्त्रियों-नेताओं और नाच-गानों ने वो मंच हथिया लिए हैं। शादी-ब्याह से काम चल जाता था। वहाँ भी अब डी.जे. बजता है।''

''फिर...'' मैंने प्रश्न किया। ''देखते हैं...'' आशा और निराशा से भरा हुआ एक संक्षिप्त सा वाक्य। साफ था कि इस मुद्दे को अब वह खींचना नहीं चाहता था। मैंने भी जोर नहीं दिया। लेकिन उसके चेहरे पर अपने मन का कुछ ना कर पाने की तड़प साफ दिखाई पड़ रही थी।

''कल रात कहाँ रह गये थे?''

''ये सड़कें भी तो रहने की जगह हैं। दिन में तो सब इस पर केवल चलते हैं। लेकिन रात को इसे तन्हा छोड़ जाते हैं। मैं कभी कभी रातों को इनसे मिलने चला आता हूँ। रात के सन्नाटे में अपने ही पैरों की आवाज़ सुनने से ज्यादा सुकून इस दुनिया में किसी और चीज में नहीं है।''

''अभी...मैंने पूछा।''

''घर जाऊँगा। चलोगे?''

''नहीं, कल सुबह ज़रूरी काम है। अब उठना चाहिए।'' हम उठे और अपने अपने घर के रास्ते हो लिये।

केवल मिलने का रिश्ता बख्शी से कभी बन ही नहीं पाया। दिन को अमूमन मैं पीता नहीं था और रात को प्राइड में पीना सम्भव नहीं था। या फिर साढ़े दस तक इन्तज़ार करो, ये और भी मुश्किल था। इन्हीं कारणों से उससे मिलना काफी कम हो गया। लगभग न के बराबर। न मिलने की और भी वजहें थीं। यहाँ रहते हुए मुझे एक साल हो चुका था। कुछ नये संगी साथी भी बन गये थे। कभी उनके साथ बैठना हो जाता, कभी कभी अकेले भी। फिर यह रोज की आदत भी नहीं रही। बख्शी का वह

दोस्ताना वाक्य मुझे बराबर याद आता रहता—'उदासी से बचने के रास्ते शराबखानों से होकर नहीं गुजरते दोस्त।' बस उसी वाक्य का सिरा पकड़कर मैं उस अन्धी गुफा से बाहर निकल रहा था। लेकिन जब भी अकेले बैठता, कोई सी.डी. जरूर लगा देता। तब बख्शी की बेतरह याद आती। तय करता कि कल सुबह उससे ज़रूर मिलूँगा। लेकिन हमेशा किसी और दिन के लिए मुलाकात टल जाती।

एक दिन किसी आश्चर्य की तरह सुबह सुबह मोबाइल पर उसका सन्देश आया—"आज सुबह दस बजे घर आ जाओ। म्यूज़िक स्कूल का उद्घाटन है—बख्शी।" तो आखिर इसे भी सच्ची राह मिल गयी। सन्देश पढ़कर खुश होते हुए मैं बुदबुदाया। रविवार का ही दिन था। और अभी आठ ही बज रहे थे। मुझे लगा कि यह उम्मीदों भरी दुनिया की नयी सुबह है।

लगभग ग्यारह बजे मैं उसके घर पहुँचा। ऊपर के हॉल के बाहर एक साइन बोर्ड लगा था—'सुर संगम म्यूज़िक क्लास।' वहाँ कुछ छोटे बच्चे और उनके अभिभावक, जो निश्चित ही उसके पड़ोसी रहे होंगे, उपस्थित थे। बख्शी के कुछ कद्रदान और कुछ दोस्त भी थे। इनमें से कई लोगों को मैंने ब्लू डायमंड में और यहाँ-वहाँ उसके साथ देखा था। मुझे देखते हुए चहककर गले मिलते हुए उसने कहा—"वेलकम इन सुर संगम म्यूज़िक एकेडमी..." मैंने भी उसे जी भरकर बधाई दी। पूरा वातावरण बेहद सात्विक था। कामना भी काफी खुश दिखाई पड़ रही थी। ब्लू डायमंड का मैनेजर भी वहाँ था और बख्शी के कद्रदानों से शिकायती लहजे में कह रहा था—"अरे, आपने तो आना ही छोड़ दिया!" उसका बेटा हाथ में ट्रे लिये हुए सबको कोल्ड ड्रिंक बाँट रहा था।

मेरे लिए पूरा माहौल ही अजब सुकूनदेह था। सुकून का एक कारण और भी था। इस आत्मीय उद्घाटन के अवसर पर घर के बाहर वो नीली गाड़ी नहीं खड़ी थी, जिसे मैंने अकसर ही ब्लू डायमंड के बाहर और एक बार यहाँ भी देखा था।

"आज कोई पार्टी-शार्टी नहीं है? म्यूज़िक एकेडमी की शुरुआत है, सुर के संगम की शुरुआत और सुरा नदारद!" मैंने पूछा तो वह हँस दिया, "आज नहीं, जब ठिकाना बदलते हैं तो नये ठिकानों के तौर तरीके भी अपनाने पड़ते हैं। पार्टी उधार रही। फिर कभी।" फिर उसने कुछ बन्दिशें सुनाईं। कामना ने भी कुछ गज़लें सुनाईं। दोनों ने साथ मिलकर भी गाया। आज उनका अलग ही रूप दिखाई पड़ रहा था। वे दोनों हिल-मिलकर कर ऐसे गा रहे थे जैसे हवा के मद्धिम झोंके में पीपल की नाचती हुई पत्तियाँ। बीच में उनका बेटा बैठा हुआ था। उसका नाम अंकुर था। यह नाम उन दोनों ने ज़रूर उम्मीदों की डगमगाती हुई नाव पर सवार होकर चुना होगा, मैंने सोचा। उनकी उम्मीदों की नाव आगे क्या रुख लेगी इसे कोई नहीं जानता था, लेकिन सब दिल खोलकर उन्हें बधाई दे रहे थे। इनमें ब्लू डायमंड का मैनेजर सबसे

आगे था। जिसे सभी काका कहते थे।

दोपहर को सभी आमन्त्रितों के लिए खाने का इन्तजाम था। यही कोई पन्द्रह लोग रहे होंगे। काका ने चुटकी लेते हुए कहा—''बख्शी, अब तो तुझसे मिलना होगा नहीं। जब हम लोग गिलास में सुरा भर रहे होंगे, तू यहाँ बच्चों के गले में सुर भर रहा होगा। हम वहाँ पंकज उधास बजाएँगे और तू यहाँ हारमोनियम और तबला। बड़ी जल्दी तूने अपना ठिकाना बदल लिया यार। तेरी याद बड़ी आएगी।''

''काका, मैं कौन-सा लन्दन जा रहा हूँ। यहीं बगल में तो हूँ। जब मन करे आ जाना या बुला लेना।''

''नहीं यार, अब पहले जैसी बात कहाँ हो पाएगी। यहाँ आने के लिए मुझे तेरी म्यूज़िक एकेडमी ज्वाइन करनी पड़ेगी और वहाँ आने के लिए तुझे मेरी खम्भा एकेडमी। अब कहाँ हो पाएगा ये सब। वैसे अच्छा ही होगा कि तू अब मत आना। क्यों कामना?''

''सब आप ही का सुझाया और किया धरा है काका। आप न कहते तो क्या हमें ऊपरवाला यह हॉल मिल पाता?''

''मैं कौन होता हूँ कुछ करनेवाला। करनेवाला तो ऊपर बैठा है, उसने आसमान की ओर इशारा किया। उसकी इच्छा हो तो सब कुछ बदल जाता है। अब देखो, कितनी जल्दी बदल गया सब!''

''जल्दी कहाँ काका'' कामना ने जैसे किसी बीते हुए सपने की डोर पकड़कर कहा, ''सात साल लग गये इस रास्ते को ढूँढ़ने में। अब भगवान ने चाहा तो इसी रास्ते पर चलते हुए जान निकले। बस यही तमन्ना है।'' उसकी आँखें भर आई थीं।

''शुभ शुभ बोलो कामना। सबसे बुरा दिन तुम लोगों ने देख लिया है। अब सबसे अच्छा देखना बदा है।'

खाना खाने के बाद काका चला गया। उसे रविवार की विशेष तैयारी करनी पड़ती थी। लेकिन हम सात-आठ लोग दिन के उतार तक वहीं जमे रहे। अन्ततः जब हम लोग पीने का कार्यक्रम तय करके वहाँ से निकले, बख्शी साथ नहीं आया। उसने हाथ जोड़कर माफी माँग ली। उसका न आना हम सबको अच्छा ही लगा।

बड़ी अजीब सी शाम थी वह। हम सभी एक दूसरे को बख्शी के कारण ही जानते थे। वरना हममें ऐसी कोई नजदीकी नहीं थी। हम तो एक दूसरे का नाम भी पक्के तौर पर नहीं जानते थे। इसलिए नाम लेने से भरसक बच रहे थे। हम लोग केवल रस्मी तौर पर बातें कर रहे थे। बात का सिरा चाहे जहाँ से शुरू हो, खतम बख्शी पर ही जाकर होता। उसी दिन मैंने जाना कि बख्शी अपना मोबाइल इसलिए बन्द रखता है क्योंकि रात-बिरात अकसर उसके कद्रदान फोन पर कुछ गुनगुनाने की पेशकश करते, जिसे वह टाल नहीं पाता था।

हम जल्दी ही उठ गये। वहाँ बहुत देर तक बैठे रहना सबको भारी पड़ रहा था। बख्शी ने हमारी ज़िन्दगी के अन्धेरे कोनों को अपनी आवाज़ से रोशन किया था। हम उसकी ज़िन्दगी के सम्भावित उजाले को उसकी उपस्थिति के बगैर सेलीब्रेट कर रहे थे।

अगले रविवार मैं फिर उसके घर गया। स्कूल ठीक चल रहा था। लगभग तीस बच्चे हो गये थे। कुछ और लोग आनेवाले थे। यदि शौक को परे रखा जाए तो नये सिरे से ज़िन्दगी शुरू करने के लिए यह पर्याप्त था। यह विश्वास भी मैंने उन दोनों के चेहरे पर देखा। सबसे अच्छी बात तो अंकुर के चेहरे की हँसी थी। उसे जब पहली बार देखा था तब लगा था कि एक कच्चा फल पकने के पहले ही सूख रहा है। लेकिन आज वह झरने की तरह खुश और ताजा था।

बख्शी से मिलना अब पहले की तुलना में और भी कम हो गया। उसने एक नया नम्बर ले लिया था। कभी-कभी उसी पर बात हो जाती या सन्देशों का आदान-प्रदान हो जाता। एक बार उसने 'ट्रिब्यूट टू किशोर कुमार' का आयोजन भी किया। बहुत सारे लोग जमा हुए थे। एक खुले मंच पर वह कार्यक्रम आयोजित था। अपनी पसन्द के ढेरों गाने बख्शी ने गाए। कई और भी साथी थे। बेहद सफल आयोजन था वह। कार्यक्रम के खत्म होने के बाद कई लोगों ने उसे बधाई दी। मैंने भी जब उसे बधाई दी तो हुलसकर गले मिलते हुए उसने कहा—"कल शाम को घर आना, ज़रूरी काम है।" उसके बाद वह फिर लोगों की बधाइयाँ लेने में व्यस्त हो गया।

मुझसे ऐसा क्या ज़रूरी काम हो सकता है, लौटते हुए मैं यही सोच रहा था। बख्शी अपनी निजी ज़िन्दगी में किसी को घुसने नहीं देता। लोगों को उससे काम होता है। उसे तो कभी किसी से काम ही नहीं पड़ता। फिर मुझसे ऐसा क्या काम पड़ गया? समझ में कुछ भी नहीं आ रहा था।

अगले दिन, लगभग साल भर बाद, मैं उसके घर पहुँचा। घर में कोई नहीं था। वह अकेला था।

"घर के सारे लोग कहाँ गये?" मैंने आश्चर्य जताते हुए पूछा।

"अंकुर ट्यूशन गया है और कामना यहीं पास के ब्लाइंड स्कूल में बच्चों को शाम के समय गाना सिखाने जाती है। बस आती ही होगी।"

"तो...मज़े में चल रहा है सब कुछ?"

"हाँ...मज़े में ही है सब कुछ..." उसकी आवाज में हलकी सी खिन्नता थी। 'मज़े' शब्द को उसने इतने ढीले लहजे में कहा था कि कोई भी समझ लेगा कि मज़े में कुछ भी नहीं है। कुछ देर हम इधर-उधर की बातें करते रहे फिर मैंने पूछा—"बोल किसलिए बुलाया था। कौन सा ज़रूरी काम अचानक आ गया?"

"अरे कुछ नहीं यार, बहुत दिन से मुलाकात नहीं हुई थी, सो बुला लिया।

कोई काम वाम नहीं है। तुझे कोई काम तो नहीं था न?''

इतने में गेट खुलने की आवाज आई। कामना अंकुर को साथ लेकर लौटी थी।

''बड़े दिन बाद आए भाई साहब, मुझे देखकर उसने कहा।''

''हाँ यूँ ही, बेकाम की व्यस्तता कुछ ज्यादा ही बढ़ गयी है इन दिनों।'' एक चलता सा जवाब मैंने दिया।

''आप बैठिए, मैं चाय बनाती हूँ।''

''रहने दो कामना, आज हमारा कुछ और प्रोग्राम है। बस दो मिनट, कपड़े बदलकर आता हूँ।'' वह भीतर चला गया।

''भाभी जी, सब ठीक तो चल रहा है न?'' मैं आशंकित था। बख्शी के अन्दर जाने के बाद मैंने पूछा।

''आप अपने दोस्त से ही पूछिए। आजकल बच्चों को म्यूज़िक सिखाना भी बन्द कर दिया है। बहुत हुआ तो दोस्तों के साथ शाम को कहीं बैठ जाएँगे। नहीं तो यहीं घर पर...अकेले और उदास। नहीं मालूम आजकल क्या सोचते रहते हैं!''

मैं जानता था कि बख्शी हमारी बात साफ सुन रहा है, फिर भी पूछा। अब वह अपनी ओर से कुछ बताने से रहा। यहीं से कोई सिरा मिल सकता था, जिसे थामकर उससे आगे की बात की जा सकती थी।

''क्या बात है बख्शी, ये सब क्या है?''

''तू चल, इत्मीनान से बात करते हैं।''

''जल्दी घर आ जाना, हमें निकलते हुए देखकर कामना ने गुजारिश के लहजे में कहा। उसकी आवाज में कोई ऐसा सुर था जो पराजय, दुख और चिन्ता के मिलने से बना था।'' हम एक अपरिचित बार में पहुँचे। शहर से लगभग बीस किलोमीटर दूर। यह उसी का आग्रह था। शायद वह अपने जाने-पहचाने लोगों से कहीं दूर बैठना चाहता था। मैंने भी ना-नुकुर नहीं की। जमा हुए पानी का सही समय पर बह जाना अच्छा होता है, अन्यथा सैलाब बन जाने का खतरा होता है। वहाँ पहुँचकर हमने कोने की टेबिल पकड़ी और वेटर को ऑर्डर दे दिया।

पन्द्रह-बीस मिनट तक हम चुपचाप घूँट भरते रहे। न उसने कुछ बताया, न मैंने कुछ पूछा। यह तो मालूम था कि वह कुछ कहना चाहता है और उसके लिए समय का कोई विशेष बिन्दु तलाश रहा है। कई बार ऐसा होता है जब कहने को बहुत कुछ होता है लेकिन किसी विशेष क्षण को तलाशते हुए हम कहना टालते जाते हैं। बख्शी भी शायद बहुत दिनों से कोई बात टाल रहा था। और टालते टालते वह इसका इतना आदी हो चुका था कि उन विशेष क्षणों को भी टालने लगा था जबकि बात आसानी से कही जा सकती थी।

''संगीत सिखाना क्यों बन्द कर दिया?'' आखिर जब चुप्पी बहुत खिंचने

लगी तो मैंने पहल करते हुए पूछा।

थोड़ी देर वह चुप रहा जैसे कोई ताकतवर जवाब तलाश रहा हो—"मैं सिखाने के काबिल नहीं हूँ।" बहुत हारा हुआ सा जवाब उसने दिया।

"क्यों...अचानक तुझे क्यों लगने लगा कि तू सिखाने के काबिल नहीं है? और फिर तू बच्चों को ही तो सिखा रहा था किसी तानसेन को नहीं। तुझे उनमें केवल ललक पैदा करनी थी। जिनमें लगन होगी, ज़िद होगी, अपना रास्ता खुद तलाश लेंगे। इसके लिए सिखाना बन्द करने की क्या ज़रूरत थी?"

वह फिर चुप हो गया। मुझे लगा कि वह मेरे साथ थोड़ी देर चुप ही रहना चाहता है। मैं भी चुप हो गया।

कुछ देर बाद उसने कहा—"इस साल में सबसे अच्छा यह हुआ कि कामना को विशारद की डिग्री मिल गयी। अब वह किसी भी छोटे-मोटे स्कूल में पढ़ा सकती है।"

"मैं कामना की नहीं तेरी बात कर रहा हूँ। तूने सिखाना क्यों बन्द कर दिया?"

"कोई एक वजह हो तो बताऊँ, बहुत सारी वजहें हैं।"

"मेरे पास बहुत सारा वक़्त है तुझे सुनने के लिए।" मैं फिर ज़िद पर उतर आया था।

"यह सुनने में अच्छा लगता है कि आदमी कहीं से भी शुरू कर सकता है। लेकिन असल में ऐसा होता नहीं। ज़िन्दगी एक या दो मौके ही देती है। वे मौके जीवन भर उसकी पहचान बनकर साए की तरह उसके साथ चलते रहते हैं। मेरे साथ भी यही हुआ। मैं सिखा नहीं सकता। केवल गा सकता हूँ। अब अपने खुद के बनाए हुए गीत गाने की हैसियत तो रही नहीं, इसलिए होटलों और बारों में दूसरों के गाए हुए गीत गाता हूँ। इसके अलावा मुझे कुछ सूझता नहीं। उन तीन-चार घंटों में मेरे भीतर जो सुकून होता है उसकी तुलना में कुछ और अच्छा लगता ही नहीं।"

"फिर स्कूल खोला ही क्यों?"

"जीवन को एक नया मोड़ देने चला था। लेकिन भूल गया था कि मेरे जीवन में कोई मोड़ ही नहीं है। दूर-दूर तक रेगिस्तान के बीच पड़ी हुई एक सीधी और लम्बी राह..."

"यह तो हुई एक वजह, अब ज़रा दूसरी वजहें भी तो सुनूँ।" सिगरेट का धुआँ उगलते हुए मैंने कहा।

"बैतुल से भागते हुए मैंने और रेहाना ने म्यूज़िक स्कूल खोलने का सपना देखा था। अब जब बच्चों को सिखाने बैठता हूँ तो उस सपने की रूह मुझे जकड़ लेती है। उसके और उस्ताद के मारे जाने का कारण तो मैं ही था न...उनके साथ हुए

बिताए हर पल मेरा पीछा करते हैं। उस्ताद संगीत को जीने का सलीका कहते थे। मैं सलीका बहुत पीछे छोड़ आया हूँ...अब संगीत के साथ रहना सम्भव नहीं।''

''और ये ऑर्केस्ट्रा, होटलों और बार में गाना...क्या ये संगीत नहीं है?''

वह कुछ नहीं बोला। यह प्रश्न हमारे बीच थोड़ी देर तक तैरता रहा, ''आदमी की जब साँस उखड़ने लगती है न, तो डॉक्टर उसे वेंटीलेटर लगा देता है...।'' हलकी हँसी हँसते हुए उसने कहा।

''और भी कोई वजह?''

''मैं नहीं चाहता कि इस शहर में और बख्शी पैदा हों।''

''कामना को देख, उसने कैसे खुद को बदला। अंकुर के बारे में सोच। हर बात का निर्णय इतने निजी तौर पर नहीं लेना चाहिए।''

''कामना बदल सकती है। उसमें वो ताकत है। मेरे पास नहीं है।''

''फिर, आगे क्या सोचा है?''

''सोचता हूँ कि फिर से बार में गाना शुरू कर दूँ। काका ने तो साफ मना कर दिया है लेकिन एक दूसरे होटल से ऑफर मिला है।''

''यानी वही ज़िन्दगी फिर से शुरू...?''

बख्शी कुछ नहीं बोला। लेकिन उसके चुप रहने से साफ झलक रहा था कि वह फैसला कर चुका है। मुझे वह केवल अपना फैसला सुना रहा था। मेरे समर्थन या विरोध का उस पर कोई असर नहीं पड़नेवाला था सो मैंने भी बात आगे नहीं बढ़ाई। जब चीजें बोलने से भी नहीं बदलतीं तो चुप रहकर इन्तज़ार किया जाना चाहिए। मैं भी चुप हो गया। लौटते हुए उसने वह होटल भी दिखाया, जो अगले हफ्ते से हर शाम उसका ठिकाना होनेवाला था—रॉयल गार्डन फैमिली बार एंड रेस्टोरेंट।

अगले हफ्ते मैं भी पहुँचा। बार के मालिक ने बार के भीतर हर जगह पर 'बख्शी इज़ बैक' का पोस्टर लगा रखा था। कामना भी आई थी। लेकिन स्टेज पर बैठने की बजाय वह ग्राहकों की जगह बैठी रही। यहाँ तक कि बार मालिक के गाने के आग्रह को उसने दृढ़ता से ठुकरा दिया। मुझे उसकी दृढ़ता अच्छी लगी। उसने अपनी ज़िन्दगी का रास्ता पा लिया था। उस पर वह चल रही थी। बख्शी ने भी पा लिया था। लेकिन वह पहलेवाला रास्ता ही था। थोड़ी देर बाद कामना उठ गयी। बहुत आग्रह के साथ उसने अपना बिल चुकाया और अकेले ही लौट गयी।

बख्शी की ज़िन्दगी उसी ढर्रे पर लौट आई थी। वही फरमाइशें, वही हमप्याले कद्रदान, देर रात तक पीना-पिलाना, कभी घर लौटना और कभी नहीं भी लौटना। उसकी पारिवारिक ज़िन्दगी पर पहले की तरह ही परदा पड़ा रहा। घर मैं जाता नहीं था और उसके द्वारा बताए जाने का सवाल ही नहीं था। हाँ इतना ज़रूर हुआ कि उसके बाद मैंने कामना को किसी होटल या बार में गाते हुए नहीं देखा। यह मेरे लिए सन्तोष की बात थी।

उससे जब भी मिलने या उसे सुनने का मन करता, मैं रॉयल गार्डन चला जाता। कुछ महिने बाद उसने नया होटल ज्वाइन कर लिया। फिर तीन-चार महिनों के अन्तराल में वह होटल बदलता रहा। अब वह फिर से ब्लू डायमंड में गाने लगा था। अबकि बार जब मैं उससे मिला, वह काफी कमजोर हो गया था। गाल की हड्डियाँ उभर आई थीं। शरीर सूखकर सींक जैसा हो गया था। लेकिन दो चीजें अब भी वैसी ही थीं—आवाज़ की खनक और पीने की ललक।

इस बार ब्लू डायमंड ने इकतीस दिसम्बर की रात का विशेष इन्तज़ाम किया था। बख्शी के सारे चाहनेवालों को काका ने निजी तौर पर बुलाया था। मुझे भी उसने फोन किया। वह विशेष कार्यक्रम रात नौ बजे से शुरू होकर दो बजे तक चलने वाला था। परिवारवालों के लिए अतिरिक्त रूप से व्यवस्था थी।

मैं लगभग दस बजे पहुँचा और वहाँ बख्शी का एक नया ही अवतार देखा। साजिन्दे मंच पर बैठे थे। लेकिन वह कॉलर माइक लगाए हुए घूम-घूमकर गा रहा था। शराबी फिल्म के गीत 'लोग कहते हैं मैं शराबी हूँ' को जब बोतल बजाते हुए उसने गाया, पूरी महफिल झूम उठी। लोगों की माँग पर वह गीत उसने तीन बार गाया। बहुत से चाहनेवालों के साथ वह थिरका भी और लोगों को नचाया भी। कामना भी अंकुर के साथ आई थी। उन दोनों के साथ भी उसने नाचते हुए गाया।

मुझे लगा कि वह थक रहा है। काका ने उसे रोकने की कोशिश की। कामना भी लगातार उससे रुक जाने को कहती रही। आत्मीय दोस्त भी रोकते रहे। लेकिन बख्शी रुका नहीं। बीच में जब उसने 'घुँघरू की तरह बजता ही रहा हूँ मैं' गाने का ऐलान किया तो कद्रदानों ने जैसे विद्रोह कर दिया—"नहीं आज की रात यह गाना नहीं होगा..."

"बिलकुल नहीं...बिलकुल नहीं..." की आवाज इस छोर से उस छोर तक दौड़ गयी। सारे लोग उस रात की अन्तिम बूँद तक को निचोड़ लेना चाहते थे। बख्शी भी हाँफने लगा था लेकिन रुकने को तैयार नहीं था। थोड़ा ब्रेक लेकर उसने चोरी छुपे एक पटियाला पैग नीट मारा। जिस चाहनेवाले ने उसे यह उपलब्ध कराया था उसकी माँग पर उसने दो गाने गाए—'गाता रहे मेरा दिल' और 'चलते चलते मेरे ये गीत याद रखना, कभी अलविदा ना कहना'।

वह रात सुबह चार बजे जाकर खत्म हुई। मैंने बख्शी से गले मिलकर उसे नये साल की बधाई दी और लौट आया।

सुबह ग्यारह बजे जब नींद खुली तो नव वर्ष के ढेर सारी शुभकामनाओं वाले सन्देशों के साथ किसी अपरिचित नम्बर से एक सन्देश था—"बख्शी नहीं रहा। दोपहर 1.00 बजे मोक्षधाम में उसका अन्तिम संस्कार होगा।"

वहीं जाकर पता चला कि उसे पिछले कई दिनों से पीलिया था।

घुन

किर्र...किर्र...किर्र...किर्र...

लकड़ी के दिवान के भीतर घुन अपना काम किये जा रहा था और साहिब सिंह की नींद छिटककर कोसों दूर जा चुकी थी।

आज उसने तय कर रखा था कि कम-से-कम सात घंटे बेहोशी की हद तक नींद में डूब जाएगा। और इसका उसने बाकायदा इन्तजाम भी किया था। तली मछली, बासमती चावल का वेज पुलाव, दाल तड़का, बटर चिकन और व्हिस्की का क्वार्टर...यानी नींद को घेरने की मजबूत नाकेबन्दी। हर पैग के बाद साहिब ने सिगरेट के लम्बे-लम्बे कश लिये। निकोटिन शराब के नशे को बढ़ा देती है, वह जानता था। उसके बाद आदत के विरुद्ध भारी खाना। नशा बढ़िया हुआ। पलकें डूब रही थीं। नींद की छुअन को वह महसूस कर रहा था। नींद से भारी हुए कदमों को घसीटता हुआ वह बेडरूम में घुसा। बत्ती बन्द की। बस नींद के नीले, गुनगुने जल में वह गोता लगाने ही वाला था कि किर्र...किर्र...किर्र...किर्र...।

साहिब ने पहलू बदला। गोल तकिए को पैरों के बीच दबाया। ध्यान बँटाने के कई तरह की फैंटेसियों के दरवाजे खटखटाए लेकिन कोई दरवाज़ा नहीं खुला। शराब अपना काम कर रही थी, यानी पूरे शरीर को बन्धनमुक्त बनाये दे रही थी। लेकिन नींद थी कि कमबख़्त किर्र-किर्र के डर से भागती गयी, भागती गयी और अन्ततः ओझल हो गयी। साहिब ने एक भद्दी-सी गाली दी और लाइट ऑन कर दी। शराब अब उसके सिर पर चढ़कर दर्द की गाँठें खोलने लगी थी।

नींद से हार की यह तीसरी रात थी। पिछली तीन रातों से घुन दीवान ही नहीं उसके दिमाग को भी चबाए जा रहा था।

उसके पास अपने दिल और दिमाग को बचाने का कोई उपाय नहीं था। यह उपाय तो उसे बताया ही नहीं गया था। उपायों को तलाशने की उसे मोहलत ही नहीं मिली थी। बस अचानक आक्रमण और फिर लगातार आक्रमण...।

साहिब सिंह ने अनमने ढंग से अपना लैपटॉप खोला और दुनिया की चुनिन्दा

विज्ञापन फिल्मों को देखने लगा। बीस सेकंड से लेकर एक-डेढ़ मिनट की ये फिल्में अपने दर्शकों को उपभोक्ता में बदल देने की काबिलियत रखती थीं। एक कार की फिल्म पर उसकी नज़र थम गयी। ग्राफिक्स का इतना बेहतरीन इस्तेमाल कम ही फिल्मों में हुआ है। फिल्म में एक कार अचानक एक रोबोट में तब्दील होकर तेज धुन पर थिरकने लगती है और धीरे-धीरे उसका नृत्य उन्माद के चरम पर पहुँच जाता है। ऐसी फिल्में यदि नये उपभोक्ताओं को खींच लाती हैं तो ये तो उनका अधिकार है...अपने काम के पक्ष में साहिब सिंह ने अपना बयान दिया। बिना ऐसे विश्वासपूर्ण बयान के वह अपने काम को खूबसूरती से अंजाम भी नहीं दे सकता था क्योंकि वह भी तो इसी दुनिया का एक चमकता नाम था।

बस, उसे खल रही थी तो एक ही बात, कि नींद उसके साथ क्यों बेवफाई कर रही है? आखिरकार उसने नींद का क्या बिगाड़ा था? नींद की याद आते ही उसकी बेचैनी फिर बढ़ गयी।

केवल तीन साल में इतनी तरक्की...विज्ञापन की दुनिया का एक ज़रूरी नाम...कई तरह के कलाकारों से उत्पाद के अनुसार काम लेनेवाला...एक पॉश इलाके में डबल बेडरूम का बेहतरीन फ्लैट...लेकिन फिलवक्त एक छोटी-सी नींद से बेदखल...नींद क्यों रात भर नहीं आती!

गालिब की यह पंक्ति जब उसे याद आई तो वह बच्चों की तरह चहक उठा...कितने दिनों बाद उसे प्रोफेशनल पढ़ाई के पहले के दौर का पढ़ा हुआ कुछ याद आ रहा था!

रात आधी से अधिक बीत चुकी थी। बालकनी से उसने देखा कि शहर की सड़कें तक ऊँघ रही थीं। पीली रोशनी ने लिहाफ की तरह शहर को ढाँक लिया था। अस्पताल और एटीएम के साइन-बोर्ड चमक रहे थे। अस्पताल के बाहर एक चायवाला स्टोव की नीली लौ के ऊपर चाय की केतली चढ़ाए हुए था। कुछ अकेले और उदास लोग फाइवर के स्टूल पर बैठे अपने-अपने दुखों और चिन्ताओं में डूबे हुए थे। ऑटोरिक्शा की पिछली सीट पर उसके ड्राइवर पैर मोड़कर आधी-अधूरी नींद में खोए हुए थे। यानी जो जाग रहे थे, उनके पास जागने का मकसद था। सोने वालों के पास सोने की सुविधा थी। लेकिन वह, मकसद और सुविधा से जुदा, केवल इसलिए जाग रहा था क्योंकि नींद ने उसके साथ बेवफाई की थी। उसने कभी सोचा भी नहीं था कि अनिद्रा उसे भी परेशान कर सकती है। कम-से-कम उम्र के बत्तीसवें साल में तो कतई नहीं। जीवन से वह बिलकुल असन्तुष्ट नहीं था। बचपन का अभाव और अट्ठाइस शुरू होते-होते सम्पन्नता का मजेदार स्वाद...असन्तुष्टि का कोई कारण ही नहीं था। फिर भीतर ऐसा कौन-सा नामालूम फोड़ा पक रहा था जिसकी टीस उसे सोने नहीं दे रही थी!

उत्तर वह नहीं जानता था। वह फिलहाल इतना जान रहा था कि नींद तो अब उसे आने से रही। खैर, इसकी खानापूर्ति तो वह ऑफिस में काम की व्यस्तता से एक-दो घंटे चुराकर कर लेगा। यह सोचते हुए उसे अच्छा लगा।

अच्छा लगना अब कितना कम हो गया था। कितना कम हो गया था साहिब का खुद अपने बारे में सोचना। दरअसल इस नयी दुनिया में सोचना ही कम हो गया था। किसके पास फुर्सत थी इस बेकार से काम के लिए!

सुबह लगभग नौ बजे वह दफ्तर पहुँच गया। एक बहुमंजिली इमारत के सोलहवें माले में उसका दफ्तर था—'न्यू एरा एड एजेंसी'। समय से लगभग दो घंटे पहले वह ऑफिस पहुँच गया था इसलिए साफ-सफाई करनेवाले के अतिरिक्त वहाँ कोई नहीं था।

''क्यों सन्तोष, सफाई हो गयी? और तुम मेरी कुर्सी अच्छे से साफ क्यों नहीं करते? पूरी कुर्सी पर धूल जमी होती है।''

''करता तो हूँ साब, फिर से जम जाती होगी, मुम्बई में भोत धूल है...''

''अच्छा, टेबिल में, कम्प्यूटर में, और किसी के कमरे में धूल नहीं जमती, केवल मेरे कमरे की कुर्सी पर ही फिर से जम जाती है?''

''सन्तोष चुप रहा लेकिन उसकी आँखों में एक पल के लिए ऐसा भाव आया, जिसे साहिब जानता तो था लेकिन मानता नहीं था।''

''जा मेरे लिये एक कप कॉफी ला, और हाँ, हाथ अच्छी तरह से धोना। सन्तोष ने सिर हिलाया और बॉस के ठीक बगलवाले एक छोटे-से कमरे में घुस गया। काम के समय में वहीं चाय-कॉफी और कभी-कभार नाश्ते के आइटम बना करते थे।

साहिब को आज अपने कमरे में जाने की जल्दी नहीं थी, सो वह घूम-घूमकर ऑफिस का मुआयना करने लगा। एक बड़ा-सा हॉल, लगभग चालीस बाई साठ का, जिसमें काँच की छोटी-छोटी केबिन बनी हुई थी। एडिटिंग, लाइब्रेरी और स्टूडियो के कमरे अलग-अलग थे। बॉस का कमरा मुख्य द्वार की बायीं ओर था। ऑफिस में तरह-तरह के बेलबूटे लटक रहे थे, बिलकुल असल की तरह लगते हुए। साहिब की नज़र स्टूडियो के बाहर डिसप्ले बोर्ड पर गयी, इसमें रोज़ के काम की सूचना होती थी। उसके नाम के आगे दो उत्पादों के नाम लिखे थे—एक, जूता और दूसरा, स्मृति बढ़ानेवाली कैप्सूल। डिसप्ले बोर्ड में अमित मेहरा के जिम्मे कार के टायर थे, राजीव सक्सेना के जिम्मे शूटिंग-शर्टिंग और रोहित शर्मा के जिम्मे हाल ही में लांच होनेवाली एक कार थी।

डिस्प्ले बोर्ड में काम के बँटवारे को देखकर आज फिर साहिब सिंह का दिमाग सातवें आसमान पर पहुँच गया। उसने कल ही बॉस से कहा था कि वह कार

की फिल्म बनाना चाहता है। बॉस जिस रहस्यात्मक ढंग से मुस्कराया था, उससे उसे आभास तो हो गया था कि काम का बँटवारा इस बार भी मन मुताबिक नहीं होगा। लेकिन इतने क्रूर तरीके से होगा, उसने सोचा नहीं था। कार की फिल्म न सही, टायर की फिल्म तो दी ही जा सकती थी उसे। लेकिन वह भी न मिली, मिली तो जूते और थर्ड ग्रेड दवा की फिल्म। 'डेम इट', गुस्से से पैर पटकते हुए साहिब ने कहा और अपनी केबिन में घुस गया।

साहिब सिंह की मेज पर सन्तोष ने कॉफी रख दी थी जो तेजी से ठंडी होती जा रही थी। कॉफी की गर्मी उसके दिमाग में उतरती चली गयी। वह बड़ी बेसब्री से बॉस का इन्तजार करने लगा। आज वह ठीक-ठीक और साफ-साफ बात करने का इरादा कर चुका था।

लगभग साढ़े ग्यारह बजे उसका बुलावा आया।

"मि. चौहान, आपने डिस्प्ले बोर्ड तो देख ही लिया होगा। ये दोनों फाइलें 'स्मृति वाटिका' और 'केयर शू' की हैं, और ये सी.डी.। इन्हें इस बार धाँसू एड चाहिए। पिछले कई सालों से हमारा राइवल ग्रुप इनके लिए एड बनाता रहा है। इस बार इनके मार्केटिंग ग्रुप ने हमें चांस दिया है। यदि हमने ठीक काम किया तो हर साल टोटल इनकम का टेन परसेंट इनसे ही मिल जाएगा। आप तो जानते ही हैं कि ये कितने बड़े ग्रुप हैं। एक बात और, जो खास तौर से इनकी फरमाइश है कि जूते की प्राइज़ चूँकि ब्रांडेड शूज़ से काफी कम है इसलिए प्राइज़ को ख़ास तौर से प्रोजेक्ट करना है, और दूसरी डिमांड ये है कि ये फिल्म आप ही बनाएँ, सो...।

बॉस की बातों ने तपते हुए साहिब पर हलकी बारिश की ठंडी बूँदें बरसाईं ज़रूर, लेकिन इससे तपन खत्म तो नहीं हो सकती थी। हाँ, उसमें कमी ज़रूर आई थी। "सर, आज मैं कुछ बातें आपसे क्लिअर करना चाहता हूँ", उसने दृढ़ता और थोड़ी धृष्टता के साथ कहा।

बॉस उसे थोड़ी देर देखता रहा। इस बीच उसका चेहरा पहले कठोर हुआ और फिर व्यंग-मिश्रित।

"कहिए, आप क्या क्लिअर करना चाहते हैं?"

"सर, मैंने आपसे कहा था कि मैं कार की एड फिल्म बनाना चाहता हूँ। इसके कुछ बेहतर आइडियाज़ भी मेरे पास हैं। मैंने रिक्वेस्ट भी की थी, लेकिन फिर भी आपने...आपने यह प्रोजेक्ट मि. रोहित शर्मा को दे दिया?"

"लुक मि. एस.एस. चौहान, इस एजेंसी का बॉस होने के नाते मैं तुमसे बेहतर जानता हूँ कि कौन-सा प्रोजेक्ट किसे हैंडिल करना है। आखिर सैलेरी और कमीशन का इन्तजाम मुझे करना पड़ता है। और इन दोनों प्रोजेक्ट को करने में तुम्हें तकलीफ क्या है?

''तकलीफ...कुछ भी नहीं है और बहुत कुछ है...''

''मि.चौहान, मि. चौहान..., डोन्ट बी पज़ल्ड...तुम इस एजेन्सी की एक इंटेलीजेन्ट पर्सेनिलिटी हो, मैं जानता हूँ कि कौन से काम तुम बेहतर कर सकते हो, सो डोन्ट वेस्ट यूवर टाइम। तुम आज से ही अपने प्रोजेक्ट में लग जाओ। और हाँ, ये कुछ सीडी हैं, जिसमें इन प्रोडक्ट्स पर बनी पहले की फिल्में हैं और साथ ही स्क्रैच फिल्में भी हैं, चाहो तो तुम इनसे गाइड लाइन ले सकते हो।''

''सर आप मेरे काम करने के तरीके जानते हैं, मैं अपनी लाइन खुद तैयार करता हूँ।''

''यस, आइ नो, बट इन्हें देखने में क्या बुराई है...''

''ठीक है सर, मैं इन्हें रख लेता हूँ लेकिन मुझे लगता नहीं कि ये मेरी मदद करेंगे। फिर भी...लेकिन आज के टॉपिक पर मैं आपसे प्रोजेक्ट पूरा होने के बाद बात ज़रूर करूँगा, सर।''

''एज़ यू विश मि. चौहान...बट दीज़ प्रोजेक्ट्स आर वेरी इन्पोर्टेन्ट, सो बी केयरफुल एंड मोर क्रिएटिव...ओ.के.।''

कुछ कहने की बजाय उसने सिर हिलाया।

साहिब को आज से ही अपने प्रोजेक्ट में जुट जाना था इसलिए अब उसका ऑफिस में रहना ज़रूरी नहीं था। उसके काम करने का अन्दाज़ सभी जानते थे, उसके सहकर्मी और बॉस सभी...। प्रोजेक्ट का मतलब कम-से-कम दस दिनों तक मोबाइल पर रिपोर्ट देने के अलावा ऑफिस आने की ज़रूरत नहीं, बशर्ते कि पहले का कोई मामला अटक नहीं रहा हो।

साहिब सिंह ने लेपटॉप, सीडीस और फाइल बैग में भरे और ऑफिस से निकल ही रहा था कि बॉस का बुलावा आ गया।

''यस सर...'' साहिब ने बॉस के केबिन में घुसते हुए पूछा।

''मि. चौहान, आप कह रहे थे कि कार के एड के लिए आपके पास कुछ बेहतर आइडियास हैं, आप चाहें तो मि. रोहित शर्मा से अपने आइडियास शेयर कर सकते हैं।''

रोहित शर्मा उस समय बॉस के केबिन में ही था।

''नो सर, आई हैव नो आइडियास...''

''ओ.के. एस यू विश, बस एक बात का आप ध्यान रखें, वी आर नॉट कॉम्पटीटर, वी आर कलिग्स...''

''यस सर, वी आर कलिग्स, वी आर नॉट कॉम्पटीटर...''

साहिब सिंह ने जिस बाँकपन से अपनी बात कही थी, वह ज़ाहिर तौर पर तिलमिलानेवाली थी।

"सर मे आई गो नाउ?"

"यस, यू कैन।"

साहिब सिंह निकल आया। लिफ्ट से उतरते हुए उसे इस बात का हलका-सा सन्तोष था कि आखिरकार उसने रोहित शर्मा को पब्लिकली जवाब देने का शुभारम्भ कर दिया है।

दिन के डेढ़ बज रहे थे। मुम्बई अपनी भीड़, अपने पसीने, अपनी गति और अपने शोर में मस्त थी। दुकानों, रेस्तराओं, सड़कों, बसों पर मार तमाम लोग टूट पड़े थे। हर कोई भाग रहा था। लग रहा था दुनिया में आग लगी हुई है और लोग सुरक्षित स्थानों की खोज में भागे जा रहे हैं। लोगों के चेहरे बहुत मिलते-जुलते थे। सबमें एक-सी हड़बड़ी, एक-सी भागमभाग, एक-सा लक्ष्य, एक-सा उद्‌देश्य। मुम्बई एक जैसे लोगों का महानगर और इस महानगर के चौराहे पर एक खम्भे की आड़ में खड़ा साहिब सिंह सोच रहा था कि पहले लंच कर ले या सीधे सुधीर के यहाँ जाए।

उसने फोन मिलाया—"हैलो सुधीर, घर पर ही है ना?"

"नहीं व्हाइट हाउस में हूँ और मोनिका डार्लिंग का इन्तजार कर रहा हूँ...", सस्ते जासूसी उपन्यासों के नायकों की तरह सुधीर ने नाटकीय अन्दाज में जवाब दिया।

"अबे मजाक मत कर, मुझे दो प्रोजेक्ट मिले हैं, उसी सिलसिले में तुझसे मिलना है।"

"इसका मतलब दस दिन की मौज-मस्ती...जल्दी आ जा..."

"अच्छा, खाने के लिए कुछ बना लेना। मैं एक घंटे में पहुँच रहा हूँ।"

सुधीर राई, साहिब सिंह का परमानेन्ट कॉपीराइटर, अपनी तरह से मस्त-मलंग। मुम्बई की गति को फुटबॉल की तरह उछालता हुआ। अपनी कम ज़रूरतों के कारण वह घुड़दौड़ से पूरी तरह बाहर था। हर तरह का काम करता था लेकिन किसी कम्पनी से बँधा नहीं था। फ्रीलांसर। साहिब का एकमात्र दोस्त। दोस्तों की जिस भरी-पूरी दुनिया को साहिब सिंह दस साल पीछे छोड़ आया था, सुधीर उसी दुनिया का कोई भटका हुआ बाशिन्दा था, जो रहता तो मुम्बई में था लेकिन यहाँ की नागरिकता के लिए उसके मन में कोई रोमांच नहीं था। बिलकुल खाड़ी देशों में रहने वाले भारतीयों की तरह रहता था सुधीर। मुम्बई में रहते हुए भी उससे निर्लिप्त!

साहिब सिंह जब सुधीर के फ्लैट में घुसा, पनीर चिली की खुशबू पूरे घर में तैर रही थी। सुधीर ने प्रश्न दागा—"आज किस प्रोडक्ट के किस्मत की चाबी हुजूर को सौंपी गयी है?"

"साँस तो लेने दे यार।"

"अबे, तो क्या मुम्बई तुझे साँस भी लेने नहीं दे रही है जो यहाँ आकर साँस लेना चाहता है? ले ले बेटा, जी भरकर ले ले, फ्री ऑफ कॉस्ट, इसी साँस के लिए ऑक्सीजन पार्लर में जाता तो दो सौ रुपये प्रति घंटे देने पड़ते।"

"तो तू पाँच सौ ले ले यार, लेकिन जरा चैन से बैठने दे।"

साहिब सिंह और सुधीर में दोस्ताना नोक-झोंक चलती रहती थी। साहिब सिंह को यहीं आकर लगता था कि उसने थोड़ी देर के लिए दौड़ना स्थगित कर दिया है। लेकिन आज उसके जवाब में थोड़ी झल्लाहट थी।

"एनी थिंग रॉंग साहिब?"

"नहीं यार, बल्कि कुछ कह नहीं सकता कि कुछ गलत है या नहीं।"

"तू इत्मीनान से बैठ, मैं बीयर ले आता हूँ।"

"यार आज मूड नहीं है, रात का हैंगओवर अब तक है।"

"अबे तो तू मत पी।"

सुधीर ने दो मग मेज पर रखे। एक में बीयर ढाली और दूसरे को खाली छोड़ दिया। फिर बड़ी-सी थाली में पनीर चिली भरकर ले आया। दोनों में औपचारिकता का कोई सम्बन्ध नहीं था। सुधीर ने बीयर का एक बड़ा घूँट भरा, फिर पनीर का एक बड़ा टुकड़ा मुँह में रखकर चुभलाने लगा।

बहुत देर तक दोनों में कोई बातचीत नहीं हुई। इस बीच साहिब भी अपना गिलास भरकर खाली कर चुका था।

"प्रॉब्लम क्या है साहिब, टेल मी।"

साहिब ने जवाब देने की बजाय सिगरेट सुलगा ली और लम्बे-लम्बे कश खींचने लगा। फिर उसने सिगरेट सुधीर की ओर बढ़ा दी।

"सुधीर, कुछ दिनों से मैं महसूस कर रहा हूँ कि जिन चीज़ों के एड मैं ज्यादा क्रिएटिव तरीके से बना सकता हूँ, वो प्रोजेक्ट मुझे नहीं दिए जाते। मुझे ऐसी चीजों के प्रोजेक्ट दिए जाते हैं जिनका सम्बन्ध लोवर या लोवर मिडिल क्लास से है। ठीक है, इनके एड को मैं ठीक से हैंडिल कर पाता हूँ, लेकिन मैं कुछ काम ऐसे भी करना चाहता हूँ कि पैसों से भरी हुई जेबोंवाला कन्ज्यूमर बिना किसी कन्फ्यूज़न के प्रोडक्ट की ओर खिंचा चला आए। मैंने जिस तरह के एड अब तक बनाए हैं उसमें जॉब सटिस्फेक्शन मुझे नहीं मिला है। हालाँकि मैं जानता हूँ कि मेरे कई एड बहुत पॉपुलर हैं, मार्केटिंग एंड एडवर्टिजमेंट की दुनिया में टेक्स्ट की हैसियत रखते हैं लेकिन सक्सेस को ही तो सटिस्फेक्शन नहीं कह सकते हैं ना? इन तीन सालों में, मैं मानता हूँ, कि सक्सेस को ही मैं इथिक्स समझता रहा हूँ, लेकिन अब लग रहा है कि कुछ गलत हो रहा है। यह एहसास परछाईं की तरह मेरी सफलता से चिपक गया है। कई दिनों से मैं सो तक नहीं पा रहा हूँ।

''साहिब, आज लगता है कि तू मेरी ट्रैक पर दौड़ रहा है। मेरे डिसिप्लीन को फॉलो कर रहा है। आज अचानक सालों बाद तुझे नैतिकता की याद कैसे हो आई? गाँव में सब ठीक तो है न? माँ से बात हुई?''

''प्लीज सुधीर, बात मत बदल। मेरी बात का जवाब दे। मेरी एड एजेंसी भारत की सबसे ग्रोविंग एड एजेंसीज में से एक है और इसमें मेरा कंट्रीब्यूशन कम नहीं है। दूसरी कम्पनियों से कई अच्छे ऑफर आ चुके हैं लेकिन मैंने 'न्यू एरा' नहीं छोड़ा। और इस बात को कम्पनी में सभी जानते हैं लेकिन फिर भी काम मुझे मेरे मुताबिक नहीं मिलता। इस बार तो मैंने बकायदा डिमांड भी की थी। लेकिन जब मेरे डिमांड की कोई वैल्यू नहीं है तो मुझे यहाँ क्यों काम करना चाहिए?

''तुम क्या सोचते हो, यदि दूसरी जगह जाओगे तो सिचुएशन इससे अलग होंगे? हाँ, हो सकते हैं, यदि तुम इस देश से बाहर चले जाओ तो, लेकिन तुम्हारा जो विज़न है, क्रिएशन है, वह जितना पावरफुल यहाँ है उतना बाहर भी होगा, यह फिलहाल दावे के साथ नहीं कहा जा सकता।''

''तुम मेरी काबिलियत पर शक कर रहे हो सुधीर?

''मैं शक नहीं कर रहा हूँ, जिस एरिया में तुम्हारी मास्टरी है उसकी याद दिला रहा हूँ। तुम अपने एरिया की खासियत को शायद ठीक-ठीक नहीं जानते। तुम्हारी ये बदकिस्मती ही कही जाएगी कि इसे तुम्हारा बॉस जानता है, कलिग्स जानते हैं, ऑफर देनेवाली दूसरी कम्पनियाँ जानती हैं, मार्केटिंग कम्पनियाँ और बड़े ग्रुप्स जानते हैं, लेकिन तुम नहीं जानते।''

''तो अब कृपा करके ये बताओगे कि वो खासियत क्या है? वो कौन-सा एरिया है जो मेरा अपना है, जहाँ मैं इजिली प्ले करता हूँ?''

''तो तू सचमुच अब तक नहीं जानता! बिना अपने एरिया को जाने ही मार्केटिंग की लाइन में आ गया था? साहिब, जिस दिन तू 'न्यू एरा' में इंटरव्यू के लिए गया था, उस दिन और भी तो काबिल लोग थे तेरे अलावा, अनुभवी और सीनियर; फिर तूझे ही क्यों लिया गया? क्या इस बारे में तूने कभी ठहरकर इत्मीनान से सोचा है?''

''इसमें सोचना क्या है? मैं सबसे अधिक काबिल था, डिज़र्व करता था।''

''बस, यहीं तक सोच पाया। इससे आगे नहीं?''

''यार तू साफ-साफ बोल, कहना क्या चाहता है?''

''साहिब, तुझे अपने एड में ऐसी कौन-सी बातें दिखाई पड़ती हैं जो तेरी अपनी हैं। आई मीन, जो तेरा अपना क्रिएशन है, तेरी अपनी आइडेंटिटी है?''

''सुधीर प्लीज़, बात मत बदल, मैं टोटली पज़ल्ड हूँ।''

''नहीं, मैं बात नहीं बदल रहा हूँ, ज्यादा ठीक तरीके से उस पर आ रहा हूँ।

तूने कभी अपने क्रिएशन के कलर्स को, बैक ग्राउंड को, म्यूज़िक को, करेक्टर्स को, थिम लाइन और ड्रेस कोड को ध्यान से देखा है? उनमें एक रिदम है, वे टोटली ट्यून्ड हैं। उनमें आपस में कम्यूनिकेशन्स तो है ही, वे अपने दर्शक को कम्यूनिकेट भी होते हैं और उन्हें कन्ज्यूमर में कन्वर्ट भी करते हैं। तुमने कभी सोचा है कि ऐसा क्यों होता है?

"सोचा तो नहीं है, लेकिन तुम इसे मेरा सेंस ऑफ ह्यूमर कह सकते हो या शायद मेरा विज़न..."

"विज़न तो है तुम्हारे पास, सेंस ऑफ ह्यूमर भी तगड़ा है, लेकिन असल चीज है तुम्हारा सोशल बैक ग्राउंड, तुम्हारा पास्ट। तुम अपने पास्ट से स्टोरी लेते हो, करेक्टर्स और कलर्स लेते हो, म्यूज़िक लेते हो। ये तो भद्दे ढंग से दूसरे भी लेते हैं, लेकिन उनके टूल्स आपस में संवाद नहीं करते, जैसा कि तुम्हारे करते हैं।"

"मैंने इस बारे में कभी इत्मीनान से सोचा नहीं है लेकिन अगर सचमुच ऐसा है तो ये मेरी क्वालिटी हुई। अब इस क्वालिटी पर बिलिव करके मुझे मेरे मन मुताबिक काम क्यों नहीं दिया जाता?"

साहिब बार-बार घूम-फिर कर इसी प्रश्न पर आ जाता। यही वह बिन्दु था, जहाँ पहुँच कर दोनों चुप हो जाते थे। दोनों के बीच यह प्रश्न तलवार की तरह लटक रहा था। इस तलवार की तीखी धार से दोनों के दिमाग जख्मी हो रहे थे। सुधीर के पास शब्द नहीं थे चीजों को साफ-साफ कहने के लिए। उसे अपनी सीमाओं का बोध हो रहा था। दरअसल स्थितियाँ एड फिल्मों की तरह ज्यादा आकर्षक और जड़ाऊ तरीके से कहने की नहीं थी। उसी रूप से कहने की थीं जैसे कि वे हैं। वह एक कामयाब कॉपीराइटर था, जो फिलवक्त महसूस कर रहा था कि चीजों को कलात्मक ढंग से कहना आसान होता है, बाजारू ढंग से कहना भी आसान होता है लेकिन नंगे रूप से कहना बहुत मुश्किल। उसे पहली बार लगा कि गुजरे कई-कई वर्षों से कोई बात उसने सीधी और साफ जुबान में नहीं कही। हाँ, सीधे और साफ तराके से अपने को अलग रखा, निर्लिप्त रखा। लेकिन खुद को निर्लिप्त रखना और दूसरे के दर्द को एक साफ जुबान देना, दोनों में बहुत अन्तर है।

बाहर मुम्बई जगमगा रही थी। दिन की रोशनी में इस शहर को देखने से लगता ही नहीं है कि इसकी आँतों में इतने सारे बल्ब जगमगाने का इन्तज़ार कर रहे हैं। सूरज का ढलना और बिजली का जागना, जैसे दिन की ड्यूटी बजानेवालों का लौटना और नाइट ड्यूटीवालों का काम पर डटना। हर जगह एक बेवजह चमकता हुआ उजाला। इस उजाले ने कितने कस्बों-गाँवों और शहरों की बिजली चुरायी है इसका अन्दाजा किसी को नहीं था। उनको तो कतई नहीं, जो रोशनी के इस घेरे में मेराथन दौड़ रहे थे। इसी दौड़ के दो धावक ट्रेक से थोड़ा हट कर अपनी गति, दूरी

और सीमा को तौल रहे थे। और आश्चर्य कि उनके पास इस तौल का कोई पैमाना नहीं था।

"साहिब, तुम्हारी जाति क्या है?"

एक खौलता हुआ प्रश्न अचानक कमरे में गिरा। उसकी गर्मी से कमरे की चीजें झुलसने लगी। युगों-युगों से जिस खौफनाक जवाब का सामना साहिब के पूर्वज करते रहे थे, इस सवाल के उत्तर की जमीन पर घिसटते और रेंगते रहे थे, और जिसे साहिब पाँच साल पीछे छोड़कर मुम्बई के मायावी दौड़ का जाना-माना दौड़ाक हो गया था, जिस पर लोग दाँव लगाने लगे थे और यकीनन जीतते भी थे, आज उसी दौड़ाक पर दर्शक-दीर्घा से एक ने पत्थर की तरह यह प्रश्न फेंका था। पत्थर नहीं, मानो ज्वालामुखी का मुँह किसी ने फिर खोल दिया हो..."तुम्हारी जाति क्या है?"

सूने कमरे में काँसे की थाली गिरी...एक तेज झन्नाटेदार आवाज...और क्रमशः फिर खामोशी का लौटना, धीरे-धीरे चीजों को अपनी जद में लेती हुई।

इस प्रश्न के बाद खामोशी बहुत देर तक वहाँ ठहरी रही। दोनों के पास फिलवक्त इतना साहस नहीं था कि उसे उघाड़ कर उसके भीतर की बजबजाती दुनिया को देख सकें। लेकिन इसे तोड़ना ही था। अब इससे किनारा करते हुए आगे निकल जाना नामुमकिन था। यह खामोशी तलवार की धार की खामोशी थी जिसे छूते ही इतिहास खून की बूँदों की तरह टपक पड़ता था, या शायद पका हुआ फोड़ा, पिन चुभोते ही उछल कर बहता मवाद! हाँ यह प्रश्न पका हुआ फोड़ा ही था—"तुम्हारी जाति क्या है?...तुम्हारी जाति क्या है?...तुम्हारी जाति क्या है?"

अन्ततः खामोशी सुधीर ने ही तोड़ी—"साहिब, तुम्हें शायद लगता होगा कि इस तेजी के शहर में जाति का सवाल, गुजरी सदी का दफन सवाल है। एजुकेशन, डिग्री, क्वालिटी और इफिसिएंसी ने इसे गौण कर दिया है। हाँ, किसी हद तक तुम ठीक हो, लेकिन जो सवाल मुख्य सड़क पर छाती ठोंक कर चलता था अब वह कई मामलों में सड़क के नीचे की सुरंग के भीतर लगातार चलता है।

"...एक अजीब-सा देश और समाज है, जहाँ हम रहते हैं। यहाँ फायदा और सामाजिक श्रेष्ठता के बीच का समीकरण अब इतना कॉम्प्लीकेटेड हो गया है कि पता ही नहीं चलता कि कब काम फायदे को केन्द्र में रखकर हो रहा है और कब जाति को। तुम अपने सोशल सिस्टम के भीतर से डेवलप हुई एक ऐसी पर्सनिलिटी हो जो इस सिस्टम के कंज्यूमर से बेहतर डील कर सकता है। तुम उनकी साइकी को जानते हो और तुम्हें काम देने वाले जानते हैं कि तुम उनकी साइकी को समझते हो। ये वो कंज्यूमर हैं जो पिछले बीस-पच्चीस सालों में पॉलिटिकल-सोशल चेंजेस के कारण

अपनी बढ़ी हुई पर्चेसिंग कैपिसिटी के साथ कंज्यूमर में कन्वर्ट हुए हैं। इसलिए तुम्हें ऐसे एड दिए जाते हैं जो उनकी पर्चेसिंग कैपिसिटी के भीतर के उत्पाद को खरीदने के लिए उन पर जोर डाले। हालाँकि इन सब चीज़ों से तुम्हारी क्रिएटिविटी कम नहीं हो जाती, लेकिन काम का डिस्ट्रीब्यूशन, जिसे लेकर तुम इतने परेशान हो उसकी तह में यही बात है। पता नहीं, इतने दिनों तक काम करने के बावजूद तुमने इसे महसूस कैसे नहीं किया...जबकि मैं तो शुरू से जानता था...

कमरे में पूरी तरह अन्धेरा फैल चुका था। साहिब सिंह को लग रहा था जैसे यह किसी सुखे कुएँ से आती हुई आवाज है ।

''मैं लाइट ऑन करता हूँ।'' सुधीर उठ ही रहा था कि साहिब ने कहा— ''रहने दो, जिस अँधेरे को मैं पूरी तरह भूल चुका था, उसके भीतर मैं इतना धँसा हुआ हूँ, इसका सचमुच मुझे एहसास ही नहीं था। अब बल्ब की रोशनी से अँधेरा जाएगा नहीं।''

साहिब सिंह अँधेरे कमरे में ही उठा और दरवाजे खोल दिए। दरवाजे से रोशनी के कुछ छींटे आकर कमरे में फैल गये। सुधीर ने उसकी जाती हुई पीठ देखी। उसने साहिब को रोकने की कोशिश नहीं की।

साहिब लौट रहा था और बरसों बाद उसे सातवीं कक्षा में पढ़ा हुआ इतिहास का वह पाठ याद आ रहा था जिसमें कलिंग-विजय के बाद अशोक लौटता है। क्या इतिहास अपने को बार-बार दोहराता है?

घड़ी रात के दस बजा रही थी। मुम्बई रात के दस बजे की तरह ही थी, लोकल ट्रेन से लौटती हुई या लौटकर फिर से मुँह अँधेरे जागने की चिन्ता में डूबी हुई।

साहिब सिंह के भीतर भूकम्प की सी उथल-पुथल मची थी। जैसे किसी ने समुद्र को मथ दिया हो। भूचाल को अपने भीतर समेटे हुए वह अपने फ्लैट में घुसा। सुबह उसने बत्ती जलती छोड़ दी थी इसलिए फ्लैट के भीतर घुसते हुए उसका सामना अँधेरे से नहीं हुआ। लेकिन उस अँधेरे का क्या किया जाए जो उसके दिमाग, दिल और हड्डियों तक में उतर चुका था!

सदियों की थकान उसके जोड़ों में उतरती चली गयी। इन तीन सालों में ज़रूरत से ज्यादा तेज चाल चलते हुए उसने सोचा था कि वह अपने ठिठुरे अतीत से काफी दूर आ चुका है। लेकिन आज उसे पता चला कि वह एक भिन्न माहौल में कदम ताल कर रहा था। बहुत पहले पढ़ा हुआ विज्ञान का सबक उसे याद आ गया—'यदि मनुष्य एक निश्चित दिशा में निश्चित गति से सफर कर रहा है और आधार विपरीत दिशा में उसी वेग से चल रहा है तो कुल सफर सिफर होगा, शून्य। तो उसका कुल जमा सफर शून्य है! क्या आज भी वह एक चुहड़ा ही है जिसे गाँव

के उस आवारा बनिये ने केवल इसलिए पीटा था कि उसने गन्दे कुएँ का पानी पीने से इंकार कर दिया था!

बीस साल हो गये थे इस घटना को। इस बीच वह कई बार गाँव गया। कानपुर से उतर कर वह अनिवार्यत: टैक्सी लेता और एक सौ साठ किलोमीटर का सफर तय कर गाँव पहुँचता। गाँव में पूछ-परख होती। छोटा भाई कानपुर में पढ़ रहा था, कम्प्यूटर इंजीनियरिंग के थर्ड इयर में। माँ-बाप गाँव में ही रहते थे। लाख चाहने के बावजूद बहन प्राइवेट बी.ए. से अधिक नहीं पढ़ पायी। अब गाँव में उसका पक्का मकान था। वह इधर-उधर घूम-घूमकर लोगों से मिलता था।

कितना बदल गया था माहौल। बनिये का वह लड़का अब भी गाँव में था। उसने एक परचून की दुकान खोल ली थी। आटा-दाल-चावल तौलते हुए वह भी तराजू की तरह दिखने लगा था। बेडोल और जंग खाया हुआ। मिसिर जी अपने लड़के के लिए मुम्बई में कोई ठीक-ठाक काम देखने की संयमित गुहार कई बार लगा चुके थे। हामी भरते हुए साहिब सिंह को स्वर्गिक आनन्द मिलता था। यकीनन उसने सफर तय किया था। माहौल बदला था।

सबसे अधिक सुख तो उसे तब मिला था जब उसने गाँव में पक्का मकान बनवाया था और मुख्य द्वार पर लगनेवाली ग्रेनाइट पट्टी में अपने पिता का नाम खुदवाया था—'किशन सिंह चौहान'। पिता चौंक पड़े थे—किशन सिंह चौहान, ये किसका नाम है? अकबकाकर पिता ने पूछा था और खुद ही झेंप गये थे। किसना से किशन सिंह चौहान होना आसान नहीं था पिता के लिए। लेकिन साहिब ने यह मुमकिन कर दिखाया था और इसके पीछे उसकी अथक दौड़ थी।

साहिब सिंह ने अपने दुखते-रिसते दिनों और बजबजाते घावों पर स्वप्निल गति की चादर डाल दी थी लेकिन आज उसी स्वप्न की तीखी रोशनी में छुपे अँधेरे से बिद्ध होकर उसने महसूस किया कि उसके साथ धोखा हुआ है। धोखा...धोखा... धोखा... यही शब्द उसके दिमाग में गूँज रहा था।

साहिब पलंग पर सीधा लेटा हुआ था। आँखें छत से लगी हुई... खुली या बन्द होने का कोई अर्थ नहीं...। उसे गत तीन वर्षों का 'न्यू एरा' फिर से याद आने लगा, खासकर पिछला पूरा साल... जब वह अपनी मौजूदा काबिलियत के शीर्ष पर पहुँचा था। एजेंसी के भीतर उसे घूरती हुई वो चोर आँखें, जिनमें मजाक और उपेक्षा के मिले-जुले भाव थे। एक बड़ी कम्पनी के कम कीमत वाले मोबाइल हैंडसैट का विज्ञापन खासतौर पर उसे दिया गया था। उसने जो फिल्म बनाई थी, मार्केटिंग लाइन में उसके टक्कर की दूसरी फिल्म नहीं थी...ऊँट पर बैठा हुआ मरुस्थली सरहदों की सुरक्षा में मुस्तैद सेना का जवान गाँव में एक जर्जर कुएँ से पानी भर रही अपनी पत्नी से प्रेम भरी बातें कर रहा है और नीचे थिम लाइन—'प्यार में पैसा कभी

रुकावट न हो...इन्हें भी प्यार का अधिकार है...।' इस फिल्म के लिए उसने उत्तर भारत के लोक संगीत, राजस्थानी परिधान और ठेठ गँवई बोली का इस्तेमाल बड़ी खूबसूरती से किया था और खासतौर से कैमरे को पक्के कुएँ से कच्चे कुएँ की ओर मूव करवाया था। पति पत्नी के संवाद के दौरान पक्का कुआँ धुँधले रूप में बैक ग्राउंड में उपस्थित था, जहाँ कुछ सम्भ्रान्त-सी ग्रामीण औरतें पानी भर रही थीं।

इस विज्ञापन से मोबाइल हैंडसेट की बिक्री पर बेहतरीन असर हुआ था और कम्पनी को करोड़ों का फायदा भी हुआ था। उसकी इस सफलता पर रोहित शर्मा की बधाई उसे खास तौर पर याद आ रही थी—''यार...बहुत खूब...इसे तुम्हारे जैसा आदमी ही बना सकता है। अपनी तो मजबूरी है। क्या खूब थिम लाइन है...इन्हें भी प्यार का अधिकार है...वाह खूब...कॉन्ग्रेट्स...।'' हाँ, यही कहा था उसने...इसे मेरे जैसा आदमी ही बना सकता है...मेरे जैसा मतलब...मतलब मेरे जैसा..., तभी उसकी आँखें वही नहीं कह रही थी जो उसकी जुबान। और अमित मेहरा, एजेंसी की इस सफलता पर उसकी टिप्पणी—''यार अच्छा हुआ जो तुम यू.पी. में पैदा हुए...नहीं तो कम्पनी का भट्ठा बैठ गया होता...।'' और बॉस की समझाइश—'' मि. चौहान, कोशिश करो कि थिम लाइन तुम्हारी अपनी सोसायटी को बिलांग करे...।''

'सोसाइटी' सुन कर उसे थोड़ा खटका लगा था। बॉस ने भी थोड़ा हकलाते हुए कहा था, फिर बात को सँभालते हुए लिपा-पोती...।'' न्यू एरा में न्यू कंज्यूमर को तलाशने और उन्हें प्रोडक्ट के पक्ष में लाने की मास्टरी तुम्हारे अलावा किसी दूसरे के पास नहीं है...' तो ये तारीफ, तारीफ नहीं बल्कि चालाकियाँ थीं! नये समय के मार्केटिंग की मक्कारियाँ !

साहिब का चित्त तूफान में फँसे जहाज की तरह डोल रहा था। उसकी सफलता जहाज के उस मस्तूल की तरह थी, जिसे भयंकर जहरीले कीड़े अन्दर ही अन्दर खोखला किए जा रहे थे और वह इससे सर्वथा अनजान, जहाज की गति और विशाल नीले समुद्र में जहाज के लगातार तैरते जाने की सफलता के नशे में मस्त था। जहरीले कीड़े मस्तूल को कुतरते जा रहे थे...किर्र...किर्र...किर्र...। उसे फिर वही आवाज सुनाई पड़ी जो जहाज से नहीं उसके पलंग से आ रही थी...किर्र...किर्र...किर्र...

इस खौफनाक आवाज में उस बजबजाती दुनिया की प्रतिध्वनियाँ छिपी थीं, जिससे फौरी तौर पर वह मुक्त हो गया था।

बहुत पहले, बचपन में...जब उसकी फूस की घर की छप्पर मोटी बल्लियों पर टिकी थी...ठंड की रात में अकसर उसकी नींद खुल जाती थी और उस सन्नाटे में घर में यही किर्र-किर्र की आवाज गूँजती रहती, जो झिंगुरों की आवाज से मिलकर और भी खतरनाक लगती। उसके पूरे घर को घुन खाए जा रहा था। बारिश

की बूँदों की तरह छत से सफेद पावडर टपकता रहता था इसलिए उन्हें अपना खाना बाहर खाना पड़ता था। वह अकसर कोशिश करता कि सन्नाटे के पसरने से पहले ही वह सो जाए। जल्दी सोने के कारण देर रात उसकी नींद खुल जाती और फिर लगातार किर्र...किर्र...किर्र...। डरकर वह दादी से लिपट जाता। पिता ने बारिश से पहले छानी बदल देने की बहुत कोशिश की थी लेकिन नहीं हो पाया। और आखिरकार एक तूफानी बारिश की रात उनकी छत ढह गयी थी। उस रात घर के बचे-खुचे सामानों को बचाने की फिक्र में सभी लोग भीगते रहे थे। दादी उसके बाद जो बीमार पड़ी तो फिर अच्छी न हो पाया। काँपते-काँखते उसने हमेशा के लिए आँखें मूँद ली। आवाजें कैसे बीते हुए समय के सामने आदमी को ला पटकती है, वह अब महसूस कर रहा था।

''तो क्या वह वापिस लौट जाए? उसने सोचा। सोचा नहीं बल्कि अपने आप से ही पूछा।''

''लेकिन इससे क्या बदल जाएगा? सवाल के जरिए ही अपने आपको उसने जवाब दिया।''

''क्या वह खुद वही नहीं कर रहा है जो दूसरे चालाक लोग करते हैं?'' उसने फिर पूछा।

''क्या चालाक लोगों को जवाब देने के लिए हर किसी को इस चालाक दुनिया से बाहर चले जाना चाहिए?'' फिर प्रश्न की शक्ल में एक और जवाब।

''तो अब मैं क्या करूँ?'' एक प्रश्न और।

अब कोई जवाब नहीं...खामोशी...

खामोशी के भीतर चहलकदमी करते हुए उसने घुन को दृश्य रूप देने की कोशिश की। घुन की सूरत उसे अमित मेहरा से मिलती-जुलती लगी, रोहित शर्मा का चेहरा भी उसी की तरह था, ऑफिस के दूसरे स्टॉफ भी उसे घुन की तरह ही लग रहे थे।

अचानक वह उठा और कॉपी-पेन लेकर स्केचिंग करने लगा। डेढ़-दो घंटे वह लगातार काम में डूबा रहा। उसकी कॉपी में जूते के कई कार्टून थे। खतरनाक जूते, जो पाँवों को काट रहे थे। किसी जूते का कार्टून अमित मेहरा से मिलता था, कोई बॉस की तरह था, कोई रोहित शर्मा की तरह। ये सभी सम्भ्रान्त किस्म के जूते थे। एक जूता तुड़ा-मुड़ा-सा, फिर भी मुस्कराता हुआ-सा था, जो सन्तोष की तरह लग रहा था। उसके बाद एक बहुत मुलायम-मुलायम, प्यारा-सा जूता था, जो पाँवों को प्यार कर रहा था। पाँव की शक्ल अभी-अभी जन्मे एक बच्चे की तरह थी और इस जूते का चेहरा साहिब के अपने पिता की तरह था। उसके नीचे एक वाक्य लिखा था—''जूता, जो पाँवों से प्यार करे।''

अपनी पूरी नफरत और की गयी ज्यादतियों को निचोड़कर उसने 'केयर शू' के विज्ञापन की आउट-लाइन तैयार कर ली थी। अब उसे केवल सुधीर की मदद से इसे रूप देना था। इसे वह एनीमेशन या क्ले-आर्ट के जरिए बनाएगा।

ठीक है, साहिब ने खुद को समझाया, अभी तो यह समुद्र पार के दुश्मनों की मदद करना ही है। लेकिन इस मदद में कुछ दूसरे खतरनाक दुश्मनों की शिनाख्त हो जाएगी। फिलहाल तो इतना ही काफी है। बाकी आगे देखा जाएगा।

रात के दो बज रहे थे। साहिब ने बाल्कनी में खड़े होकर मुम्बई के सूरते-हाल को निहारा। सोये हुए शहर के भीतर हलचलें अब भी जीवित थीं।

फन्दा

''विदर्भ के किसानों में दूरदर्शिता का अभाव है, जो उन्हें लगातार मृत्यु की ओर ढकेल रहा है। बेहद उपजाऊ जमीन को केवल कपास, दाल और सोयाबीन की फसलों तक सीमित कर देने के कारण फसल की विविधता का लोप हुआ है। इनका उत्पादन आवश्यकता से अधिक होता है, जिससे इनके बाजार मूल्य में लगातार गिरावट आई है। एक बात और देखने में आई है कि उत्पादन अधिकतर सरकारी खरीद पर निर्भर है। निजी पूँजी, उत्पादन के हर स्तर पर किसान की सहायता करती है, लेकिन उत्पाद की खरीद प्रक्रिया में उसे स्वतन्त्र रूप से विचरण करने नहीं दिया जाता। सरकार भी अपनी विशाल मशीनरी के बावजूद भीतरी ग्रामीण क्षेत्रों तक पहुँचने में नाकाम रही है। सरकार की सीमाएँ स्पष्ट हैं, लेकिन कृषि क्षेत्रों ने भी बाजार के बदलते ट्रेंड के अनुरूप फसल-चक्र और कृषि-पद्धति में सुधार नहीं किया।

''अपनी ज़रूरतों से अलग, फसल-चक्र में परिवर्तन के क्रम और उसके वैज्ञानिक परिणामों का अध्ययन किए बगैर छोटे और मझोले किसान पारम्परिक तरीके से खेती करते हैं। भूमंडलीकृत व्यवस्था के विराट संसाधनों एवं अवसरों का लाभ उठाकर वे अपनी पद्धति को दुरुस्त कर सकते हैं। इसके लिए उन्हें अन्तरराष्ट्रीय मानकों एवं अन्तरराष्ट्रीय पूँजी को स्वीकार करना होगा। सरकार और सम्बन्धित संस्थाएँ यदि इन तथ्यों की महत्ता को सीमान्त किसानों तक ले जाएँ तो किसान लाभ की स्थिति में आएँगे और आत्महत्या की संख्या में कमी आएगी। किसानों की मृत्यु का एक बड़ा कारण उनके भीतर जीवन-शक्ति का चुक जाना है। यह समस्या कृषि केन्द्रित उतनी नहीं है, जितना मन:स्थिति के भीतर फैलता पराजय बोध।

''आत्महत्या में कमी के लिए सरकार को ऐसी बहुराष्ट्रीय संस्थाओं के निर्माण की दिशा में काम करना होगा जो कर्ज लेनेवाले किसानों पर निगरानी रखें। वे देखें कि किसान कृषि के लिए जो कर्ज लेते हैं, उसका उपयोग कृषि-सम्बन्धी कार्यों में करते हैं या नहीं। कृषि क्षेत्र में फल-फूल रहे महाजनों और दलालों को

समाप्त किए बगैर, फसलों को सीधे अन्तरराष्ट्रीय बाजारों से जोड़े बगैर और किसानों के भीतर नैतिकता और जिम्मेदारी का भाव जागृत किए बगैर आत्महत्याओं को रोकना असम्भव है।''

फुल स्टॉप का बटन दबाकर मैंने अपना चश्मा कम्प्यूटर टेबिल पर रखा और कुर्सी की पीठ से टिक गया। रात के दो बज रहे थे। पूरा वातावरण शान्त था। रह-रहकर गुरखे की सीटी सन्नाटे को चीरती हुई दूर-दूर तक निकल जाती थी।

थर्मस फ्लास्क में रखे दूध से कॉफी का एक भरपूर कप बनाकर मैंने ए.सी. ऑफ किया और फ्लैट की टेरिस पर आ गया। मई की जलती गर्मी के घोड़े रातों को अब भी कुचल रहे थे। आस-पास केवल कूलर की आवाजें थीं। लग रहा था कि दुनिया की सारी हलचलों ने अपनी आवाज कूलर को सौंप दी है और गहरी नींद में डूब गये हैं।

मैंने मार्लबोरो सिगरेट जला लो। जब से विश्व बैंक का यह प्रोजेक्ट मुझे मिला है, मैं यही सिगरेट पी रहा हूँ। सिगरेट के कश और कॉफी के घूँट का मजा लेते हुए मैं अपने प्रोजेक्ट से सम्बन्धित थीसिस के अन्तिम हिस्से पर फिर विचार करने लगा। सत्रह लाख के इस मेजर प्रोजेक्ट की आधी रकम यानी साढ़े आठ लाख मुझे मिल चुके थे और बचे पैसे थीसिस जमा करने के बाद मिलनेवाले थे। मैंने थीसिस की भाषा और तर्क पद्धति को बिलकुल अमेरिका की वैश्विक नीति के अनुरूप रखा था ताकि बचे पैसे लेने में कोई दिक्कत न हो।

मैं जान रहा था कि सच्चाई मेरे विश्लेषण के बिलकुल विपरीत है, लेकिन इस भूत को अपने ऊपर फिलहाल हावी नहीं होने देना चाहता था। बचे पैसे एक बार मिल जाएँ, फिर सोचा जाएगा कि डेढ़ साल में घूम-घूमकर बटोरे गये आँकड़ों का कैसे उपयोग हो।

मैं जानता था कि खुद को बहला रहा हूँ, लेकिन ऐसा मैं अकेला ही तो नहीं हूँ। माना कि दिल्ली विश्वविद्यालय से कृषि अर्थशास्त्र में मैंने पी-एच. डी. की डिग्री ली है और कई सालों तक राजनीतिक कार्यकर्ताओं के साथ किसान आन्दोलन में सक्रिय भी रहा हूँ, लेकिन उससे क्या? दरअसल डिग्री ने मुझे इंटेलेक्चुअल की भाषा दी है। इस भाषा को ग्रामीण तथ्यों से जोड़कर मैंने एक अचूक पद्धति विकसित कर ली है। एक ऐसी पद्धति, जिसमें मेरी पक्षधरता पर कोई उँगली नहीं उठा सकता। मैं जब आँकड़ों की बाजीगरी दिखाते हुए, उसके तिलिस्म से खेलते हुए अपनी बात रखता हूँ, तो अच्छे से अच्छा समाज-वैज्ञानिक भी चक्कर खा जाता है। मेरी डिग्री ही मेरा कैपिटल है और इस कैपिटल को मैंने आरम्भ में गाँव-देहातों में घूमकर इनवेस्ट ही किया। इनवेस्टमेंट की इस तरकीब ने मेरे कैपिटल की वैल्यू बढ़ा दी। अब मैं अपना स्वतन्त्र व्यापार करता हूँ, इन्टेलेक्चुअल डिस्कोर्स का

व्यापार। वित्तीय पूँजी के दूसरे सिपहसालारों की तरह मैं भी एक सिपहसालार हूँ, लेकिन थोड़ा अलग किस्म का।

मैं जानता था कि थीसिस के हिस्से जब इंटरनेशनल जर्नल्स में प्रकाशित होंगे तो धूम मच जाएगी। मैं सोचने लगा कि अन्तरराष्ट्रीय सम्मान के अवसर पर मुझे अपनी भाषा कैसी रखनी होगी। थोड़ी देर तक मैं उस सम्भावित भाषण में खोया रहा, फिर दूसरी सिगरेट जला ली।

रात तेजी से भाग रही थी और हवा ठहरी हुई थी। मेरे माथे पर पसीने की बूँदें उभर आईं। सिगरेट की ठूँठ को मसलकर मैं स्टडी रूम में आ गया। मैंने अन्तिम चैप्टर के प्रिन्ट लिए, फिर पूरी थीसिस को सी.डी. में सेव करके कम्प्यूटर ऑफ कर दिया।

मैं जब बेडरूम में गया, रात के सवा तीन बज रहे थे। सुनीता बिस्तर में नंग-धड़ंग लेटी थी। उसकी नाइटी जाँघ तक उठ गयी थी और उस पर जीरो वाट का बल्ब अपनी दूधिया रोशनी फेंक रहा था। बल्ब की उस हलकी दूधिया रोशनी में सुनीता के जाँघ मुझे आमन्त्रित कर रहे थे। मुझे याद नहीं, पिछली बार कब उसे इतनी लालसा के साथ मैंने देखा था। लेकिन मैंने संयम रखा और चुपचाप उसकी बगल में लेट गया। सोते-सोते मैंने सोचा कि सम्मान के अवसर पर सुनीता को ज़रूर ले जाऊँगा।

सुबह देर से उठा। सुबह मैं देर से ही उठता हूँ। मुझे कोई ऑफिस तो जाना नहीं होता, जो हड़बड़ी में उठूँ। महकती हुई सुनीता ने जब मुझे जगाया, उसके बाल गीले थे। उसके गीले और सुगन्धित बालों में वही रात वाला आमन्त्रण था। चटकती नींद में उसकी मादकता की घुसपैठ ने मेरी नसों में उत्तेजना भर दी।

"अमित उठो भी ग्यारह बज रहे हैं। आज उठना नहीं है क्या?"

"उठकर कौन-सा मुझे पत्थर तोड़ना है..." अँगड़ाई लेते हुए मैंने कहा, "हाँ यदि अपने शरीर को तोड़ने-मरोड़ने का काम मुझे सौंप दो तो अभी उठकर काम में लग जाऊँ।"

"धीरे बोलो, बाई दूसरे कमरे में पोंछा लगा रही है...।"

"उफ् ये बाई भी... इसे भी यही वक्त मिलता है आने का, कल से कहो कि सुबह-सुबह काम करके चली जाया करे।"

सुनीता अखबारों का बंडल और चाय का कप बिस्तर पर रखकर चली गयी। अखबार मेरे लिये केवल अखबार नहीं थे बल्कि हर शोधजीवी की तरह या तो आँकड़ों के स्रोत थे या फिर नये विषयों के केटलॉग। पिछले दो वर्षों से सबसे पहले मैं अखबारों में किसानों की आत्महत्या की खबरें ढूँढ़ता, फिर अखबार के मुख पृष्ठ पर पेज नम्बर लिख दिया करता, जिसे सुनीता बाद में काटकर एक फाइल में लगा

देती। मैं आत्महत्या की खबरों की भाषा का अलग से अध्ययन करना चाहता था। यह प्रोजेक्ट मैं साम्राज्यवाद विरोधी छवि वाले एक बड़े संस्थान के अन्तर्गत पूरा करना चाहता था, इसलिए सहमति कम और असहमति को अधिक उभारने की आवश्यकता थी।

पिछले दो सालों में ऐसे दिन कम ही रहे होंगे जब आत्महत्या की खबरों से अखबार खाली हों। पिछले छः महीने में तो लगभग रोज ही। वह भी एक नहीं, दो या तीन या अधिक किसानों की आत्महत्या की खबरें। इन खबरों ने मेरी थीसिस की वैल्यू बढ़ा दी थी, ठीक वैसे ही जैसे गर्मी के दिनों में जल-केन्द्रित विमर्श की वैल्यू बढ़ जाती है।

मैं अखबार के पन्ने पलटने लगा। हिन्दी अखबार के एक कोने में पाँच किसानों की आत्महत्या की खबरें थीं—वर्धा में दो, अमरावती में दो एवं यवतमाल में एक। मैं खबर पढ़ने लगा। लिखा था—'आज विदर्भ के तीन अलग-अलग जिलों में पाँच किसानों ने कर्ज के बोझ तले दबकर आत्महत्या कर ली। वर्धा जिले के आजनगाँव, तहसील हिंगनघाट के सैंतीस वर्षीय युवा किसान भीमा कालबांडे ने आज तड़के अपने खेत में जहर पी लिया। उस पर बैंक और महाजन का कुल चालीस हज़ार का कर्ज था। वर्धा जिले में ही समुद्रपुर गाँव के देवाजी सरोदे ने...'

'देवाजी सरोदे...' मुझ पर बिजली गिरी। मैं धड़कते दिल के साथ खबर पढ़ने लगा—'वर्धा जिले में ही समुद्रपुर गाँव के देवाजी सरोदे ने कल रात फाँसी लगाकर अपनी जान दे दी। उस पर एक राष्ट्रीयकृत बैंक का चालीस हज़ार और गाँव के महाजन का बीस हज़ार कर्ज था...।'

मैंने हर अखबार से खबर की पुष्टि की। दो मराठी, एक हिन्दी और एक अँग्रेजी अखबार में खबर थी।

हालाँकि यह कोई अनोखी खबर नहीं थी लेकिन...फिर भी...ऐसी खबर में देवाजी का नाम कैसे हो सकता है? देवाजी कैसे आत्महत्या कर सकता है? मैं सन्नाटे में था। उसका वाक्य बार-बार मेरे दिमाग की भीतरी दीवारों से टकरा-टकरा गूँज रहा था—''साब, मेरा नाम तुम दैनिक के कोने में नहीं, बीच में देखोगे। लिखा होगा कि देवाजी गणपतराव सरोदे ने काश्तकारों के जीवन-वास्तव को बदलकर रख दिया।''

लहलहाते खेतों के बीच खरपतवार उखाड़ते हुए जब देवाजी ने चिल्लाकर मुझसे यह कहा था, मैं मेंड़ में बैठा सिगरेट पी रहा था। ऊपर खुला आसमान था और अक्टूबर की नर्म धूप ने खेतों के रंग को चमकदार बना दिया था। पत्ती-पत्ती देवाजी के वाक्य की ताकत को महसूस कर खुशी से झूम रही थी।

यह आठ महीने पहले की बात थी। आठ महीने में...इतनी जल्दी...! जीवन

इतनी जल्दी कैसे चूक सकता है? नहीं यह कोई और होगा... लेकिन गाँव का नाम तो वही है और मराठी अखबार में तो पूरा नाम था—देवाजी गणपतराव सरोदे। हाँ, यह उसी का नाम है, उसी ने आत्महत्या कर ली। लेकिन क्यों? कैसे? मेरा दिमाग झनझनाने लगा।

"अरे, तुमने अभी तक चाय नहीं पी, अब दुबारा गर्म करनी पड़ेगी।" सुनीता ने कप उठाते हुए कहा।

"सुनीता, देवाजी ने आत्महत्या कर ली।"

"कौन देवाजी?" एक ठंडा प्रश्न।

"मैंने बताया नहीं था, पिछले साल मैं उसके साथ तीन दिन रहा था। वो वर्धा के समुद्रपुर का किसान।"

"अच्छा वो... उसने आत्महत्या कर ली!" सुनीता ने एक ठंडी प्रतिक्रिया दी और चाय का कप उठाकर चली गयी। सुनीता की ऐसी प्रतिक्रिया से मुझे बहुत आश्चर्य नहीं हुआ। अखबारों में छपी आत्महत्याओं की खबरों को काटकर चिपकाते-चिपकाते वह इसकी इतनी आदी को चुकी थी कि अगर उसका कोई नज़दीकी रिश्तेदार किसान होता और वह आत्महत्या कर लेता तो भी उसकी प्रतिक्रिया ऐसी ही होती, इतनी ही ठंडी...।

"लेकिन देवाजी..." मैं बार-बार इसी 'लेकिन' पर आकर ठिठक जाता। तरह-तरह के जाने-पहचाने सवाल मेरे इर्द-गिर्द नाचने लगे। उन सवालों का नृत्य इतना वीभत्स होता गया कि मेरे प्रोजेक्ट के थीसिस की पंक्ति-पंक्ति तड़प-तड़पकर दम तोड़ने लगी। मेरे भीतर भयंकर तूफान के आने के पहले की चुप्पी फैलती गयी...फैलती गयी... और आँखों में आठ महीने पहले का बीता हुआ काल जीवन्त होता गया, सिनेमा के फ्लैश बैक की तरह...।

अक्टूबर का पहला सप्ताह था, जब मैं वर्धा के अलग-अलग गाँवों में घूमते हुए आँकड़े इकट्ठा कर रहा था। मेरा जोर अधिकतर कृषि उत्पन्न, ऋण की उपलब्धता, बाजार तक किसानों की पहुँच, महाजनों-दलालों की भूमिका और किसानों की जीवन-शैली पर था। इन्हीं प्रश्नों का जखीरा उठाए मैं गाँव-गाँव भटक रहा था। मुझे चौदह दिन हो गये थे वर्धा जिले में घूमते हुए कि अचानक समुद्रपुर में दो किसानों की आत्महत्या की खबर ने मेरी उत्सुकता बढ़ा दी।

मैं जब समुद्रपुर पहुँचा, सुबह के नौ बज रहे थे। लोग अपने-अपने कामों मे डूब चुके थे। पुलिस की एक जीप गाँव के भीतर खड़ी थी और दो-चार पुलिस वाले कुछ लोगों से बतिया रहे थे। वहाँ से कोई जानकारी मिल नहीं सकती थी, क्योंकि सरकार ने मानसिक नाकेबन्दी कर रखी थी। सोचा कि गाँव के आस-पास चक्कर लगाता हूँ, शायद कुछ हाथ लगे। मैं धाकड़ सूत्रों के शिकार की खोज में

निकल गया।

गाँव से लगे हुए लहलहाते खेत दूर-दूर तक फैले थे। सुबह ने खेतों को सबसे सुन्दर रंग में रँग दिया था। ऊपर नीले आसमान में तैरते सफेद बादलों के गुच्छों के नीचे खेतों को देखना अच्छा लग रहा था। खेतों के बीच-बीच में मेंड़ अजगर की तरह चुपचाप पड़ी थी और वहीं पर कहीं-कहीं एकाध किसान तम्बाकू मलते या बीड़ी फूँकते दिखाई पड़ जाते। मैं एक ऐसे चेहरे की तलाश करने लगा, जिसमें विश्वास हो, जो बिना डरे-झिझके ठीक-ठीक जानकारी दे सके। शोधजीवी होकर मैंने चेहरों को पहचानने की अद्‌भुत महारथ हासिल कर ली थी। यही तो फील्ड वर्क का टर्निंग प्वाइन्ट है। पहले सही आदमी की तलाश, फिर अपने निष्कर्षों के लिए बनाए गये प्रश्नों को चालाकी से पूछना और फिर थीसिस लिखते हुए उत्तरों का सम्पादन करना। ताकि निष्कर्ष अनुदान देनेवाली संस्था की वैचारिकी के अनुरूप हो। इस काम में मैं इतना दक्ष हो चुका था कि संस्था के अनुरूप चेहरों को खोजने में मुझे दिक्कत नहीं होती थी।

काम में डूबे किसानों के चेहरे की रेखाओं से उनके भीतर का अध्याय पढ़ने की कोशिश करता हुआ मैं खेतों के बीच से गुजर रहा था कि अचानक खेत के एक अपेक्षाकृत खाली हिस्से में मैंने एक आदमी को लेटे हुए देखा। उसके लेटने का अन्दाज ही अजीब और मस्त था। दोनों हाथों और पैरों को उसने फैला रखा था और आँखें मूँदे हुए चुपचाप लेटा था, मानो अपने जिस्म से धूप को पी रहा हो। एक मटमैला पाजामा और बंडी पहना वह आदमी लाश की तरह चुप था। उसके चेहरे की रेखाओं से एक गाढ़ा विश्वास निकलकर पूरे व्यक्तित्व पर फैल गया था। कुल मिलाकर वह एक ऐसा चेहरा था, जिससे बात करके इस गाँव का दौरा सार्थक हो सकता था। मैं उसके पास बेआवाज पहुँचा और पाँच-सात मीटर की दूरी पर जाकर बैठ गया।

फील्ड वर्क की यही तो खास बात होती है कि आप अपने अभीष्ट पर अचानक हमला नहीं करते हैं। इससे वह अचकचा जाता है। बेहतर है कि उसे आब्जर्व करें। उन बिन्दुओं को तलाशें, जहाँ से बात शुरू करके आप मनचाही जानकारियाँ हासिल कर सकते हैं। इसके लिए सही समय तक का इन्तज़ार ज़रूरी है। इन्तज़ार करना मुझे अच्छी तरह आता था और इन्तज़ार करने का बढ़िया सामान भी मेरे पास था। मैंने अपनी सिगरेट जला ली।

आधा घंटा उसे देखते हुए बीत गया और तब जाकर उसने अपनी आँखें खोलीं। उसकी आँखों में आत्मविश्वास का गाढ़ा रंग फैला हुआ था, जिसे मेरे जैसा घाघ पारखी ही नहीं, एक राह चलता साधारण इंसान भी पढ़ सकता था। उसने अपनी विश्वास भरी आँखों से मुझे देखा, फिर करवट बदलकर अपनी फसल देखने

लगा। उसकी ऐसी प्रतिक्रिया मेरे लिये किसी आश्चर्य से कम न थी। फील्ड वर्क का मुझे अच्छा खासा अनुभव है। आदमी चुनने में मैंने आज तक गलती नहीं की है। लेकिन किसी की ऐसी प्रतिक्रिया से मेरा सामना नहीं हुआ। दिल्ली में बड़े-बड़े सेमिनार तक में मुझे इस तरह खारिज कर देने का जोखिम वरिष्ठ से वरिष्ठ समाज-वैज्ञानिक और आर्थिक मामलों के विशेषज्ञ नहीं उठाते, फिर यह मामूली-सा किसान... लेकिन इसमें कोई बात तो है, जो अब तक मिले लोगों में नहीं थी। मैं उसे ठीक-ठीक समझ नहीं पा रहा था, लेकिन वह मुझे अपनी ओर खींच रहा था।

''यह साधारण शिकार नहीं है, अमित मियाँ। घने जंगलों की खाक बरसों छानने के बाद किस्मत से ऐसा शिकार हाथ लगता है, इसलिए सबसे पहले तो तुझे ऐसे शिकार का सम्मान करना सीखना होगा। इसका शिकार वैसे ही नहीं करना, जैसे अब तक करता रहा है। जरा सँभल के। यह जान ले कि अनुभवी चिड़ीमार को आज पहली बार सोने का हंस दिखा है। जरा सँभल के।' मैंने अपने आपको समझाइश दी और खामोश पहल करते हुए उसके करीब जाकर बैठ गया।

उसने फिर मुझे देखा, अबकी बार जरा गौर से, लेकिन आँखों का गाढ़ा रंग पिघल ही नहीं रहा था कि मैं शुरुआत कर सकूँ। मेरी कशमकश को उसने ही खत्म किया—''क्यों साब, गाँव के भीतर कोई सुराग नहीं मिल रहा है क्या?''

उसके इस अप्रत्याशित प्रश्न ने मुझे चौंका दिया। मैं हड़बड़ा गया—''सुराग... नहीं...नहीं...तुम गलत समझ रहे हो। मैं तो बस यूँ ही इधर...'' अपने वाक्य को मैंने अधूरा छोड़ दिया क्योंकि इस वाक्य पर मुझे विश्वास नहीं रह गया था।

वह मुस्कराने लगा।

जंगली बिल्ली और हिरण की आँखों के भाव को मिला देने से जो भाव बनेगा, वही उसकी आँखों में था। एक क्रूर किस्म की नरमी, एक ख़ौफनाक क़िस्म का प्रेम, मानो हिरण चारों ओर से घिरकर अब आक्रमण का निश्चय कर रहा हो।

''तो तुम किसी दैनिक के पत्रकार नहीं हो।''

''नहीं-नहीं, मैं तो अपने रिसर्च के सिलसिले में घूम रहा हूँ।''

''अच्छा...तो तुम कांट्रेक्टर हो। तुम्हारी पगार मासिक नहीं, सालाना बनती है। क्यों साब...कितने में लिया है, यह कांट्रेक्ट...?''

प्रोजेक्ट को कांट्रेक्ट कहकर उसने मुझ पर सीधा हमला किया था, अचूक हमला। मेरे पास जवाब नहीं था, मैं चुप लगा गया। उसकी और मेरी चुप्पी के बीच सुबह की नर्म धूप, ठंडी हवा और कामकाजी पंछियों की आवाजें फैलती गयी। अचानक मुझे लगने लगा कि एक मेरे अलावा सभी लोग अपने काम में डूबे हैं या डूबने की तैयारी में हैं। न चाहते हुए भी यह भाव मुझ पर हावी होता गया। होठों में दबी दूसरी सिगरेट सुलगाने की मेरी हिम्मत ही न हुई।

फिर अचानक वह हो-हो करके हँसने लगा। मुझे उसकी हँसी से उतनी चिढ़ नहीं हो रही थी, जितनी अपनी विवशता से। अपने फील्ड वर्क को लेकर मैं अब तक मुगालते में था।

'साब, गाँव के भीतर जाओ। वहाँ पुलिस तुमको आत्महत्या करनेवालों के बारे में कुछ बताएगी। उनकी घरवालियों से पूछो, वे भी रोते-धोते कुछ न कुछ बताएँगी ही। बाप तो दोनों में से एक ही का ज़िन्दा है, वह भी कर्ज की रकम की कुछ मालूमात देगा। मरनेवालों के बच्चों और परिवार का जिकर कर देना...हो गया तुम्हारा कांट्रेक्ट पूरा। फिर दूसरी आत्महत्याओं का इन्तज़ार करना। वैसे आजकल तुम लोगों को बहुत दौड़भाग करनी पड़ रही है न। क्या करें साब, कभी-कभी तो तुम लोगों को दौड़ाने का मौका मिलता है, वरना ज़िन्दगी भर तो हम ही दौड़ते रहते हैं।'

मैं अब सँभलने लगा था, संयत होने लगा था। मैं इतना कमज़ोर प्यादा भी नहीं था कि पहली बाजी में ही समर्पण कर दूँ। मैंने कहा—''गलती तुम्हारी नहीं है। तुम लोगों का पाला ऐसे पत्रकारों से पड़ता रहता होगा क्योंकि इधर विदर्भ के किसान तो विश्व की कृषक नीति के केन्द्र में हैं। इसलिए तुमने मुझे भी उसी कैटेगरी का समझ लिया। मैं तुमसे कुछ पूछना नहीं चाहता हूँ। मैं तुम लोगों के साथ रहकर ऑब्जर्व करना चाहता हूँ। तुम्हारी जीवन-शैली की भीतरी परतों की स्टडी करना चाहता हूँ, ताकि विदर्भ के किसानों के जीवन, उनकी सफलता और असफलता के बारे में कोई ठोस बात कह सकूँ। तुम यदि परमिशन दो तो मैं एक-दो दिन यहीं रहूँगा, तुम्हारे साथ। यकीन जानो, मैं तुम पर बोझ नहीं बनूँगा और न ही तुम्हारे काम में दखल दूँगा। तुम अपना काम करते रहना और मैं देखने का अपना काम करता रहूँगा।''

उसकी आँखों का रंग पिघलने लगा और मैंने अपने अदृश्य हाथों से अपनी पीठ थपथपाई। वह गौर से मुझे देखने लगा। कुछ पल बाद 'जैसी तुम्हारी मर्जी' कहता हुआ फसल के बीच धँस गया।

समुद्रपुर की फिज़ा में उस दिन अजनबी गाड़ियों की आवाजें घुलती-मिलती रहीं। दिन में दो बार आनेवाली बस से कुछ अनचीन्हे चेहरे उतरते, फिर अगले घंटे वे बस-स्टैंड पर खड़े दिखाई पड़ते। बस-स्टॉप पर कुछ नयी चीजों की माँग सुनाई पड़ती। फिर वे चेहरे गाँव-देहात में चलनेवाली टैक्सियों पर सवार होकर चले जाते। पुलिस की गाड़ी, जन-प्रतिनिधियों की अकर्मण्य सक्रियता धूल उड़ाती हुई आती और अपने पीछे धुँधली सड़क छोड़कर फरार हो जाती।

लेकिन मैं इन सबसे अलग मेंड़ पर बैठकर अपनी रणनीति बनाता रहा। इस बीच उसने खरपतवार के खिलाफ मोर्चा खोल लिया था।

दोपहर हम फिर साथ थे। साथ तो हम सुबह से ही थे लेकिन हमारा साथ होना न होने के बराबर था। वह अपने काम में उलझा रहा था और मैं अपनी उधेड़बुन में। उसने अपना एल्यूमिनियम का बड़ा-सा डब्बा खोला। गीला बेसन और ज्वारी की मोटी-मोटी रोटियाँ। हम दोनों ने खाना खाया। हमारे बीच की चुप्पी अब तक पूरी तरह नहीं टूटी थी। इस बार भी पहल उसी ने की—

"मेरा नाम देवाजी गणपतराव सरोदे है। और तुम्हारा?"

"अमित मिश्रा।"

"बम्हन हो।" एक हलकी व्यंग्य मिश्रित मुस्कराहट उसके चेहरे पर आई। थोड़ी देर वह चुप रहा, फिर पूछा—"ये जो आत्महत्याएँ हो रही हैं, उसके बारे में तुम्हारा क्या खयाल है? तुम तो संशोधन कर रहे हो। बहुत कुछ जानते होगे।"

कुछ भी कहकर मैं उसे बिदकाना नहीं चाहता था, सो बड़ी चालाकी से अपने आपको बचाते हुए कहा—"आत्महत्याएँ तो तुम्हारे बीच से हो रही है। तुम मुझसे बेहतर जानते और समझते हो।"

"हमारे जानने और न जानने से क्या फ़र्क़ पड़ता है। फ़र्क़ तो इससे पड़ता है कि सरकार क्या मान रही है।"

"सरकार के लिए तो तुम लोग केवल पुतले हो। फसल उगानेवाले चलते-फिरते, हाड़-माँस के पुतले। जब तक तुम लोग क्या चाहते हो, इसकी घोषणा न करो, सरकार मजे से चलती रहेगी।"

"सरकार और हमारे बीच दलालों की भी तो कमी नहीं है।"

"क्या ये दलाल आज अचानक धरती पर उग आए हैं या इसके पहले भी थे?"

वह फिर चुप। थोड़ी देर बाद बोला—"बात तुम्हारी बरोबर है, साब। दलाल तो पहले भी थे। लेकिन उनके पास की ताकत से ज्यादा ताकत हमारे पास थी, जीने की ताकत। और चीजों पर उनकी पकड़ भी इतनी मजबूत नहीं थी। पहले हम कर्ज उनसे लेते थे और फसल अपनी उगाते थे। कर्ज हम अब भी उनसे ही लेते हैं, बैंकों में भी मुँह मार लिया करते हैं लेकिन फसल अपनी नहीं उगा पाते। अब तो हम उन बीजों को बोते हैं जो बाजार में सरकार भेजती है। हमारी फसल और हमारे बीज, दोनों की बाजार में अब कोई कीमत नहीं रह गयी है। ये कपास देख रहे हो न! सफेदी फलों से झाँकने लगी है। पहले इसे देखकर हमारे पुरखे नाचने लगते थे। बैल-बंडी दुरुस्त करने लगते थे। लेकिन अब इन्हें देखकर हमको कोई उत्साह नहीं होता। क्या क़ीमत रह गयी है इनकी बाजार में? इस साल का कपास दीवाली तक सरकार की मंडियों में ठूँस दो तो होली तक पैसा मिलेगा, वह भी पहले से बहुत कम। सरकार के हाकिम कहते हैं, पैदावार बढ़ाओ। पैदावार बढ़ाते हैं तो कीमत कम

कर देते हैं। आखिर हारा हुआ काश्तकार रोज-रोज मरने से एक बार मरने का रास्ता चुन लेता है। बोलो, क्या गलत करता है?'

''तो इन आत्महत्याओं का तुम समर्थन करते हो?'' मैंने अपना दाँव चलाया।

''समर्थन काहे का, साब। गरीबी का दुख है, मरकर छुटकारा मिल जाता है...' थोड़ी देर तक वह चुप रहा, कुछ सोचता रहा, फिर बोला—''सम्भाजी और मैं साथ ही में पढ़ते थे, दोनों एक साथ दसवीं फेल हुए, यहीं गाँव के स्कूल में। बड़ा साथ रहा उसका। वो बबूल का पेड़ देख रहे हो न, उसके बाद का छः एकड़ उसी का है। बड़ा मजबूत था। पटेल से पन्द्रह हजार का कर्ज़ लिया था। कहता था, पटेल यदि जोर-जबरदस्ती करेगा तो साले को उसी के घर में पटकी दूँगा। बैंक का पचास हजार का कर्ज था। बैंक वाले आते तो पहले से ही लड़ने को तैयार। कहता, साले पुलिस बुलाओ, पता तो चले लोगों को कि तुम लोग वसूली कैसे करते हो। यहीं परसों रात हमने साथ में महुआ पी। पीने के बाद वो रोने लगा। बोलने लगा कि मैं अब लड़ते-लड़ते हार गया हूँ। आखिर कब तक लड़ूँगा। इस फसल को बेचकर धेला भी हाथ न आएगा। उधर बैंक वाले परेशान कर रहे हैं। सोचता हूँ, खेती बेच दूँ। मैंने पूछा कि काश्तकारी नहीं करेगा तो फिर क्या करेगा? बोलने लगा कि यहीं गाँव में मजूरी करूँगा, तेरे खेत में मजूरी करूँगा, काम देगा न...। और कल सुबह ज़हर पी गया। मैंने सोचा भी नहीं था कि वो ऐसा करेगा। पीकर रोना-हँसना तो चलता है... लेकिन साब, वो भी कमजोर निकला। साला छोड़ के चला गया... अब मैं क्या उसकी मय्यत में रोने जाता... कल से पड़ा हूँ यहीं पर। घरवाली भी मुझे जानती है, इसलिए वापिस लौटने की जबरदस्ती नहीं की, बस डब्बा भेज दिया...।''

मुझे समझ में नहीं आ रहा था कि देवाजी दुखी है या गुस्से में है। जब मैंने सिगरेट पीने के लिए पैकेट निकाला तो उसने पैकेट छीन ली और एक सिगरेट निकालकर सुलगाने लगा। सफेद परी-सी सिगरेट को उसने आँख भर देखा, फिर धुआँ गिटकने लगा। हाँ, उसे 'गिटकना' ही कहा जाएगा, क्योंकि जिस तरह वह सिगरेट पी रहा था, कश लेना तो उसे कतई नहीं कहा जाएगा। एक अजीब-सा उजड्डपन था उसमें, जिस पर प्यार भी आता था और डर भी लगता था।

''लेकिन साब, तुम लोग देखना, काश्तकार जब इससे बाहर आएगा तो बड़े-बड़ों की हवा निकल जाएगी। अभी तो वह जाल में फँसा है, दम तोड़ रहा है... लेकिन मैं कहता हूँ, मरना ही क्यों? मरना ही है तो साले दो-चार का गला दबा के मरो। मरने के बाद कौन-सा फाँसी पर चढ़ने का डर है। सरकार कहती है, कर्ज लो। लो, जी भर के कर्ज लो। सरकार का पैसा लो और वापस करने से मना कर दो। फसल उगाओ और सरकार को मत बेचो। पड़ा रहने दो घर में। सब मिल जाओ। जब सरकार को गन्ना नहीं मिलेगा, कपास नहीं मिलेगा, सोयाबीन और चावल नहीं

मिलेगा तो वो बौखला जाएगी। तब देखते हैं कि सरकार क्या करेगी? और करेगी तो साली आर-पार की लड़ाई होगी। तब मर भी जाएँगे तो चिन्ता नहीं। सरकार कहती है, मोबाइल लो, ट्रेक्टर लो, बीमा कराओ, पेट्रीसाईट वापरो। वापरो, जी भर के वापरो। उसके हाथ में पुलिस है, सेना है, कचेहरी है तो हमारे हाथ में हल की मूठ है, जमीन से फसल उगाने का नुस्खा है। कचेहरी क्या करेगी, यदि हम मूठ ही न थामें। जब सरकार का बाप बाहर से डंडा करेगा। तब वो तड़पेगी और हम मजा लेंगे...।''

देवाजी के नथुने फड़क रहे थे। सरकारी प्रचार-तन्त्र में फँसा वह एक आक्रामक किसान था और सबसे महत्त्वपूर्ण बात यह कि उसने अपनी तड़प के स्रोत जान लिये थे। फिर वह अचानक उठा और कपास के पौधों के बीच जाकर उकड़ूँ बैठ गया।

कपास के फलों से झाँकती सफेदी के बीच मटमैले सफेद कपड़े पहने वह भी धूसर कपास की तरह लग रहा था। मैं मेंड़ पर ही बैठा रह गया। उसके पास जाने की हिम्मत न हुई।

शाम को सूरज ने अपने धूप के कपड़े उतारकर तपे लोहे के रंग के कपड़े पहन लिये थे और पश्चिम दिशा में रोशनी के कतरे को बचाने की मुहिम में डटा था। फिर धीरे-धीरे अँधेरे का आभास बढ़ने लगा तो उसने हथियार डाल दिए। देवाजी मेरे पास आया और कहा कि अब घर चलते हैं।

हम साथ-साथ लौट रहे थे और हमारे आगे-पीछे अँधेरा भी पृथ्वी पर लौट आया था।

समुद्रपुर एक बड़ा गाँव था। वर्धा से केवल चालीस किलामीटर दूर। गलियाँ सीमेंट की थीं और उसके किनारों से गँदला पानी बह रहा था। जगह-जगह हैंडपम्प लगे हुए थे। बिजली के खम्भे सिर उठाए खड़े थे और पीली रोशनी अँधेरे की जाली से छनकर घरों की खपरैल छतों पर गिर रही थी। गाँव के बीचोबीच हनुमान का एक मन्दिर था, जिसके दालान में बैठे हुए प्रौढ़ बातचीत में डूबे थे। गलियों के थोड़े अँधेरे हिस्से में कैशौर्य और जवानी की सीमा-रेखा पर खड़े नवयुवक दबी-जुबान में हँसी-ठट्ठा कर रहे थे। कल हुई मौत के चिह्न अभी गाँव के कपाल से पुँछे नहीं थे, इसका आभास मुझे गाँव की गलियों में धँसते हुए हो रहा था। उच्चारित शब्दों के भीतर की चुप्पी को मैं सुन पा रहा था। घर के भीतर से उठते शोर में भी चुप्पी खामोश नहीं हो गयी थी।

देवाजी के पीछे-पीछे चलते हुए मैं उसके घर पहुँचा और मेरा सामना उसकी घरवाली की अजनबी नजरों से हुआ। देवाजी ने उससे कहा कि ये साब बाहर गाँव से आए हैं और दो-तीन दिन हमारे साथ रहेंगे। अजनबी नजरों की अजनबीयत तो

मिट गयी लेकिन आश्चर्य से लिपटा हुआ प्रश्न उसके चेहरे पर तैरता रहा। घर के आँगन में रस्सी के दो खटिये बिछाकर वह भीतर चली गयी। थोड़ी देर बाद उसने चाय के दो कप हमें पकड़ा दिए और कुएँ से पानी खींचने लगी।

''सम्भाजी का घर कौन-सा है?'' चाय पीते-पीते मैंने पूछा।

''यहीं, इसी गली का आखिरी मकान।''

''तुम जाओगे नहीं वहाँ... ?''

''नहीं।'' थोड़ी देर वह चुप रहा फिर बोला—''जाकर क्या करूँगा?''

देवाजी की बातों में कहीं कोई झोल नहीं था, जहाँ मैं अपने शब्दों को धँसा सकूँ। आखिरकार गाँव का एक चक्कर लगा आने की बात कहकर मैं उठा।

समुद्रपुर बहुसंख्यक कुनबियों का गाँव था। अपने रूप-रंग में बहुत समृद्ध तो नहीं, लेकिन बहुत पिछड़ा हुआ भी नहीं। मैं उसी ओर चलने लगा जिधर सम्भाजी का घर था।

गली के उस आखिरी मकान के सामने मायूसी थी। उस ओर चलते हुए मेरी चाल सहज ही धीमी हो गयी। भीतर जाने की हिम्मत नहीं हुई। मैंने, मानो रेंगते हुए, दरवाजे को पार किया। हलकी आवाजें घर के भीतर से निकलकर गली में फैल गयी थीं। घर रो-धोकर शान्त हो गया था। मैं गली तो पार कर गया लेकिन समझ में नही आ रहा था कि किस ओर चलूँ। मैं बस चल रहा था और चलते-चलते गाँव की सीमा पर डटे अन्तिम बिजली के खम्भे को भी पार कर गया।

एक अजीब-सा आतंक वहाँ पसरा था। पीली रोशनी का एहसास और उसके ठीक बाद चाँदनी से धुला हुआ दूर-दूर तक फैला अँधेरा। मैं अँधेरे और उजाले की सीमा रेखा पर खड़ा था। वहाँ से पलट कर मैंने गाँव को देखा। लगा, जैसे किसी ने ज्वालामुखी को पॉलीथिन में बन्द कर रखा है।

गाँव में हुई दूसरी आत्महत्या के दरवाजे से गुजरने का खयाल मैंने छोड़ दिया।

बहुत देर तक इधर-उधर से समुद्रपुर को देखने के बाद जब मैं लौटा, देवाजी परेशान खटिए पर बैठा था। मुझे देखते ही उछलकर खड़ा हो गया—''कहाँ। चले गये थे, साब, पूरे गाँव के तीन चक्कर लगा आया हूँ।''

मैंने कलाई में बँधी घड़ी पर नजर डाली। नौ बज रहे थे। सचमुच नौ बज रहे थे। यानी मैं लगभग दो-ढाई घंटे इधर-उधर घूमता रहा था।

''कुछ नहीं, बस इधर-उधर घूम रहा था।'' मैंने माफी माँगने के लहजे में कहा।

''साब, ये तुम्हारा शेहर नहीं है, चम्-चम् चमचमाता हुआ। यह गाँव है, गाँव। यहाँ साँप, बिच्छू घूमते रहते हैं। एकाध ने भी काट लिया तो दवाखाना जाने से पहले ही शान्त हो जाओगे या रातभर छटपटाते रहोगे। दिन में जी भर कर घूमना

अभी आराम ही करो।" उसकी उस उलाहनापूर्ण चिन्ता में उसकी घरवाली भी शामिल थी।

मैं हाथ-मुँह धोकर जब कपड़े बदल रहा था तो तीन लोग पूछकर जा चुके थे कि मैं लौटा या नहीं।

उस दिन मैं खाना खाकर जल्दी ही सो गया।

सुबह जरा देर से नींद खुली और मैंने देखा कि उसकी चार वर्षीय बेटी मेरे पैताने से दूर खड़ी मुझे आश्चर्य भरी निगाहों से देख रही है। मेरे चेहरे पर मुस्कराहट लौटी तो याद आया, पिछले चौबीस घंटे में मैं पहली बार मुस्करा रहा हूँ। मैंने उसे इशारे से पास बुलाया तो वह बेधड़क चली आई। फूली-फूली फ्रॉक पहने वह बड़ी प्यारी लग रही थी। उसके मुँह से दूध की गन्ध उठ रही थी और फ्रॉक के रंग उड़ने-उड़ने को थे।

"क्या नाम है तुम्हाला?" मैंने तोतली जुबान में पूछते हुए उसे उठाकर पेट पर बैठा लिया।

"लछ्मी और तुम्हारा?" उसकी जुबान साफ थी सो मैंने भी साफ जुबान में उत्तर दिया—"अमित।"

"अमित काका, तुमि रात में आले ना। मला बाबा बोले कि तुमि इतक्या मोठा-मोठा किताब लिहता। पन कसीला मोठा किताब लिहता? पढ़ने में खूबच त्रास होता।" हिन्दी और मराठी का एक नमकीन-सा झरना उसके मुँह से फूटा।

"मैं किताब लिखता नहीं, बेटा, पढ़ता हूँ, और मुझे भी त्रास होता है।"

"अरे साब, अब तक बिस्तर में ही हो। यदि साथ चलना है तो जल्दी तैयार हो जाओ। इस लड़की के मुँह लगोगे तो रात हो जाएगी, लेकिन बात खत्म नहीं होगी।"

"बड़ी प्यारी बेटी है, देवाजी।"

देवाजी मुस्कराया। मुझे उसकी मुस्कराहट अच्छी लगी। मुस्कराते हुए वह सचमुच बहुत अच्छा लग रहा था।

थोड़ी देर बाद मैं उसके साथ फिर खेत में था। वह अपने काम में और मैं अपने काम में। मैं घूम-घूमकर लोगों की बॉडी लैंग्वेज की स्टडी कर रहा था। देवाजी सही था। किसान काम तो कर रहे थे लेकिन उनमें उत्साह नहीं था। दूसरे किसान औसत से भी कम पढ़े-लिखे थे, लेकिन उस जहरीली फिज़ा को कहीं भीतर ही भीतर महसूस कर रहे थे। वे धीरे-धीरे मौत के दलदल में धँस रहे थे। उनमें से कब कोई दूसरा अगले दिन न दिखे, कहना मुश्किल था।

लेकिन देवाजी...देवाजी गुजरी सदी का घिघियाता हुआ किसान नहीं था, जो पाटिल की देहरी पर उकड़ूँ बैठा जुहार करे और उसके रहमो-करम पर पले। उसके

बाप-दादों ने यही किया था। पारम्परिक तरीके से खेती, भजन-कीर्तन, त्योहार, साहूकारों से कर्ज और फसल बेचकर चुकारा। ज़िन्दगी एक बँधी-बँधाई पटरी पर दौड़ रही थी। वर्षा अच्छी हुई तो भगवान मेहरबान...सूखा पड़ा, महामारी फैली और गाँव के गाँव साफ तो शिकायत भगवान से और पाटिल के दरबार में फिर से जी हुजूरी।

फिर अचानक देश विकास के अदृश्य घोड़े पर सवार हो गया। छोटे और मझोले किसानों के भीतर अचानक महत्त्वपूर्ण होने की लहरें उठने लगीं। उनके सपनों में भागते घोड़े की अयाल हिलने लगी। बड़े जमींदारों-पाटिलों की सरकार-परस्त साझीदारी के बावजूद दुनिया का बाजार समझ चुका था कि इन छोटे और मझोले किसान की जमीन हड़पना ज्यादा आसान है क्योंकि बड़े किसान और जमींदार अपने सुरक्षित जीवन के कारण ज्यादा घाघ तरीके से खरीद-फरोख्त करते हैं। फिर वे गिनती में इतने थोड़े हैं कि बेहतर ग्राहक होने के बावजूद उनके भरोसे अधिक माल खपाया नहीं जा सकता। कर्ज लेकर अदा न करने के लाख तरीके उन्हें आते हैं। उनकी तुलना में छोटे किसान आसान टारगेट हैं। सबसे बड़ी बात कि बाजार को दोनों ओर से फायदा था। यदि किसान मर जाएँ तो उनकी घरवालियाँ जमीन बेचेंगी ही, जिसका अन्तिम खरीददार वही होगा। आखिर कब तक वे बटाई पर खेती करती रहेंगी? और किसानी चल निकली तो बाजार के माल खपेंगे।

बस, फिर क्या था...सरकार और दुनिया के आका अचानक किसानों के प्रति अपनी मुलायम दृष्टि के साथ नमूदार हुए। कर्ज, बीज, खाद, फसल की आसान खरीद, बेहतर जीवन का स्वप्न, बीमा योजनाएँ। और मझोले किसानों का युवा ब्रिगेड इस जाल में फँस गया। मध्यवर्ती और पिछड़ी जातियों के ये किसान सरकारी-गैर सरकारी फरमानों को सच मानकर बैंकों-महाजनों के नये चक्रवात में फँसते गये और जब सच्चाई का पता लगा तो बहुत देर हो चुकी थी।

देवाजी के साथ मैं पूरे तीन दिन रहा और ये बातें उसने मुझे टुकड़े-टुकड़े में, ठेठ गावरानी लहजे में बताईं। मैं उसकी समझ पर चमत्कृत था। गाँव में रहते हुए अपने अनुभवों के आधार पर चीज़ों को इतनी बारीकी से समझना आसान नहीं था। देवाजी सारी स्थितियों को जानता था और दूसरे किसानों की तरह के स्वप्न देखता हुआ एक छोटा किसान था। फ़र्क़ केवल इतना कि मरने की जगह मारने की एक उद्धत आकांक्षा उसकी आक्रामकता की तह में साँस लेती रहती थी। उसका तेवर जब चढ़ा होता तो उसकी पत्नी और आठ वर्षीय बड़ा बेटा उससे कतराते थे। बच-बचकर रहते थे। ऐसे क्षणों में केवल लक्ष्मी ही उसके पास आ सकती थी।

हलके भूरे बाल, गोल बड़ी आँखें, नाक में फुल्ली और फूले हुए गाल...लक्ष्मी थी ही ऐसी कि अजनबी को भी उस पर प्यार आ जाए। जब 'बाबा-बाबा' कहती

हुई वह देवाजी की गोद में चढ़ जाती तो उसका भाव बदल जाता। लगता ही नहीं कि यह वही देवाजी है, जिसकी आँखों में अभी-अभी जंगली बिल्ली की-सी हिंसक आकांक्षाएँ तैर रही थीं।

देवाजी से मुलाकात की अन्तिम रात...आँगन में हम खटिये पर लेटे थे। रात काफी खुली हुई थी, पूरे चाँद की रात...लेकिन बिलकुल चुप-चुप। आवाज के नाम पर दूरदर्शन द्वारा प्रसारित कार्यक्रमों की आवाजें उस उजली रात में फैल गयी थीं। एड्स, कंडोम, ग्राम-सुधार, पेयजल, सर्वशिक्षा अभियान, टेलीविज़न, फ्रीज, कपड़ों-जूतों के नाम और इस्तेमाल की ढेरों उपयोगिताएँ...सब मिलकर जैसे एक वस्तु में बदल गये थे और उन्हें खरीदने की विनम्र राजाज्ञाएँ बार-बार प्रसारित की जा रही थीं। इन्हीं विज्ञापनों के बीच कोई धार्मिक सीरियल डी.डी. नेशनल से प्रसारित हो रहा था।

लक्ष्मी देवाजी के हाथ को तकिया बनाकर सो गयी थी। और वह आसमान को घूरे जा रहा था।

"कांट्रेक्टर बाबू..." देवाजी परसों से मुझे यही कह रहा था और मैंने भी कोई खास आपत्ति नहीं जताई, "सच-सच बताओ, अपनी बही वगैरा देखकर, क्या तुमको लगता है कि हालात बरोबर हो जाएँगे? कर्ज की मियाद खतम होते-होते ज़िन्दगी खतम हो जाती है। अपने बच्चों को कर्ज की किस्त के अलावा हम कुछ भी नहीं दे पाते। खेतों में फसल पकनी शुरू हुई कि पाटिल की दौड़-भाग भी शुरू हो जाती है। सरकार को भी शेती में अब कोई मुनाफा नहीं दिख रहा है। शहरी लोग फारम हाउस के लिए जमीन खरीद रहे हैं। हम काश्तकार हैं लेकिन खेत-मजूरी की राह में ढकेले जा रहे हैं। सरकार अब विदेशों से धान्य मँगाने लगी है। बताओ, एक काश्तकार, काश्तकारी छोड़ के कैसे जिएगा?"

अँधेरे के जल में बुलबुलों की तरह देवाजी की आवाज उठती रही। उस निरभ्र आकाश में किसी के पास उसके सवालों का जवाब नहीं था। मैं सोचता रह गया कि दुनिया जिस तेजी से बदल रही है। उसके चक्के में किसानों की साँसें अटकी हैं। जरा-सा बदलाव का नाटक और...और यह पूरा मंजर श्मशान। मुझे देवाजी हताश नहीं लग रहा था लग रहा था, कि तूफान अपनी ताकत तौल रहा है!

आधी रात बीत चुकी थी। अक्टूबर की हलकी ठंड पृथ्वी पर उतरने लगी थी। हम दोनों चुपचाप खुले आसमान के नीचे पड़े थे। इस बीच टी.वी. की सारी आवाजें बुझ चुकी थीं। केवल उठे हुए बिजली के खम्भे सूने में पीली रोशनी फेंकते हुए खड़े थे। उजली चाँदनी में यह रोशनी भी मटमैली हो गयी-सी लगती थी। उसकी घरवाली ने लक्ष्मी को अन्दर ले जाकर सुला दिया था और हमसे बार-बार भीतर आ जाने का आग्रह कर रही थी, लेकिन नींद न उसकी आँखों में थी और न

ही मेरी आँखों में। हमारी नज़रें आकाश में चहल-कदमी करते चाँद पर टिकी थीं।

आखिरकार मैंने उठते हुए कहा—"सब ठीक हो जाएगा, देवाजी, चिन्ता मत करो। चलो, अब सोते हैं। सुबह मुझे लौटना है।"

देवाजी गहरी उदासी के साथ उठा और चुपचाप भीतर चला गया। मैं थोड़ी देर वहीं खड़ा रहा। इन तीन दिनों में पहली बार मैंने गौर से उसका घर देखा। खपरैल की छत और उस पर बेपरवाह फैली हुई लौकी, तोरई और सेम की बेलें। खुला हुआ बड़ा-सा आँगन, जिसके एक कोने पर कुआँ, और दूसरा कोना मवेशियों के लिए छप्पर से छाया हुआ। अन्दर दो कमरे, रसोईघर अलग, जिसके एक कोने में विठोबा की तस्वीर रखी है और उसके सामने जलता हुआ एक दीया, जो अब बुझने-बुझने को है। कुल मिलाकर जीने के लिए काफी सामान मौजूद है। लेकिन संभाजी के घर में भी तो यही सब कुछ था, फिर उसने क्यों आत्महत्या कर ली? क्या मौत की ये भयानकताएँ, सपने देखने और टूटने के घर्षण से जन्म ले रही हैं? मुझे कुछ समझ में नहीं आ रहा था। आखिरकार अपने भ्रम और प्रश्न को वहीं, उस खुले और उजले आँगन में ठिठुरने के लिए छोड़कर मैं भीतर आ गया।

वह पूरी रात करवटों में गुजर गयी। लग रहा था, पूरा गाँव जहरीली गैस के चैम्बर में धीरे-धीरे दम तोड़ रहा है। रस्सी की खटिया में संगीन उग आए थे। उन्हीं संगीनों के ऊपर बिलबिलाते हुए मैंने भयंकर सपना देखा-सपने में एक भीड़ थी। सूटेड-बूटेड आला-अफसरों की भीड़। उनके हाथों में कोल्डड्रिंक्स और पोटेटो चिप्स के पैकेट थे। भीड़ के बीचोबीच एक गोलाकार घेरा था, जहाँ देवाजी जमीन पर पड़ा था। दो भयंकर साँड नथूना फुलाए, हुँकारते हुए आते और उसे सींगों से उठाकर आसमान की ओर उछाल देते। वह जितना ऊपर उछलता, लोग पागलों की तरह खुश होकर चिल्लाते। वे अपनी मुट्ठियाँ हवा में उछालते और पेप्सी का एक घूँट गिटक लेते। देवाजी छटपटाता हुआ जमीन पर गिरता...यह उठना और गिरना लगातार चलता रहा...और अब देवाजी घिसटते हुए, भागने की कोशिश कर रहा था...भीड़ ने उसे पकड़कर सीधा खड़ा कर दिया...फिर एक जहीन से दिखनेवाले आदमी ने पुचकारते हुए अचानक उसके हलक में हाथ डाला और स्वरतन्त्रियों को खींचकर बाहर निकाल दिया...फिर लोग उसे जूते से कुचलने लगे...कुचलने लगे...।

"कांट्रेक्टर बाबू, उठना नहीं है क्या?" देवाजी मुझे कोंच रहा था।

मैं हड़बड़ाकर उठ बैठा। आँखों के भीतर चल रही फिल्म की बिजली अचानक गुल हो गयी थी। वहाँ एक जीता-जागता घर मुस्करा रहा था।

आज मुझे वापस लौटना था। मैं जल्दी-जल्दी तैयार हो गया। देवाजी गाँव के बाहर बस-स्टॉप तक मुझे छोड़ने आया। मैंने सिगरेट सुलगाई तो उसने भी एक

सिगरेट सुलगाई। फिर धुआँ छोड़ते हुए बोला—"कांट्रेक्टर बाबू, मेरी ओर से चिन्ता मत करो। मुझे अपने बीवी-बच्चों से बहुत प्यार है। कर्ज में मैं भी डूबा हुआ हूँ लेकिन बहुत सख्त जान हूँ, बिलकुल मांगुर मच्छी जैसा..." वह फिर हँसने लगा।

मैं उसे बस देखता रहा, देखता रहा। फिर बस आ गयी। बस में चढ़ने के बाद मैंने खिड़की से हाथ हिलाया, लेकिन देवाजी तब तक मुड़कर खेतों की ओर जा चुका था।

और इन आठ महीनों में, न जाने क्यों, देवाजी के घर देखा हुआ सपना, बराबर मेरी नींद में आता-जाता रहा। मेरी इच्छा और सुविधा का ख्याल किए बगैर, वह जब-तब मेरी नींद में धमक जाता और अपनी पूरी उपस्थिति के बाद अन्तर्धान होता। मैं हड़बड़ाकर उठता... फिर वही बेचैनी, वही प्यास, वही छटपटाइट...।

सुबह से सुनीता तीन बार चाय के ठंडे कप ले जा चुकी थी। यह नयी बात नहीं थी। मैं जब काम में डूबा होता, वह अक्सर ही ऐसा करती। लेकिन मैं काम में कहाँ डूबा था। मैं तो चिन्ता में डूबा हुआ था, स्मृतियों में डूबा हुआ था। सपना आज खुली आँखों में जाग रहा था। मैं खुद उस आदमी का चेहरा देखना चाहता था, जिसने देवाजी को पुचकारते हुए उसके हलक में हाथ डालकर स्वर-तन्त्रियों को खींच लिया था। सपने का कैमरा जैसे ही उसके चेहरे की ओर बढ़ता, मेरी नींद उचट जाती, किसी थर्ड क्लास सस्पेंस फिल्म की तरह। लेकिन आज मैं खुली आँखों से सपना देख रहा था, सो नींद उचटने का सवाल ही नहीं था।

...देवाजी का लहूलुहान उछलता हुआ शरीर बार-बार जमीन पर गिरता... फिर भागने की कोशिश कर रहे देवाजी को लोगों ने जकड़ लिया...फिर उस सम्भ्रान्त से आदमी ने हमेशा की तरह स्वरतन्त्रियों को खींचकर बाहर कर दिया और लोग उसे जूते से कुचलने लगे...नहीं, अब मैं जूतों की ओर नहीं जाऊँगा... यहीं पर गड़बड़ी होती है...सपने का कैमरा जूतों पर फोकस होता है और वह सम्भ्रान्त आदमी बड़ी सफाई के साथ गायब हो जाता है...लेकिन इस बार मैं सावधान हूँ और उस पर अपनी नजरें गड़ाए हुए हूँ...कैमरा ऊपर हो रहा है...पूरी तरह उस सम्भ्रान्त चेहरे पर स्थिर...।

और...और...क्या वह...सचमुच...मैं था...?

हाँ, वह...यकीनन...मैं ही था...मैं ही था...!

शब्द

वह मुझे फिर दिखा। उस पर मैं महिने भर से नज़र रख रहा था। वह ऐन सुबह कॉलोनी में आ धमकता और टाट के एक बड़े बोरे को अपनी पीठ पर लादे रहता। बोरे में सामान क्या है, यह अब तक मैं नहीं जान पाया हूँ, लेकिन इतना ज़रूर है कि सुबह जब मैं उसे देखता बोरा खाली-खाली-सा होता और जब वह लौटता, बोरे में बहुत कुछ भरा होता। एक-दो बार मैंने चोरी से उसका पीछा भी किया। लेकिन महानगर की भीड़ को तो आप जानते ही हैं! बत्ती के लाल होने से थोड़ा पहले वह चौराहे से निकल गया। मैं लाल बत्ती पर लटका रहा। और बत्ती जब हरी हुई, मैंने अपनी गाड़ी दौड़ाई। तब तक वह चौराहे के थोड़ा आगे बायीं सड़क पर मुड़कर गायब हो चुका था।

मैं उसी सड़क पर मुड़ गया। सड़क क्या थी खूबसूरत कॉलोनी के बीच आराम से लेटी हुई एक चौड़ी काली रेखा, जिसके दोनों ओर भव्य कोठियाँ थीं। आगे वह रेखा एक खूबसूरत बगीचे की सीमा को छूती हुई बायें-दायें दोनों ओर फैल गयी थी। मैं यकीनपूर्वक नहीं कह सकता कि यह यहाँ आकर किसी एक ओर निकल गया था या इससे पहले ही किसी कोठी में छिप गया था।

आप सोच रहे होंगे कि उसे अपनी कोठी में आखिर घुसने कौन देगा? तो यहाँ पर भी आप गलत हैं। मैं यकीन से कह सकता हूँ कि वह इसी कॉलोनी की किसी कोठी में रहता है। वह घर के पिछवाड़े उछाली या फेंकी गयी चीज़ें उठानेवाला कोई सामान्य आदमी नहीं था, बहुत सम्भ्रान्त-सा था। आँखों पर सुनहरा चश्मा, बाल करीने से बेतरतीब, पैरों में हमेशा चमड़े की चमचमाती काली चप्पल, मानो दुकान से सीधे सड़क पर उतरी हो! वह हमेशा हमारी कॉलोनी में घर के मुख्य द्वार से घुसता।

पिछली बार जब वह हमारे पड़ोसी शुक्ला जी की कोठी से बाहर निकला तो मैं तुरन्त उनके घर की ओर लपका। शुक्ला जी रिज़र्व बैंक में हिन्दी अधिकारी हैं। मैंने उनसे अभी-अभी बाहर निकले उस रहस्यात्मक आदमी के बारे में पूछताछ की।

पता चला वह यूँ ही आया था। शुक्ला जी कह रहे थे—"पहले तो मैं उसे नेग्लेक्ट कर रहा था। बट ही वाज़ रियली अ मिस्ट्री। मैं कन्फर्म हूँ कि वह मुझसे ही बात कर रहा था। लेकिन उसकी बातों में जादू था।" शुक्लाजी ने उनके बारे में जितनी भी बातें बताईं उससे कुछ भी अन्दाज़ा नहीं लगता था। मैंने उनसे फिर पूछा—"उसने घर से कोई चीज़ तो नहीं उठाई?"

"नहीं...नहीं...एक्चुवली वो तो यहीं पर बैठा था...और..." फिर एक लम्बी सम्भ्रान्त बकवास।

आखिरकार बात खत्म करने के लिहाज से मैंने उनसे एक गिलास पानी माँगा। अपने पड़ोसी से इस तरह पानी माँगना मुझे अजीब लग रहा था क्योंकि मेरा घर बन्द नहीं था और न ही कोई ऐसी आपात् स्थिति थी। मैं घर जाकर भी पानी पी सकता था लेकिन फिर भी मैंने माँगा।

शुक्लाजी मुझे थोड़ी देर भकुआकर देखते रहे, फिर पूछा—"क्या चाहिए?"

"पानी।" मैंने थोड़ा ऊँचा कहा।

"क्या?"

"पानी...पानी...।"

मैंने अपने अँगूठे को होंठों के पास ले जाकर पीने का इशारा करते हुए कहा।

"ओ...ड्रिंकिंग वाटर...", उन्होंने अपनी पत्नी को आवाज देकर वाटर लाने को कहा।

"अँग्रेजी की नाजायज औलाद"... मैंने भुनभुनाते हुए मन में सोचा लेकिन चेहरे पर मुस्कराहट बनाए रखी। एक कुशल पड़ोसी का धर्म निभाते हुए इस घटना को मैं जल्द से जल्द दूसरों को बताना चाहता था। इसलिए पानी पीकर असभ्यता का प्रदर्शन करते हुए हड़बड़ी में वहाँ से भागा।

सबसे पहले तो इस सूचना को जाहिर मैंने अपनी पत्नी पर किया। "अच्छा...", उसकी आँखें फैल गयीं तो मुझे बड़ा मज़ा आया। लेकिन अगले ही पल मेरे मज़े की ऐसी-तैसी फेरते हुए वह अपनी नयी साड़ी को तह करने लगी, जो कि वह पहले से ही कर रही थी।

"मज़ा नहीं आया..." मैंने अपने आपसे बहुत मायूस होकर कहा। इस सूचना पर मेरा बस चलता तो शुक्लाजी के घर के सामने ही एक गोष्ठी करवा देता और विषय रखता—'हिन्दी के विकास में हिन्दी अधिकारियों का योगदान' और लोगों से कहता कि आप लोग शुक्लाजी से पानी माँगें। पिछले साल 14 सितम्बर को एक स्कूल में हिन्दी की महत्ता पर भाषण देते हुए शुक्लाजी ने अँग्रेजीवालों को जी भर कर कोसा था और कोसने के लिए जो उदाहरण रखे थे, वो मेरी ज़िन्दगी से लिए गये थे। इसके अलावा उन्होंने हिन्दी लेखकों की भी बहुत लानत-मलामत की थी।

तबसे हमारे बीच एक अघोषित युद्ध छिड़ा हुआ था। यहाँ मैं आपको बता दूँ कि हिन्दी के मामूली से मामूली लेखक और हिन्दी अधिकारियों के बीच जो साँप-नेवले अपने घर बना लेते हैं, हम दोनों इसके ताज़ा-तरीन स्थानीय उदाहरण थे। मैं लेखक मामूली ज़रूर था लेकिन अपने दायित्व को बखूबी समझता था, फिर मैं अपने महकमे का एक साहब भी था। यानी मेरी घंटी पर एक चपरासी की दिनचर्या टिकी थी। ऐसे में शुक्लाजी को मुझ अधिकारी-लेखक से बैर नहीं मोल लेना चाहिए था। अब जबकि मोल ले ही लिया था तो दाम तो चुकाना ही था। लेकिन आप ध्यान में रखें कि यह सम्भ्रान्त मध्यमवर्गीय बैर है। इसमें हँसते हुए और पीठ पीछे छोटे-मोटे वार किए जाते हैं।

अभी सुबह के नौ ही बजे थे। ऑफिस के लिए मैं साढ़े नौ बजे से तैयार होता हूँ। इसका मतलब इस सूचना के प्रसारण के लिए मेरे पास आधा घंटा और है। पत्नी से मायूस होते हुए मैंने सोचा और सड़क पर निकल आया।

सुबह की सड़क पर स्कूल के लिए तैयार अपनी गाड़ी का इन्तज़ार करते बच्चे, गाउन पहनकर किसी काम से निकली गृहणियाँ, घर में घुसती अथवा सड़क पर चलती कामवालियाँ और एकाध सब्जीवाले के अतिरिक्त कोई नहीं था। मैं तीन कोठी छ़ोड़कर गेट पर खड़े कुलकर्णी के गोल-मटोल और बेहद शरारती बच्चे पिंटू के पास पहुँचा, जो शायद ऑटो रिक्शा का इन्तज़ार कर रहा था। वह छठी कक्षा में पढ़ता था और हिन्दी निबन्ध के लिए कभी-कभी मेरे पास आता था।

''पिंटू बेटे, तुम्हें मालूम है कि पानी का मतलब क्या होता है?''

''वॉटर'', उसने कहा और अपने वॉटर बैग से गिराकर भी दिखाया।

''हमारे पड़ोस में जो शुक्ला अंकल रहते हैं न, उनको नहीं मालूम कि पानी का मतलब क्या होता है। यह बात तुम स्कूल में अपने दोस्तों को बताना। ठीक है!''

''जी अंकल...'', मैं आगे बढ़ गया और किसी हद तक सन्तुष्ट भी था क्योंकि मुझे पिंटू की काबिलियत पर पूरा भरोसा था।

सड़क के अगले मोड़ पर एक सब्जीवाला सब्जियों के नाम चिल्लाते हुए चला जा रहा था। मैंने आवाज़ देकर उसे रोका। वह मुझे पहचानता था। सुबह कभी-कभी मैं भी उससे सब्जियाँ खरीदा करता था।

''इहाँ तक क्यूँ चले आए साहब, हम तो उहीं आ रहे थे।''

''लौकी क्या भाव है?'' उसके प्रश्न को नज़रअंदाज़ करते हुए मैंने पूछा।

''चार रुपये पाव।''

''सब्जीवाले, क्या तुम्हें मालूम है कि पानी का मतलब क्या होता है?''

''इ का पूछते हो साहब, सुबह से शाम तक सब्जियों पर पानी छींटते-छींटते अँगुलियाँ ससुरी गल जाती है। दू सौ मीटर दूर हैंडपम्प से पानी भरकर लाता हूँ तब

तो घर में कुछ पकता है। तीन महिना पहिले कारपोरेशन का नल कट गया। मकान मालिक कहता है कि किराया दुगुना नहीं करोगे तो नल का कनेक्शन नहीं जुड़ाऊँगा। पिये का पानी तो इस मुहल्ले से माँग-माँग कर पीता हूँ और घर जाते-जाते एकाध बाल्टी भी जोड़ लेता हूँ...''

''शुक्लाजी को जानते हो, जो हमारे पड़ोस में रहते हैं? उनके घर बहुत पानी है। आज उन्हीं से माँगना।'' उसकी पानी सम्बन्धी मुश्किलों से सहानुभूति दिखाने की बजाय मैंने अगला दाँव चला दिया था।

''जी, अबहीं जाके माँग लेते हैं।''

मैं व्यस्तता का दिखावा करते हुए आगे बढ़ गया और मोड़ पर किसी का इन्तज़ार करता हुआ-सा ऐसे खड़ा हो गया कि सब्जीवाला मुझे देख न सके लेकिन मैं उसे देखता रहूँ। वह सीधे शुक्लाजी के घर पहुँचकर उन्हें पुकारा। शुक्लाजी बाहर आए। फिर दोनों में पाँच-सात मिनट तक भिन्न-भिन्न मुद्राओं में बात होती रही। उन्हें न सुन पाने के बावजूद मैंने उनकी बातों का पूरा मज़ा लिया क्योंकि मैं समझ सकता था कि उनके बीच क्या और कैसी बात हुई होगी। थोड़ी देर बाद जब सब्जीवाला अगले मोड़ पर गायब हो गया तो मैं लौट आया। मैं काफी सन्तुष्ट था कि चौदह सितम्बर का बदला आखिरकार मैंने चौदह फरवरी को ले ही लिया। 'वैलेंटाइन डे मुबारक हो', मैंने अपने आप से ही कहा और मुस्कराने लगा कि तभी वह बोरा उठाए एक अन्य घर से निकलता हुआ दिखाई पड़ा। अभी उसका पीछा करने का समय मेरे पास नहीं था क्योंकि साढ़े नौ बज चुके थे। मैं चीज़ों को कल तक के लिए टालकर घर में घुस गया।

मेरा घर शहर के पश्चिम में है और इस शहर का पश्चिम, दुनिया के पश्चिम से कतई अलग नहीं है। सुबह से ही सड़कों पर वैलेंटाइन डे के रंग दिखाई पड़ रहे थे। इत्र की महकती हुई गन्ध मोटर साइकिल से छूटकर पीछे चलनेवालों को गुदगुदा जाती थी। आज युवक-युवतियों के कपड़े कुछ ज्यादा ही चुस्त थे। लगता था, शरीर अभी कपड़ों से उछल कर बाहर आ जाएगा। चौराहे-चौराहे पर पुलिस थी, न मालूम किसकी सुरक्षा के लिए वह मुस्तैद थी! पुलिस के नये-नये रंगरूट भी युवतियों को देखकर बेचैन हुए जा रहे थे लेकिन उनके जूते थे कि बराबर उन्हें ड्यूटी की याद दिला जाते। शहर की इस मुस्तैद सुरक्षा पर मैं अभिभूत था और अपने लेखक से बकायदा इज़ाजत लेकर सरकार की जय-जयकार करते हुए एक झमाझम नारा लिखना चाहता था लेकिन फिर मैंने अपने ऊपर सवार हो रहे श्रीकान्त वर्मा को परे ढकेलकर आशना पान पैलेस पर रुका।

मेरी दिनचर्या में आशना पान पैलेस की वही जगह थी जो सुबह की चाय की होती है। मुझे गाड़ी लगाते देखकर ही वह एक सिगरेट निकालकर ट्रे पर रख देता

और कच्ची सुपारी और एक सौ बीस जर्दे का खर्रा घोंटने लगता। आशना पान पैलेस का मालिक अपनी खूबसूरती और नफासत के लिए ख्यात था। दो नौकर खर्रा घोंटने के लिए उसके पास तत्पर खड़े रहते। लेकिन अगर भीड़ न हो तो मेरा खर्रा वह खुद ही घोंटता। आज खर्रा घोंटते हुए उसकी आँखें सड़क पर गड़ी हुई थीं। तेज रफ्तार मोटर साइकिल का पीछा करती हुई उसकी आँखें चौराहे पर खड़ी मोटर साइकिलों पर थिर हो जातीं। पुतलियाँ तो जैसे लड़कियों की हर नाप-जोख का चित्र खींच रही थीं और बीच-बीच में वह हल्के से सिहर उठता था।

''क्यों भाई, भैलेंटिया गये हो क्या?'' ठेठ देशी अन्दाज़ में मैंने मज़ाक किया तो वह झेंप गया।

''वैलेंटाइन डे मुबारक हो'', मैंने उसकी झेंप को कुरेदा।

''जी...''

''मुबारक, मुबारक...बधाई, बधाई...''

वह मुझे भकुआकर देखने लगा, ठीक वैसे ही जैसे पानी माँगने पर शुक्लाजी देख रहे थे।

''खर्रा हो गया?'' मैंने झल्लाते हुए पूछा।

''हऊ'', उसने खर्रा दिया। मैं थोड़ी सुपारी मुँह में दबाकर निकलने लगा, फिर कुछ सोचकर पलटा और कहा—''हैप्पी वैंलेटाइन डे।''

वह खीसें निपोरने लगा। उसके खीसें निपोरने में अभी-अभी पुतलियों द्वारा ली जा रही एक्स-रे की रिपोर्ट भी झलक रही थी। बमुश्किल बाइस-तेइस साल के लड़के को मेरे जैसा पचास साला अधेड़ पकड़ ले तो झेंप तो होगी ही। मैंने फिर कहा—''वैलेंटाइन डे मुबारक हो।''

''क्या हो?'' उसके चेहरे पर भकुआहट लौट आई तो मैं मुड़ा—''लगता है इ साला भी अँगरेजिया गया है'', मैंने अपने आप से ही कहा और गाड़ी चालू कर आगे बढ़ गया।

आज सुबह की ये दो घटनाएँ मामूली लग सकती हैं, लेकिन ध्यान से देखने पर इनकी गम्भीरता समझ में आती है। शुक्लाजी को पानी का अर्थ नहीं मालूम है और आशना पानवाला मुबारक शब्द को भूल चुका है! दरअसल ये दोनों निष्कर्ष मैंने शाम को ऑफिस से लौटते वक्त निकाले, जब मैं अपनी कॉलोनी के बाहर की सब्जी दुकान पर ये मंज़र देखा—एक आदमी पोटेटो माँग रहा था और सब्जीवाला समझ ही नहीं पा रहा था। ग्राहक बार-बार उसके आकार-प्रकार, रंग और स्वाद के बारे में बताता और सब्जीवाला भी तरह-तरह की सब्जियाँ दिखाता। वह आलू और प्याज बोरे में दुकान के अन्दर रखता था इसलिए ग्राहक उन्हें देख नहीं पा रहा था। दोनों में दिलचस्प बातें हो रही थीं। समझने-समझाने की ऐसी गहन प्रक्रिया और

जुदा अर्थ निकालने की हँसोड़ कोशिशों से मुझे मज़ा आ रहा था। तब तक सब्जीवाले के दूसरे साथी दुकानदार भी वहाँ आ चुके थे और सब मिलकर पोटेटो के वास्तविक अर्थ तक पहुँचने में लगे थे।

''इन्हें आलू चाहिए'', मैंने सब्जीवाले से कहा और औपचारिकतावश उन साहब से पूछा—''क्यों आलू ही चाहिए न आपको?''

वह भी मुझे भकुआकर देखने लगा। सब्जीवाला और उसके दूसरे साथी एक रहस्य को सुलझा देने के कारण मेरे प्रति कृतज्ञता ज्ञापित कर लौट चुके थे और सब्जीवाला भी एक किलो आलू तौल चुका था।

''चौदह रुपये।'' उसने चिल्लाकर कहा और इससे पहले कि ग्राहक के चेहरे पर भकुआहट लौटती, मैंने कहा—''फोर्टिन रुपिस।''

''ओ...'' जैसा भाव उसके चेहरे पर था। उसने पैसे चुकाए और आलू लेकर लौट गया।

एक बात यहाँ गौर करने लायक थी। सब्जीवाला और ग्राहक दोनों हिन्दी में बात कर रहे थे लेकिन 'आलू' और 'चौदह' दोनों ही शब्दों को ग्राहक समझ नहीं पा रहा था बल्कि ठीक-ठीक कहें तो सुन ही नहीं पा रहा था!

अब सब्जीवाला अपनी व्यथा कह रहा था—''साहब इहाँ अब आए दिन ऐसा होने लगा है। कोई सब्जियों के अँगरेजी नाम लेकर माँगता है। किसी को उसका दाम समझ में नहीं आता। इतनी छोटी-सी दुकान में अब सारी साब्जियाँ कैसे सामने रखें? हमने तो अब सब्जियों के चित्र वाला चारट टाँगना शुरू कर दिया है।''

मैं उसकी दुकान में चार्ट ढूँढ़ने लगा तो उसने कहा—''अगले चौक में वो समरू यादव की दुकान है न, उसका लड़का आया था चारट माँगने के लिए। वहाँ किसी सब्जी को लेकर दिक्कत हो गयी है। ऐसे में तो हमारा धन्धा चौपट हो जाएगा। अब उमर भी ऐसी नहीं रही कि सब्जियों के अंगरेजी नामों का रट्टा लगाएँ और अँगरेजी की गिनतियाँ सीखें।''

यह सुनकर मुझे आश्चर्य हो रहा था। आश्चर्य से ज्यादा अजीब लग रहा था।

''ऐसा कब से हो रहा है?'' मैंने पूछा।

''यही कोई एकाध महिने से'' उसने बताया।

''अच्छा...'', और मैं कर ही क्या सकता था इस शब्द को पूरी भाव भंगिमा के साथ उच्चारने के अलावा। मैंने सब्जियाँ खरीदीं और घर लौट आया।

मैं अच्छा-खासा परेशान हो गया था। चूँकि चिन्तन मेरे जीवन का बुनियादी घटक है और वह मेरा मनोरंजन भी करता है, सो मैंने आज चिन्तन में आकंठ डूब जाने का फैसला किया और चाय पीते हुए इस प्रक्रिया को बढ़ाने की गरज से पहला सवाल अपनी पत्नी पर दागा—''यह बताओ कि मनुष्य जिन शब्दों के बीच अपनी

ज़िन्दगी गुज़र–बसर करता है, जो शब्द दिमाग में पड़ी चीज़ों को उद्‌घाटित करते हैं। क्या वह उन शब्दों को कभी भूल सकता है?'' मेरा प्रश्न दार्शनिकता के रस में कुछ ज्यादा ही डूब गया था।

''तुम सीधे बात नहीं कर सकते हो?'' पत्नी ने झल्लाकर कहा।

''अरे यार मैं तुमसे यह पूछ रहा हूँ कि क्या तुम ऐसे शब्दों को कभी भूल सकती हो जिनका इस्तेमाल रोज़ करती हो?''

''जैसे... ?''

''जैसे यही चकला–बेलन, पानी का गिलास, आलू, लौकी या मकान या रोटी या...''

''जो चीज़ें हम वापरते नहीं, वह पड़े–पड़े खराब हो जाती हैं। फिर धीरे–धीरे हम उन्हें भूल जाते हैं। अब तुम्हीं बताओ, घर में कई ऐसी चीज़ें होंगी जिन्हें ज़रूरी मानकर हमने कहीं रख दिया होगा। क्या वो सारी चीज़ें हमें याद हैं?''

''लेकिन क्या उनकी याद दिलाई जाए तब भी याद नहीं आएँगी, और फिर मैं रोज़ की चीज़ों की बात कर रहा हूँ।''

''ऐसा हो भी सकता है और नहीं भी...''

''नहीं हो सकता है का क्या मतलब?'' मैंने लगभग कुढ़ते हुए पूछा, क्योंकि मेरे भीतर का चिन्तक अब पति–धर्म की राह पकड़ चुका था।

''नहीं हो सकता है का मतलब तुम्हारा सिर...'' स्त्री सबलीकरण की आँच में पगी पत्नी ने पलटवार किया और भीतर चली गयी। मैंने भी अपने भीतर के पति को जब्त किया और उसे चिन्तन की राह में अवैतनिक काम पर लगाया। लेकिन जैसा कि अवैतनिक कामों का परिणाम होता है, चिन्तन के इन क्षणों का निष्कर्ष सिफर ही रहा।

दूसरे दिन सूरज की नरम किरणों ने जब खिड़की से भीतर आकर मुझे थपकी दी तब जागा। यही कोई आठ बजे। आठ बजे उठना यानी मेरी दिनचर्या में एक घंटे की देरी। अपना उठना जताकर मैं बिस्तर पर ही चाय का इन्तज़ार करने लगा, जोकि मैं रोज ही करता हूँ। ''टोमेटो...टोमेटो...काली फ्लावर...चिली...'' सड़क पर दूर से आती आवाज थी।

अच्छा, तो अँग्रेज भी यहाँ अब सब्जी बेचने के धन्धे में लग गये हैं। वैश्विक मन्दी का यह असर तो होना ही था। अब सालों को पता चलेगा कि मन्दी जब बूमरेंग की तरह लौटती है तो...' बदलेवाली मुस्कराहट मेरे चेहरे के एक कोने में नमूदार हुई और मैं इस इक्कीसवीं सदी के सब्जीवाले को देखने के लिए घर से बाहर निकल आया।

''अरे...'' बेसाख़्ता मेरे मुँह से घोर आश्चर्य में डूबा हुआ शब्द कूद पड़ा और

आँखें इतनी फैल गयी मानो पूरे चेहरे में केवल वही रहना चाहती हो। यह तो अपनी कॉलोनी का तयशुदा सब्जीवाला था जिसके मार्फत मैंने कल शुक्लाजी से बदला लिया था।

"ओ सब्जीवाले, इधर आओ", हालाँकि वह इधर ही आ रहा था, फिर भी मैंने उसे पुकारा ताकि वह जल्दी चला आए।

"क्यों भाई, क्या तुमको अमरीका का वीज़ा मिल गया है, जो सब्जियाँ अँग्रेजी में बेचने की तैयारी कर रहे हो? या इन्हें सीधे वहीं से मँगाया है?"

मेरा बात में छिपे व्यंग्य को वह कितना समझ पाया यह तो नहीं कह सकता लेकिन वह हें-हें करने लगा और पूछा कि मुझे क्या चाहिए—"काली फ्लावर कि टोमेटो कि चिली कि लेडी फिंगर कि..."

"एक मिनट...एक मिनट..." उसकी तानसेनी लय को तोड़ते हुए मैंने पूछा—"कल तक तो यह फूल गोभी थी। आज कॉली फ्लावर कैसे हो गयी श्रीमान जी?"

मेरी बात अब उसकी पकड़ में आई—"क्या करें साहब, गोभी कहने से कोई बाहर नहीं आता, टमाटर को लोग समझ नहीं पाते और भिंडी को तो ये भूल ही चुके हैं। पिछले कई दिनों से सब्जियों के नाम चिल्लाता हुआ कालोनी में घूम रहा हूँ लेकिन खरीदने के लिए कोई बाहर नहीं निकलता। अब मैं जो बेच रहा हूँ उसका नाम लेकर चिल्लाता रहूँ और लोग समझे ही नहीं तो बाहर क्यों निकलेंगे? इसलिए कल रात गोलू से किताब माँगकर इन अँगरेजी नामों का रट्टा लगाया और देखो आज इसी सड़क पर सत्तर रुपये की ग्राहकी हो गयी। तो आपको क्या दूँ काली फ्लावर कि लेडी फिंगर?"

"मुझे तो तुम आधा किलो फूल गोभी ही दे दो और देखो फूल अच्छे होने चाहिए, देशी।"

"साहब, आपने हिन्दी में माँगा है तो सबसे अच्छा फूल दूँगा और थोड़ा ज्यादा भी।" तौलते हुए उसकी बक-बक जारी रही, "कितना अच्छा नाम है इसका, फूल गोभी, ससुरों ने इसे काला फूल बना दिया। क्यों साहब, फ्लावर फूल को ही कहते हैं न? काली फ्लावर मतलब काला फूल। है तो गोभी सफेद, लेकिन कहेंगे काली फ्लावर, अरे रखना ही था तो भाइट फ्लावर रख देते। कुछ तो मर्जादा बची रह जाती गोभी की। ठीक ही है, जब मर्जादा देस में ही नहीं बची तो ससुरी सब्जियों में कहाँ से बचेगी?"

"कितना हुआ?"

"दस रुपये मतलब टेन रुपिस।"

"अच्छा...अच्छा..." मैंने भीतर से दस रुपये लाकर उसे दे दिए और उसके भीतर फूल गोभी बेच लेने के सन्तोष को देखता रहा। उसके धन्धे का समय नहीं

होता तो उससे थोड़ी देर और बात करता। लेकिन अभी मुमकिन नहीं था। वह कॉली फ्लावर, टोमेटो और लेडीफिंगर की गुहार लगाता हुआ आगे बढ़ गया।

कुछ तो भयंकर हो रहा है, मैंने सोचा। यह बात मामूली नहीं है कि लोग सब्जियों के नाम भूल जाएँ, पानी का नाम भूल जाएँ। ऐसा नहीं था कि इनकी उपयोगिता खत्म हो गयी थी, बस उन्हें पुकारने की जुबान बदल गयी थी। लेकिन क्या यह इतनी मामूली बात है? एक नाम को भुला दिया जाना यानी एक शब्द को भुला दिया जाना। भाषा के भीतर एक शब्द को गढ़ने में कितना समय और श्रम लगा होगा और अब वे इतनी आसानी से छूटते चले जा रहे हैं!

यही सब सोचता हुआ मैं घर के बाहर खड़ा था कि वह मुझे फिर दिखा। अबकी बार मेरी ओर ही आता हुआ। उसके भीतर, अपनी ओर आते देखकर मैंने महसूस किया, एक ऐसी रहस्यात्मक शक्ति है जिससे आप बचना चाहते हैं लेकिन फिर भी बँधते चले जाते हैं। वह मेरे सामने खड़ा होकर मुस्करा रहा था। उसकी आँखें हरी-हरी थीं। मुझे लगा कि वह आक्रमण करने की फिराक़ में है। मैं ऐहतियातन सतर्क हो गया। हलाँकि मैं बिलकुल नहीं जानता था कि मुझे कौन-सी चीज़ें उससे बचानी हैं। मेरी इस उधेड़बुन को वह शायद भाँप रहा था। आखिरकार उसने कहा—''अन्दर आने के लिए नहीं कहेंगे लेखक जी?''

अयं...तो इसे यह भी मालूम है कि मैं लेखक हूँ। खुशी और आश्चर्य के मिले-जुले भाव में डूबते-उतराते मैंने सोचा और कहा—''आइए।'' उसकी विनम्रता का लहजा आदेशात्मक था और मैं किसी सम्मोहित मनुष्य की तरह उसका केवल पालन कर रहा था। मैंने देखा कि सोफे में बैठते ही बोरा उसने गोद में ले लिया, जबकि वह उसे ज़मीन पर भी रख सकता था।

''तो आप शब्दों के बाज़ीगर हैं।'' अपनी मुस्कराहट के बीच से शब्दों को फेंकते हुए उसने कहा, ''लेकिन आपको नहीं लगता कि जिन शब्दों से आप अपना लेखकीय वैभव गढ़ते हैं उसके प्रति विश्वसनीयता लगातार कम हो रही है?''

बहुत देर तक मैं उसके वाक्य में उलझा रहा। अव्वल तो मुझे यह समझ में नहीं आ रहा था कि उसने मुझसे प्रश्न पूछा है या अपनी राय ज़ाहिर की है। फिर भी मुझे कुछ तो कहना ही था सो उसकी मुस्कराहट के बीच मैंने अपने वाक्य तरतीब से रखे—''बतौर लेखक, मुझे नहीं लगता कि मैं शब्दों का बाज़ीगर हूँ। बाज़ीगर नये-नये खेल ईज़ाद करता है। मैं कोई नया शब्द नहीं गढ़ता बल्कि जो शब्द लोगों के बीच चलन में हैं उनका इस्तेमाल भर करता हूँ। मुझमें और दूसरे लोगों में यह डिफरेंस है कि दूसरे लोग शब्दों का इस्तेमाल कैजुअली करते हैं जबकि मैं सोच समझ कर।'' उसके मुस्कराने का अन्दाज़ आक्रामक हुआ जा रहा था और मैं भी अपनी रौ में था, ''देखिए, लैंग्वेज की जो पॉलिटिक्स होती है वह किसी भी दूसरी

पॉलिटिक्स से इस मायने में खतरनाक होती है वह धीमे-धीमे अपना असर दिखाती है। आप उसे धीमी असरवाला पाइज़न भी कह सकते हैं। जो धीमे-धीमे मनुष्य को, उसकी चेतना को मार देता है। हम लेखक लैंग्वेज की इसी पॉलिटिक्स के खिलाफ उसे बचाने की फिक्र में इस फील्ड में डटे हुए हैं। आप खुद ही बताएँ, क्या लैंग्वेज के बिना यह दुनिया यहाँ तक पहुँच सकती है जहाँ कि आज वह है। ऊपरी तौर पर भले यह पॉलिटिक्स न लगे लेकिन है तो पॉलिटिक्स ही, क्योंकि इसके जरिए एक जुबान ही नहीं उसके बोलनेवाले समस्त लोग हाशिए पर डाल दिए जाते हैं। पिछले कुछ दिनों से मैं महसूस कर रहा हूँ कि लोग शब्दों को भूलते चले जा रहे हैं। यदि इसी तरह यह चलता रहा तो होगा एक दिन यह कि हम किसी और लैंग्वेज के बाशिन्दे होकर रह जाएँगे। तब हम दरअसल उधार की ज़िन्दगी जी रहे किसी अबोध नागरिक की तरह होंगे...'' अपने चिन्तन के रेशे-रेशे को मैंने उसके सामने रख दिया था, ''खैर छोड़िए, आप चाय पिएँगे?''

''हाँ हाँ, ज़रूर'' उसने उत्साह के साथ कहा मानो उसका कोई ज़रूरी काम पूरा हो चुका था।

चाय पीते हुए भी इधर-उधर की कुछ सामान्य बातें होती रहीं। नौकरी के बारे में पूछने पर मैंने उसे बताया—''नौकरी तो खैर, मेरी बहुत मज़ेदार है। करना कुछ नहीं होता। बस, अपनी साहबी का रौब झाड़ते हुए बेल बजाओ और पियुन हाजिर। उससे किसी क्लर्क को बुलवाकर कुछ डॉक्युमेंट्स मँगवा लो। ऑर्कियोलॉजी डिपार्टमेंट के किसी अफसर को इससे अधिक क्या काम हो सकता है? आप तो समझ ही सकते हैं।'

घड़ी पर मेरी नज़र पड़ी। नौ बजकर चालीस मिनट हो रहे थे। मुझे अब ऑफिस के लिए तुरन्त तैयार होना था। उसने भी मेरी व्यग्रता भाँप ली और उठ खड़ा हुआ। उसकी आँखें अब भी मुस्करा रही थीं और उनमें घर आने का कोई प्रयोजन पूरा हो जाने का-सा भाव था। उसने अपना भरा हुआ बोरा पीठ पर लादा और मुझसे हाथ मिलाकर चला गया। ''कौन था ये?'' पत्नी ने पूछा।

''क्या पता, पिछले एकाध महिने से कॉलोनी में दिखाई पड़ रहा है।''

''क्या कह रहा था?''

''कह कुछ नहीं रहा था, केवल मुस्करा रहा था।''

''तो जवाब में तुम भी मुस्कराते रहते। लम्बा-चौड़ा भाषण देने की क्या ज़रूरत थी? आखिर उसे बोलना ही पड़ता कि वो कौन है और क्यों आया है। लेकिन तुम तो लेखक हो न। बोलने और लिखने से बाज कहाँ आओगे?''

''यह सहज रास्ता मेरी समझ में क्यों नहीं आया?'' दाढ़ी बनाते हुए मैं पत्नी के इस असामान्य विवेक पर हतप्रभ था। वह कहे जा रही थी—''कोई चोर उचक्का

या उठाईगीर तो नहीं था? आजकल चोर-उचक्के भी बन सँवर कर आते हैं और पलक झपकते ही सामान साफ कर देते हैं। तुमने उसे अपना बोरा बाहर रखने के लिए क्यों नहीं कहा?''

किसी ने जैसे मुझे बिजली का नंगा तार छुआ दिया हो। मैं दौड़कर ड्राइंग रूम में आया। ''क्या हुआ...?'' पत्नी भी हड़बड़ाते हुए पीछे दौड़ी।

मैं ड्राइंग रूम की एक-एक चीज़ को याद कर देखने लगा कि वे अपनी जगह है या नहीं।

''क्या हुआ...कुछ बोलोगे भी...?''

''मुझे अच्छी तरह याद है कि जब वह आया था तो उसका बोरा खाली था'', परेशान होते हुए मैंने कहा, ''वह यहीं बैठा था और बोरा उसकी गोद में था, लेकिन जब वह जा रहा था तो बोरा भरा हुआ था। आखिर क्या ले गया वो यहाँ से? सब कुछ तो अपनी जगह पर है।''

''हे भगवान...'' पत्नी ने माथा पीटते हुए कहा, ''तो तुमने उसका बोरा खुलवाकर देखा क्यों नहीं? जाओ, दौड़कर पकड़ो उसे, उसके बोरे की तलाशी लो।'' और वो खुद कमरे के एक-एक सामान की जाँच करने लगी—शो पीस, सिगरेटदानी, टेबलघड़ी, अखबार, लाइटर, फोटोफ्रेम...सब कुछ तो है। ''तुम्हें अच्छी तरह याद है कि आते समय उसका बोरा खाली था?''

''हाँ हाँ, अच्छी तरह याद है'', हवाई चप्पल डालकर बाहर भागते हुए मैंने कहा। मैं कॉलोनी में उसे हर जगह तलाशा। एक दो लोगों से पूछा भी, लेकिन वो नहीं मिला। आखिरकार मायूस होकर लौटा। पत्नी फाटक पर ही खड़ी थी—''मैंने ड्राइंग रूम अच्छी तरह से देख लिया है। कोई चीज़ गायब नहीं है।''

फिर वो यहाँ से ले क्या गया? मैं परेशान था।

पत्नी की फटकार शुरू थी—''यही तो तुम लोगों में और हममें---है। तुम लोग करते पहले हो और सोचते बाद में हो। दुनिया की जो साधारण चीज़ें हैं उन्हें भूले रहोगे लेकिन---की बात करो,---की बात करो तो घड़ी मिलाकर दो घंटे भाषण झाड़ दोगे।''

पत्नी बोलते-बोलते शब्दों को खाए क्यों जा रही है—''तुम आधी-अधूरी बात क्यों कर रही हो?''

''कौन-सी आधी-अधूरी बात?''

''तुमने जो अभी बोला था, फिर से बोलो।''

''क्या बोला था?'' पत्नी ने हैरान होते हुए पूछा।

''अरे, तुमने अभी कहा था कि यही हममें और तुम लोगों में कुछ है।''

''मैंने कहा कि यही तुम लोगों में और हममें---है।''

"क्या है?"

"---है,---है, ऊँचा सुनने लगे हो क्या?" झल्लाकर उसने कहा।

"मैं तुम्हारा वह शब्द सुन नहीं पा रहा हूँ।"

"सुन नहीं पा रहे हो?" पत्नी की आँखें आश्चर्य से फैल गयीं। उसने इस बार चिल्लाते हुए कहा। उसका चेहरा देखते हुए तो मुझे यही लगा। ---,---।"

मैं गौर से उसे देख रहा था। उसका मुँह तो हिल रहा था लेकिन शब्द मुझ तक नहीं पहुँच पा रहे थे। जैसे किसी ने मेरे स्मृति-पटल से उस शब्द के समस्त चिह्न पोंछ डाले हों और उसे ग्रहण करने के तन्तुओं को कुचलकर नष्ट कर दिया हो। मैं भकुआ कर देखने लगा। पत्नी डर गयी। उसने मेरा माथा छू कर देखा—"तबीयत खराब है क्या?" चिन्ता पूरी तरह उसके चेहरे पर उतर आई थी।

मैं मायूस होकर सोफे पर धम्म से बैठ गया। पत्नी पानी लेकर आई। घड़ी डपटकर सवा ग्यारह का समय बता रही थी।

"जाना ज़रूरी नहीं हो तो आज छुट्टी ले लो।"

"नहीं, आज बहुत काम है।" मैंने बहाना बनाया और ऑफिस जाने के लिए उठ खड़ा हुआ। ऐसी हालत में घर में रहता तो पत्नी अपनी अतिरिक्त तीमारदारी से मुझे और मुश्किल में डाल देती। ऑफिस से जल्दी आने का वादा कर मैं निकल गया।

स्कूटर अपने गंतव्य की ओर चला जा रहा था। आज वह आशना पान पैलेस पर भी नहीं रुकी। मैं उसे चला तो रहा था लेकिन मेरा मन उन्हीं खोए हुए शब्दों के आस-पास की जगहों को टटोल रहा था। ज़मीन से किसी विशाल वृक्ष को उखाड़ दो तो जैसे भद्दा-सा निहायत बदसूरत गड्ढा बचा रह जाता है, मेरे मन में भी एक ऐसा ही गड्ढा बन चुका था। एक अन्धे पागल की तरह मैं बार-बार उस गड्ढे और उसके आस-पास की मिट्टी को छूकर उस पेड़ का अन्दाजा लगाना चाहता था लेकिन उसका कोई चिह्न वहाँ नहीं था। न सूखी पत्तियाँ, न जड़ों के रेशे, न उस पर बैठनेवाले पंछियों की चहचहाहट और न ही अंडों के सूखे खोल।

दुनिया के एक हारे हुए आदमी की तरह मैं ऑफिस पहुँचा।

गनीमत होती अगर मेरी परेशानी यहीं पर आकर रुक जाती। लेकिन आज मुझ पर रहम कहाँ था। आज तो जैसे मैं हमले के सबसे माकूल केन्द्र की तरह चुन लिया गया था। अपने केबिन में पहुँच कर मैं कुर्सी में धँसा ही था कि चपरासी सलाम ठोंकने चला आया। मेरे लिये वह सखाराम राउत था और थोड़ा मुँहलगा भी, क्योंकि एक तो लेखक होने के नाते मैं उस पर अपनी अफसरी की बारिश नहीं करता था, और दूसरा, मौके-बेमौके उसकी आर्थिक मदद भी कर दिया करता था। वह हमारे डिपार्टमेंट का चलता-फिरता सूचना केन्द्र था। उसकी खल्वाट खोपड़ी के भीतर न जाने कितनी सच्ची-झूठी खबरें, घरेलू इलाज के नुस्खे और जादुई यथार्थ

कहे जानेवाले अज़ीबो-गरीब किस्से भरे पड़े थे। हमेशा की तरह उसका प्रसारण केन्द्र शुरू हो चुका था, गो कि यही उसका वास्तविक काम हो—''साब, वो बारूद--वाले वैद्य साब हैं न, जिनका चक्कर अपने ऑफिस की शेन्द्रे बाई से है, कल रात उसने अपने बीवी-बच्चों को---दे दिया। बच्चे तो घर में ही खल्लास हो गये, बीवी मेडीकल में पड़ी है। लोग बोल रहे थे कि वो भी बचेगी नहीं। अपनी शेन्द्रे बाई ने उन पर जादू कर दिया है। पिछले महिने की पचीस तारीख को वो छुट्टी पर गयी थी न, असल में वो सावनेर के एक बाबा के यहाँ गयी थी। वहीं से कोई पुड़िया लेकर आई और वैद्य साब को खिला दिया। अब जादू में बँधे बिचारे साब क्या करते? अपने बीवी बच्चों को---दे दिया।

''एक मिनट सखाराम'', उसकी राजधानी एक्सप्रेस को लालझंडी दिखाकर मैंने रोका, ''कौन वैद्य साहब?''

''वही अपने बारूद डिपार्टमेंट वाले।'' उसने कहा।

''नहीं, उसके पहले क्या कहा था?''

''यही तो कह रहा था, अपने बारूद डिपार्टमेंट वाले वैद्य साब'', उसे आश्चर्य हो रहा था। उसे क्या मालूम कि मैं किस तकलीफ में था।

''अच्छा, उसने अपने बीवी-बच्चों को क्या दे दिया?''

''---दे दिया'', तोते की तरह उसने कहा।

''क्या दे दिया, फिर से बोलो।''

''---,---'' कान के करीब आकर उसने कहा। तम्बाखू और नसवार की मिली-जुली परेशान कर देनेवाली गन्धाती हवा जब मेरे चेहरे से टकराई तब मैंने मान लिया कि उसने ज़रूर कुछ कहा होगा, जिसे मैं सुन नहीं पा रहा हूँ।

मैं चुप। सखाराम भी चुप मानो इन्तज़ार कर रहा हो कि कहानी आगे सुनाऊँ या उसी शब्द को और जोर से दोहराऊँ।

''सखाराम'', अपनी मायूसी को छुपाए बगैर मैंने उससे कहा, ''मैं तुम्हारा वह शब्द सुन नहीं पा रहा हूँ।''

''कान में मैल होगा साब, रात को सरसों तेल में लहसून डालकर गर्म करना और जब तेल हलका गर्म रह जाए तब धीरे-धीरे कान में डालना और सो जाना। सबेरे तक सारा मैल बाहर आ जाएगा।'' किसी वैद्य की तरह उसने अपना नुस्खा ठोंक दिया था।

मैं चुप ही रहा।

मुझे परेशान जानकर वह किसी कुशल सेवक की तरह चाय ले आया। मैं चुपचाप चाय पीता रहा। इस बीच बड़े साहब की बेल बजी और वह चला गया।

कमरे में पंखे की घिर्र-घिर्र थी। पत्तियों के गिरने की आवाज़ थी। हवा के

झोंके के साथ सूखी पत्तियाँ एक साथ जब दौड़ती तो उनकी आवाज़ कमरे में फैल जाती। प्रिंटिंग मशीन किर्र-किर्र की आवाज़ के साथ अपना काम कर रही थी। किसी का मोबाइल बज रहा था। गाड़ियों के हार्न की आवाज़ें सुनाई पड़ रही थीं। मैं सब कुछ सुन पा रहा था। सारी आवाज़ें मेरे मस्तिष्क के निश्चित खानों में अपनी उपस्थिति दर्ज करवा रही थीं। लेकिन मैं कुछेक शब्द नहीं सुन पा रहा था। यह कैसी बीमारी है? मुझे पसीना आने लगा। किसी अनजान आशंका से घबराकर मैं काँपने लगा।

सखाराम लौट आया और मेरे सामन खड़ा था।

मुझे सहसा एक तरकीब सूझी—''सखाराम, जो शब्द मैं सुन नहीं पा रहा हूँ, क्या उसे तुम इस पेपर पर लिख सकते हो?''

''बिलकुल साब।''

मैंने एक खाली पन्ना उसके सामने रख दिया। जैसे वह श्रुति-लेख की परीक्षा दे रहा हो, बहुत जमा-जमाकर उसने लिखा।

मैंने उसे पढ़ा—'ज', फिर आगे 'ह', और अन्त में 'र'। लेकिन इन तीनों अक्षरों को मिलाकर नहीं पढ़ पा रहा था और न ही इन अक्षरों के मार्फत कोई शब्द मुझ तक पहुँच रहा था। घबराकर वह पन्ना मैंने अपने सामने से हटा लिया।

''क्या हुआ साब, फिर से लिखूँ?'' सखाराम अब भी मेरी मदद करने के लिए तत्पर था।

''नहीं सखाराम...'' मैं रुआँसा हो गया, ''मुझे कुछ समझ में नहीं आ रहा है। यह बिना मात्राओं वाला साधारण-सा शब्द मैं पढ़ नहीं पा रहा हूँ और समझ भी नहीं पा रहा हूँ।''

''साब, मुझे तो लगता है कि किसी ने आप पर जादू कर दिया है।'' उसने अपनी समझ का पिटारा खोलना शुरू कर दिया था।

''क्या बकवास कर रहे हो?'' मैंने उसे झिड़कते हुए कहा।

''नहीं साब, वाजिब बोल रहा हूँ। पिछले साल की बात है। हमारे मुहल्ले में एक बाई रहती है। एक दिन सुबह जब वह उठी तो अपने मरद को पहचान नहीं पा रही थी। सच्ची बोलता हूँ साब, सबको पहचान रही थी, बस अपने मरद को नहीं पहचान रही थी। उसे एक तान्त्रिक के पास लेकर गये। तब पता चला कि उस पर किसी ने टोना कर दिया था। तान्त्रिक ने अमावस की रात कबूतर का ताजा खून, नींबू, कच्चा दूध और पाँच सौ एक रुपये लेकर आने को कहा। तब कहीं जाकर बड़ी मुश्किल से उसका जादू खुला। अब वो ठीक है। लेकिन अमावस में कभी-कभी अपने मरद को नहीं पहचान पाती। तब तान्त्रिक द्वारा दिए गये मोर पंख को उसके सिर के चारों ओर घुमाकर तीन बार मारना पड़ता है।''

और कोई समय होता तो मैं उसकी बात पर हँस पड़ता लेकिन आज हिम्मत नहीं हुई। मेरी चुप्पी से उसका हौसला बढ़ गया था और किसी तान्त्रिक के सहयोगी की तरह उसने अपना इलाज शुरू कर दिया था—''साब, आप पर किसी ने जादू कर दिया है। अच्छा बताइए, ऐसा कब से हो रहा है?''

''क्या कब से हो रहा है?''

''ऐसा, ऐसा...'', उसने जोर से कहा।

''धीरे बोलो सखाराम।'', मैंने डपटते हुए कहा।

''सारी साब, मुझे लगा आप इसे भी सुन नहीं पा रहे हैं।''

''जो शब्द मैं सुन नहीं पा रहा हूँ उसे जोर से बोलने से भी सुन नहीं पाऊँगा, इसलिए धीरे बोलो।''

''अच्छा साब, ऐसा कब से हो रहा है? मतलब आपको ठीक-ठीक कब पता चला कि आप शब्दों को सुन नहीं पा रहे हैं?''

''आज सुबह से ही।''

''आज सुबह आप किस किससे मिले?'

''आज...'', मैं याद करने लगा, ''आज सुबह पत्नी से, फिर सब्जीवाले से फिर तुमसे...नहीं...नहीं...तुमसे पहले तो उससे...''

एकाएक सुनहरे फ्रेम के भीतर से झाँकती हुई हरी-हरी आँखें मेरे वजूद पर फैलती चली गयी, जैसे स्याही की बूँद स्याही-सोख्ता पर फैलती चली जाती है। उन आँखों की याद ने मुझे कपड़े की तरह चीर दिया था। हालाँकि वह रहस्यमय व्यक्ति यहाँ नहीं था लेकिन अपने आस-पास मुझे वही, केवल वही दिखाई पड़ रहा था। फाइल में उसकी आँखें थीं, दीवार घड़ी में, दरवाजे में, टेबल में, कलम में... सखाराम की आँखें उसी की आँखें थीं। मुझे लगा, मेरे चश्मे से अपनी आँखें सटाकर वह मुझे घूर रहा है। मेरे इर्द-गिर्द सारी चीजों का रंग धीरे-धीरे हरा होने लगा। हरा रंग फैल रहा था। मैं हरे रंग के समुद्र में डूब रहा था...डूबता जा रहा था। मैं बुरी तरह काँपने लगा। पहले कनपटी के नीचे से पसीने की धार निकली। फिर धीरे-धीरे सारा शरीर ही पसीने से भीग गया। मैं होश खोने लगा। सखाराम मुझे झिंझोड़ रहा था ''...साब...साब...'' बेहोशी में पूरी तरह डूबने से पहले मैंने उसकी आवाज सुनी—''उससे किससे साब...उससे किससे... ?''

मैं जब होश में आया, डिपार्टमेंट के सारे लोग मुझे घेरकर खड़े थे। कोई पंखा झल रहा था, कोई पानी के छींटे मार रहा था। एक ने डॉक्टर को फोन कर दिया था। डॉक्टर ने मेरी नब्ज़ देखी। ब्लडप्रेशर चेक किया, जो कि बहुत ज्यादा था। उसने कुछ ज़रूरी हिदायतें दीं। तात्कालिक दवाएँ व टेस्ट की लम्बी-चौड़ी लिस्ट थमाकर तथा दो दिन बाद अस्पताल में मिलने के लिए कहकर चला गया। मैं बड़े साहब की

गाड़ी में घर भेज दिया गया।

पत्नी मुझे इस हाल में देखकर बहुत ही डर गयी थी। वह पूना में पढ़ रहे दोनों अथवा किसी एक बच्चे को बुला लेना चाहती थी, लेकिन मैंने ही मना कर दिया और विश्वास दिलाया कि मुझे कुछ नहीं हुआ है। केवल ब्लड प्रेशर थोड़ा बढ़ गया था जो अब कंट्रोल में है। मैं किसी को बता नहीं सकता था कि मुझे हुआ क्या है। अव्वल तो मैं खुद भी नहीं जानता था। आराम करने के इरादे से मैं लेट गया और आँखें मूँद लीं। मुझे सोता जानकर पत्नी अपनी दिनचर्या में लौट गयी। लेकिन वह इस सतर्कता से काम कर रही थी कि आवाज कम से कम हो। बीच-बीच में वह मेरे पास आती, फिर सिरहाने खड़े होकर गौर से देखती, मेरा माथा छूकर न जाने क्या देखती, शायद बुखार...और फिर दबे पाँव चली जाती।

पत्नी की सन्तुष्टि के लिए मैं आँखें बन्द किए हुए पड़ा था लेकिन भीतर एक विशाल भँवर बन चुका था, जो मुझे डुबो देना चाहता था। चिन्ता इस बात की नहीं थी कि ब्लड प्रेशर के बढ़ जाने से मैं बेहोश हो गया। यह तो तात्कालिक समस्या थी। बाज़ार में ढेरों दवाइयाँ मिल जाएँगी। लेकिन मैं उन शब्दों को कैसे हासिल करूँगा जिन्हें मैंने खो दिया है! मुझे तो यह भी नहीं मालूम कि मैंने किन-किन शब्दों को खो दिया है! पत्नी पास आकर जब अपना ठण्डा हाथ माथे पर रखती है तो क्या पता कुछ पूछती भी हो, जिसे मैं सुन नहीं पा रहा होऊँ। सामनेवाले कमरे में टेलीविज़न शुरू था। उसके शब्द मुझ तक पहुँच रहे थे और उनके सुन पाने की बेहद सन्तुष्टि थी मुझे। फिर एकाएक आवाज आनी बन्द हो गयी। क्या मैंने अपने सारे शब्द खो दिए? मैं हड़बड़ाते हुए उस कमरे में पहुँचा। पत्नी ने टेलीविज़न बन्द कर दिया था। मुझे अचानक कमरे में देखकर वह डर गयी। पूछा—"कुछ चाहिए?" अपनी बेचैनी छिपाते हुए मैंने पानी माँगा।

मैं खुश था कि शब्द अब भी मेरे पास हैं। मैं अभी हर वाक्य को सुनना चाहता था, हर शब्द को सुनना चाहता था। ताकि जो सुन नहीं पाऊँ उसे लिखकर एक लिस्ट बना लूँ। कम से कम ये तो पता रहे कि कितने शब्द मेरे अन्तर्मन से गायब हो चुके हैं। एक अज़ीब-सा अनगढ़ भय मेरे चारों ओर छाया हुआ था और जिसका कोई ओर-छोर न था। लेकिन मैं उसके रंग को देख पा रहा था—सुनहरे चौकोर फ्रेम के भीतर फैलता हुआ चमकदार हरा। मैं जहाँ से भी सोचता शुरू करता, अन्तिम रूप से उसी हरे पर पहुँचकर पस्त हो जाता।

रात खामोशी के जल में सो गयी थी। खामोशी, जिसे मैं अपने लेखक के लिए सबसे महत्त्वपूर्ण और उपयोगी क्षण मानता रहा हूँ लेकिन आज उससे बहुत डर लग रहा था। ऐसा लग रहा था जैसे इस खामोशी में बहुत सारे खोए हुए शब्द हैं। मैं बार-बार उसे कुरेदता लेकिन हाथ कुछ नहीं आता। पत्नी बगल में सोई थी, किसी

भी खटके के साथ उठने के लिए तत्पर, इसलिए में करवट भी बहुत सँभलकर बदल रहा था। लेकिन मैं अपनी नींद कहाँ से लाऊँ? जब तक अपने ऊपर सवार इन अनजान आशंकाओं से मुक्त नहीं हो जाता तब तक मैं सो नहीं सकता। मैंने इसे समझ लिया था और मुक्त होने की कोशिश करनी शुरू भी कर दी थी। यानी अपने आपको समझाने की जबर्दस्त मुहिम, कि क्या हुआ जो मुझसे कुछ शब्द खो गये। उनके बिना क्या मैं जी नहीं सकता हूँ? शब्दकोष में हज़ारों शब्द पड़े होते हैं उपयोगिता या चलन से चुके हुए, क्या उनके बिना दुनिया का काम नहीं चलता? जब दुनिया का काम चल सकता है तो मेरा क्यों नहीं? जो खो गया सो खो गया, उसका मलाल क्यों? यह सारी परेशानी इसलिए क्योंकि मैं लेखक हूँ। अब हूँ तो हूँ। ऐसा लेखक होना भी किस काम का जो खोए हुए शब्दों के पीछे हाथ धोकर पड़ जाए। मैंने अपने लेखक की थोड़ी मलामत की, फिर खुद से ही पूछा—''क्या दुनिया की दूसरी---के लेखक भी इस तरह के संकट से जूझते होंगे...? एक मिनट...एक मिनट...' अपने प्रवाह पर मैंने ब्रेक लगाया। मेरे सोचे हुए वाक्य में भी एक खाली स्थान था। मन ही मन मैं बार-बार उस वाक्य को दुहराने लगा—''दुनिया की दूसरी---के लेखक---दुनिया की दूसरी---के लेखक...।''

उस खाली स्थान पर मुझे एक हरी बूँद दिखाई पड़ी, जिसने उस शब्द को सोख लिया था। फिर अपने आस-पास कई ऐसी बूँदें नाचती हुई दिखीं, जो शब्दों को निगल रही थीं। फिर वही हरा...शायद सखाराम सही कह रहा था, मुझ पर किसी ने जादू कर दिया है। सखाराम और जादू की याद आते ही किसी सिनेमा की तरह सिलसिलेवार दृश्य याद आने लगे—कबूतर का ताजा खून, नींबू, अपने पति को न पहचान पा रही औरत की सूनी आँखें और...और...सबसे अन्त में वही सुनहरे फ्रेमवाला रहस्यमय व्यक्ति...। अपने मुँह से निकलती चीख़ को बमुश्किल मैंने जब्त किया लेकिन फिर भी खटका तो हो ही गया और पत्नी जाग गयी। उसने मेरे माथे को छूकर देखा। मैंने अपनी आँखें कसकर बन्द कर रखी थीं लेकिन कोई बच्चा भी जान जाता कि मैं सो नहीं रहा हूँ।

''क्या हुआ, कोई सपना देखा?'' पत्नी ने धीमे-धीमे मेरे बालों को सहलाते हुए जब कोमलता से पूछा तो मैं फफक-फफक कर रो पड़ा। पत्नी दिलासा देती रही कि मुझे कुछ नहीं होगा। मैं भी जानता था कि मुझे कुछ नहीं होगा लेकिन जो हो चुका था उसका क्या करूँ? मैंने अपनी पत्नी के गर्म और धड़कते सीने में अपना सिर छुपा लिया और देर तक सुबकता रहा। फिर न जाने कब नींद लग गयी। खोए हुए शब्दों की चिन्ता से मुझे थोड़ी देर के लिए मुक्ति मिल गयी थी।

सुबह उठा तो नींद के कारण स्थगित आशंकाओं ने मुझे फिर दबोच लिया। शायद वे मेरे सिरहाने ही खड़ीं थीं और मेरे जागने का इन्तज़ार कर रही थीं। न

मालूम मुझे यह कैसे विश्वास हो चला था कि मेरी इस अपरिचित और अपरिभाषित बीमारी का इलाज उसी रहस्यमय व्यक्ति के पास है। कुछ समय के लिए तो मुझे यह भी लगा कि यह किसी भयानक मनोरोग का लक्षण है। मैंने शहर के किसी प्रतिष्ठित मनो-चिकित्सक से मिलने का मन भी बनाया। लेकिन फिर खुद से ही जिरह करते हुए इस आशंका को उखाड़ फेंका कि मेरी समस्या कुछ शब्दों के खो जाने की बेचैनी से पैदा हुई है। मनो-चिकित्सक इस मामले में मेरी कोई मदद नहीं कर सकता। अधिक से अधिक वह मुझे अजूबे केस की तरह मनोविज्ञान में दर्ज करा देगा लेकिन उससे मेरी मुश्किल खत्म नहीं होगी। मेरा इलाज केवल उसी के पास है...उसी हरी आँखोंवाले आदमी के पास...।

इस नतीजे पर पहुँचकर मैं घर की छत पर चला आया ताकि वह आए तो मुझे दिख जाए। समय जैसे-जैसे बीतता गया, मेरी बेचैनी भी बढ़ती गयी। यदि वह नहीं आया तो! एक कँपकँपी मेरे शरीर में दौड़ गयी। तो क्या अब मुझे कुछ खाली स्थानों के साथ जीना होगा? यदि बहुत तलाशूँ तो मुझे उन शब्दों के विकल्प मिल सकते हैं। लेकिन कोई शब्द क्या किसी दूसरे शब्द का माकूल विकल्प हो सकता है? वह केवल काम चलाऊ विकल्प हो सकता है। तो क्या मुझे काम-चलाऊ विकल्प के साथ बची ज़िन्दगी को निपटाना होगा? बार-बार इसी तरह के प्रश्नों के जंगले में मैं कैद हो जाता। इस कैद में छटपटाने और अपने मुक्तिदाता का इन्तज़ार करने के सिवाय मेरे पास कोई दूसरा रास्ता नहीं था। उसका इन्तज़ार करते हुए मैंने आज ऑफिस से छुट्टी ले ली।

एक के बाद एक, सात दिन आशंकाओं, बेचैनियों और प्रश्नों में डूबते-उतराते गुज़र गये। सातों दिन मैं सुबह से दोपहर तक छत में व्यग्रता से टहलते हुए उसका इन्तज़ार करता और हताश होकर लौट आता। एक दिन मैं उस गली को भी खँगाल आया, जहाँ महिने भर पहले वह गायब हो गया था। लेकिन उसका कुछ पता न चला।

अवसाद से घिरी हुई कुलीनताएँ जैसे बेचैन टहलती हैं
अधेड़ वेश्याएँ जैसे करती हैं ग्राहकों का इन्तज़ार
किसान जैसे बादलों के भीतर छिपे जल को झाँक लेना चाहते हैं
मज़दूर जैसे पगार की तारीख की ओर दौड़ते हैं
धनी-मानी जैसे गोलियाँ खाकर नींद को मनाते हैं

मैं वैसे ही उसकी बाट जोह रहा था और वह चुनी हुई सरकार की तरह किसी अदृश्य संसद के गलियारे में छिप गया था। मुझे यकीन हो चला था कि वह तब तक नहीं दिखाई पड़ेगा जब तक कि वह खुद न चाहे।

आखिरकार दस दिन बाद, शायद उसने ऐसा चाहा हो, वह मुझे पीछेवाली मुख्य सड़क के एक घर से निकलते हुए दिखा। उसका दिखना था कि भय और

खुशी के मिले-जुले रंगवाले एक सर्वथा अपरिचित भाव ने मुझ पर हमला कर दिया। उसके हमले के जवाब में मैं तेजी से नीचे की ओर भागा और उसके पीछे हो लिया। वह मुझसे लगभग सौ मीटर की दूरी पर था। मुझे उसकी पीठ पर लदा हुआ टाट का बोरा दिखाई पड़ रहा था। उसके कदम सधे हुए एक निश्चित गति से आगे बढ़ रहे थे और मैं तेजी से उसके पास पहुँच रहा था। अब वह मुझसे कोई दस हाथ की दूरी पर था।

कुछ दूर मैं उसके पीछे-पीछे चलता रहा, फिर तेजी से आगे बढ़कर उसके कन्धे पर हाथ रख दिया। वह रुका और मैं भी। उसने इत्मीनान से मुड़कर देखा मानो मेरा ही इन्तज़ार कर रहा था। उसकी मुस्कराहट वैसी ही थी, हलकी-हलकी और रहस्यात्मक। न मालूम उसके चेहरे में ऐसा क्या था कि मैं सकपका गया और अपना हाथ हटा लिया। वह कुछ पलों के लिए मुझे यूँ ही देखता रहा और मैं किसी चोर की तरह नज़र झुकाए उसके सामने खड़ा रहा। वह फिर आगे बढ़ गया, उसी गति और उसी निश्चिन्तता के साथ। मैं उसे अपने से दूर जाते हुए देखता रहा, फिर अचानक जैसे सम्मोहन टूटा। मैं फिर दौड़ता हुआ अबकि बार उसके सामने खड़ा हो गया।

"कहिए...", निहायत शालीन आवाज़ में उसने पूछा। उसकी शालीन आवाज में अनेक छिपे हुए अर्थों की घंटियाँ बज उठी थीं।

"आपने...मेरे साथ...क्या किया है...?" मैंने अटक-अटककर पूछा।

जवाब में वह अधिक अर्थपूर्ण ढंग से मुस्कराया—"क्या किया है?"

"यही तो मैं जानना चाहता हूँ...आपने मेरे साथ किया क्या है?"

वह खड़ा रहा। उसकी आँखें मुझे फिर बाँधने लगी। मेरी चेतना ने हालाँकि इसकी पुरजोर खिलाफत की लेकिन मैं बँधता ही चला गया। हरे रंग की अदृश्य रस्सी ने मुझे बाँध लिया था और सवाल मेरे चेहरे से गायब हो गया था।

वह मेरे बगल से मुस्कराते हुए चुपचाप निकल गया। मैं फिर होश में आया और अबकि बार उसे रोकने की बजाय उसके पीछे-पीछे चलने लगा। पहले चौक, फिर बायीं गली और उसके बाद तीन सौ तेरह नम्बर की विशाल कोठी। मैं चलता गया। मैं सम्मोहित भी था और मुक्त भी। होश मेरे कब्जे में था लेकिन जिज्ञासा उसे निर्देशित कर रही थी। वह कोठी में दाखिल हो गया और मैं भी, वह ऊपर चढ़ा और मैं भी, वह ऊपर के कमरे में प्रविष्ट हुआ और मैं भी...और...और यह क्या? बाहर से किसी को यकीन नहीं होगा कि उस कोठी के भीतर इतना बड़ा कमरा होगा, किसी इनडोर स्टेडियम की तरह। कमरे के बीच में एक मैदाननुमा जगह थी जिसमें तरह-तरह के फूल खिले हुए थे। कमरे के चारों ओर दीवार से लगकर कई खाने बने हुए थे। उसने फूलों के बीच प्यार से अपना बोरा रखा और वहीं बैठ गया। फिर बिना मेरी ओर देखे ऊँचे स्वर में कहा—"आओ, यहाँ आ जाओ।"

मैं जाकर उसके पास बैठ गया। थोड़ी देर बाद वह उठा मानो बहुत थक गया हो। उसने अपना बोरा खोला और चीजें निकालकर खानों में रखने लगा। बोरे में शब्द भरे हुए थे। खानों के बाहर, मैंने देखा, वर्णमाला के अक्षर लिखे हुए थे। वह बोरे से शब्द निकालता और निश्चित खानों में रखता जाता। मैं बहुत गौर से उसे देख रहा था। उसके चेहरे पर अब रहस्य नहीं था बल्कि दर्द था। ठीक वैसा ही दर्द, जिसे पिछले दस दिनों से मैं अपने भीतर महसूस कर रहा था। "तो आप शब्द-चोर हैं।"

उसने कुछ नहीं कहा। उसके चेहरे पर लेकिन दर्द की लकीरें अधिक गाढ़ी हो गयी थीं। वह अपना काम करता रहा।

"आपने ही मेरे शब्दों को चुराया है, है न?"

थोड़ी देर के लिए वह रुका, फिर मेरे चेहरे को बेध देनेवाली दृष्टि से देखा—"मैंने आपके शब्द नहीं चुराए, आपने खुद ही मुझे दिया।"

"मैंने दिया है...!"

"आप मुझे शब्द-चोर कह लें, शब्दों से प्यार करने वाला या फिर उनकी चिन्ता करनेवाला, मुझे कोई फ़र्क़ नहीं पड़ता। मैं तो अपना काम ईमानदारी से कर रहा हूँ।"

"कौन-सा काम?"

"यही कि जिनको अपनी भाषा के शब्दों की ज़रूरत नहीं होती मैं उनसे उन शब्दों को छीन लेता हूँ...मेरे पास ऐसी शक्ति है...आप रहिए दूसरी भाषा के शब्दों के साथ..."

"लेकिन आपको यह अधिकार किसने दिया है...?" थोड़ी नाराज़गी के साथ मैंने पूछा।

"उसी लोकतन्त्र ने, उसी न्याय-व्यवस्था ने, उसी अधिकार-सम्पन्नता का मखौल उड़ानेवाली निर्लज्जता ने और उन करोड़ों-करोड़ लोगों ने, जिनकी दृढ़ जुबान को कुचलते हुए आप लोग भाषा के खिलाफ़ एक अघोषित दमनात्मक कार्रवाई में लिप्त हैं। मैं उनके लिए आप जैसे सम्भ्रान्त लोगों की भाषा से शब्दों को हथिया लेता हूँ। वैसे भी आप लोगों को इन शब्दों की ज़रूरत तो है नहीं। फिर चिन्ता किस बात की?"

"भाषा..." मुझे याद आया, यह तो उस हरी बूँद के नीचे छिपा हुआ शब्द है जो मुझसे छीन लिया गया था।

"चकित मत होइए, इस कमरे के भीतर आप अपने खोए हुए शब्दों का इस्तेमाल कर सकते हैं, लेकिन इसके बाहर नहीं।" उसने बेरुखी से जवाब दिया।

"मैं लेखक हूँ। शब्दों की ज़रूरत मुझे हमेशा पड़ती है और दूसरों से कुछ ज्यादा ही पड़ती है। आप मेरे शब्दों को चुराकर मुझे खाली स्थान नहीं दे सकते।

आप मेरे साथ ऐसा नहीं कर सकते।'' मैं रुआंसा हो गया था।

''मैंने पहले ही कहा कि मैंने आपके शब्द नहीं चुराए, आपने खुद ही मुझे दिया था। मेरे सामने कोई अगर अपनी सम्भ्रान्तता के प्रदर्शन के लिए वर्चस्वशाली भाषा के शब्दों का इस्तेमाल करता है तो मूल शब्द अपने आप मेरे बोरे में आ जाता है। मैं उन शब्दों को यहाँ सहेजकर रखता हूँ...फूलों की खुशबू, हवा, रोशनी और तमाम दूसरे छिटकते जा रहे शब्दों की सोहबत में। यहाँ इन शब्दों को सम्मान मिलता है, आपकी दुनिया की तरह उन्हें दुरदुराया नहीं जाता।''

''इसका मतलब भाषा के प्रति आपका नज़रिया शुद्धतावादी किस्म का है। क्या किसी भी भाषा को शुद्धता के आग्रह के साथ बचाया जा सकता है?''

''कहने को आप इसे मेरा शुद्धतावाद कह सकते हैं।'' थोड़ी तल्खी के साथ उसने कहा, ''लेकिन यह शुद्धतावाद नहीं है। भाषा ज़रूरत के हिसाब से शब्द ग्रहण करती है। मिलावट या मिश्रण का भी एक तर्क होता है। लेकिन मिलावट जहाँ वर्चस्व की कोशिश या घोषणा के रूप में हो रहा हो, उससे मेरा विरोध है। नये शब्दों को लेना अच्छी बात है, लेकिन अपने शब्दों को छोड़ देना कैसे अच्छी बात हो सकती है? जिन शब्दों का इस्तेमाल आप लोगों ने शुरू कर दिया है, सोचकर देखिए, क्या वे शब्द आपकी भाषा में घुल-मिल गये हैं? और फिर क्या आपकी भाषा में वे शब्द नहीं हैं?''

''लेकिन इससे घाटा तो उन्हीं लोगों का हो रहा है, उन्हीं करोड़ों-करोड़ लोगों का, जिनके कथित हित की चिन्ता करते हुए आप अपनी इस कथित ईमानदारी के काम में लगे हैं।''

''यह तात्कालिक घाटा है, जो दीर्घकालिक लाभ का एक छोटा-सा हिस्सा है। जो सब्जियाँ उगाते हैं, अन्न पैदा करते हैं वे आपस में मिलकर एक नया व्यवहार बना लेंगे। फिर वे अपना सामान न भी बेच पाएँ तो कम से कम उन्हें खाकर ज़िन्दा तो रह सकेंगे। लेकिन आप तमाम लोग कैसे बचेंगे? जो श्रम की भाषा है उसका इस्तेमाल करनेवाले लोग तो बच ही जाएँगे लेकिन आप लोग? आपका काम कैसे चलेगा? आप कौन-सी भाषा में अपनी जीने लायक चीज़ें माँगेंगे?''

''उसने जलती हुई लकड़ी से मुझे दाग दिया था। मेरे पास उसका कोई जवाब नहीं था। अचानक लगा जैसे किसी ने सरे बाज़ार मुझे नंगा कर दिया है। मेरी अर्जित सम्पत्ति को एक झटके से हथिया लिया हो। कुछ शब्दों का हथियाना मुझे भयंकर जान पड़ रहा था। यदि इस भाषा के सारे शब्द छीन लिये जाएँ तो?'' मैं घबरा गया और गिड़गिड़ाने लगा—''आप मुझे मेरे शब्द वापस कर दीजिए। असावधानीवश मैंने इन्हें खो दिया है लेकिन अब ऐसी स्थिति नहीं आने दूँगा। यकीन जानिए, पिछले दस दिनों से शब्दों को खो देने की जो यातना मैंने झेली है उसका बयान नहीं कर

सकता। आप मुझ पर यकीन कीजिए और मेरे शब्द वापस कर दीजिए।''

''मैं आपकी तकलीफ जानता हूँ लेकिन अब मैं कुछ नहीं कर सकता।'' उसने दो टूक जवाब दे दिया था।

''नहीं, आप सब कुछ कर सकते हैं। आप मुझे मेरे शब्द लौटा सकते हैं। आप मेरे शब्द लौटा दीजिए...लौटा दीजिए...'' मैं बेतरह गिड़गिड़ाने लगा।

''ठीक है, कुछ सोचकर और मेरी तकलीफ जानकर उसने कहा, ''आप ले जाइए अपने शब्द, वे यहीं पर हैं। लेकिन इसे अपने तक ही रखिएगा।''

''लेकिन मुझे कैसे पता चलेगा कि कौन से शब्द मैंने खो दिए हैं? आपने तो उनकी स्मृतियों को भी हड़प लिया है।'' मैं परेशान था।

''देखिए, मैंने कोई व्यक्तिगत आँकड़ा नहीं रखा है। यदि आप अपने खोए हुए शब्दों को याद कर सकते हैं तो याद कीजिए और उन्हें ले जाइए। आप चूँकि लेखक हैं इसलिए मैंने आपको यह सुविधा दी। इससे अधिक मैं आपकी मदद नहीं कर सकता।''

उसने जो सुविधा मुझे दी थी, मैं उसकी उम्मीद नहीं कर सकता था। मैं इस सुविधा की अन्तिम बूँद तक का इस्तेमाल करने की ठान ली और अपनी स्मृति पर जोर डालकर उन वाक्यों को याद करने लगा जिनके बीच मुझे खाली स्थान मिले थे...यही तो तुम लोगों और हममें...अन्तर...है, हाँ ठीक...अन्तर, वैद्य साहब ने अपने बीवी-बच्चों को...जहर...दे दिया था...हाँ यही शब्द था...जहर, भाषा तो मुझे याद आ ही चुका है। मैं अपनी स्मृति पर और जोर डालने लगा, इतना कि उसके कुचले जाने का खतरा बढ़ गया था, लेकिन मुझे और कुछ भी याद नहीं आया।

आखिरकार हार कर मैंने कहा—''जो शब्द आपने छीने हैं उसमें से तीन शब्द मुझे याद आ गये हैं...अन्तर, जहर और भाषा, फिलहाल आप मुझे यही तीन शब्द दे दीजिए।'' वह हलके से मुस्कराया और तीनों शब्द वापस कर दिए।

''क्या मैं कमरे से बाहर जाकर उन्हें जाँच लूँ?''

वह फिर मुस्कराया। इस बार थोड़ा ज्यादा। उसकी मुस्कराहट में स्वीकृति की रेखाएँ भी थीं। मैं कमरे से बाहर आया और मन में उन शब्दों को दोहराया—अन्तर...जहर...भाषा..., फिर बुदबुदाया—अन्तर...जहर...भाषा...। मैं इन शब्दों को पूरी ताकत के साथ उच्चारना चाहता था लेकिन जैसे-तैसे अपने आपको रोका। क्या पता वह मेरी हरकत से नाराज़ हो जाए और अपना इरादा बदल दे। मैं कमरे के भीतर आ गया। मेरी आँखों में धन्यवाद के भाव थे, जो ज़ुबान पर आ गये थे—''आपका बहुत-बहुत धन्यवाद।'' जवाब में वह पहले की ही तरह मुस्कराया लेकिन उसकी मुस्कराहट में अब रहस्य नहीं था।

उसकी मुस्कराहट मुझे प्रोत्साहित कर रही थी। मैंने फिर याचना की—''यदि

मुझे दूसरे खोए हुए शब्दों का पता चल जाए तो क्या मैं उन्हें भी वापस ले सकता हूँ...अभी नहीं, बाद में...जब कभी मुझे पता चलेगा...।'' यह मेरा लालच नहीं था। ज़रूरत थी। इसे वह भी समझ रहा था। उसने हामी भर दी।

मैं चहकता हुआ कोठी से बाहर निकला। बिलकुल मस्त। रास्ते में एक अधेड़ आदमी को रोककर मैंने पूछा—''क्या आप जानते हैं कि बिल्ली और कुत्ते में क्या अन्तर होता है?'' वह अजीब नज़रों से घूरता हुआ बगैर जवाब दिए आगे बढ़ गया। लेकिन मैं खुश था। फिर एक बच्चे से पूछा—''अच्छा बताओ बेटे, तुम कौन-कौन-सी भाषा जानते हो?''

''हिन्दी, इंग्लिश, मराठी...'' लेकिन मुझे जवाब सुनने की फुरसत कहाँ थी। मैं आगे बढ़ गया। पीछे से उसने चिल्लाकर कहा—''और अंकल...गुजराती भी...।'' चलते हुए मैंने एक किशोर को हिदायत दी—''धतूरे के बीज में जहर होता है...जहर...जहर, समझे...उससे दूर रहना...।'' अचकचाकर उसने कहा—''...जी अंकल...'' और आगे बढ़ गया।

शब्दों से बड़ा सुख कोई नहीं है, यह मैं आज जान पाया था। हालाँकि बतौर लेखक उसका इस्तेमाल बरसों से कर रहा था। मैंने मन ही मन उसे धन्यवाद दिया। उसका नाम क्या था...कौन था वह...नाम तो कम से कम पूछ ही लेना था...क्या उसका कोई नाम होगा भी...? क्या वह किसी खास-दल से सम्बन्धित है? इस वाक्य में मुझे एक खाली स्थान नज़र आया। यदि यह आज से पहले का कोई दिन होता तो मैं बेचैन हो जाता, लेकिन अभी तो खुश हो गया क्योंकि मैं एक और खोए हुए शब्द को पा सकता था। मैं बमुश्किल उस कोठी से पाँच सौ मीटर की दूरी पर था, सो उस खाली स्थान को गुनते-गुनते तेजी से वापस भागा।

वही मुहल्ला...वही गली...लेकिन वहाँ तीन सौ तेरह क्रमांक की कोई कोठी ही नहीं थी। जिस जगह उसके होने का मुझे अन्दाज़ था वहाँ कोई दूसरी ही कोठी थी। मैंने लोहे का दरवाज़ा खटखटाया तो अन्दर से एक पारसी बूढ़ा, जो चश्मा चढ़ाए हुए था, मेरे सामने खड़ा हो गया। उससे पूछना बेकार था कि मैं किसे ढूँढ़ रहा हूँ। मैं उस मुहल्ले को अच्छी तरह छाना लेकिन कोठी नहीं मिली। पूछने पर पता चला कि तीन सौ तेरह क्रमांक की कोठी तो उस मुहल्ले में है ही नहीं। मैं समझ गया कि उसके बारे में अधिक पूछताछ करना बेकार है इसलिए चुपचाप अपने खाली स्थान को लिये लौट आया। भविष्य में न मालूम कितने खाली स्थान फफोले की तरह मेरी चेतना मे उग आएँगे।

मैं काम पर जाने से पहले अब भी उस गली को झाँककर देख लेता हूँ कि शायद वह कोठी मिल जाए। सुबह-सुबह अपने मुहल्ले का चक्कर लगाता हूँ। दूसरी जगहों में भी उसे तलाशता हूँ लेकिन मुझे अब तक वह कहीं नहीं दिखाई पड़ा है।

पन्द्रह ग्राम वजन

मैंने अपने कहानी-संग्रह की पांडुलिपि उठाई और ज़ोर से टेबिल पर पटक दी। हालाँकि मैं इसे प्रकाशक की टेबिल पर पटकना चाहता था। लेकिन प्रकाशकों ने अपने बँगलों के बाहर हर नये आगन्तुक लेखकों के लिए पट्टिका टाँग रखी थी— 'कुत्तों से सावधान।' और चूँकि मैं लेखक से पहले एक सभ्य नागरिक होने की कोशिश करता हुआ आला दर्ज़े का चूतिया था, सो उन अदृश्य कुत्तों को चकमा देने का ख़याल छोड़ दिया और घर आ गया। मुझे बाद में पता चला कि छापेखाने तक पहुँचने का रास्ता प्रकाशकों के घरों और दफ्तरों से होकर हमेशा नहीं जाता।

लेकिन हुआ बस यूँ कि मैं लौट आया।

दरअसल मेरी कहानियाँ किसी हद तक पसन्द की जाने लगी थी। जब भी छपी, ठीक-ठाक प्रतिक्रिया मिली। उन्हीं प्रतिक्रियाओं से उत्साहित होकर मैं सोचने लगा था कि अब इन्हें पुस्तक रूप दे ही दिया जाना चाहिए। यह मैं ऐसे सोच रहा था जैसे मेरे घर के दरवाज़े पर प्रकाशकों की लाइन लगी हो और वे मुझसे अपनी पांडुलिपि सौंपने की गुज़ारिश कर रहे हों कि जनाब अब तो अपनी पांडुलिपि सौंप ही दीजिए। काश कि ऐसा होता। लेकिन यह सच है कि सपने में आजकल इससे कम तो मैं कुछ देखता ही नहीं था।

सो हुआ यूँ कि मैंने अपनी किताब की पांडुलिपि तैयार की। कहानियाँ नये सिरे से टाइप करवाकर और उन्हें एक फाइल में बन्द कर प्रकाशक की ओर चल पड़ा।

पहले प्रकाशक का वाकिया तो मैंने ऊपर लिखा ही है। लेकिन भला इतनी जल्दी मायूसी के सागर में डूबकर अपनी किताब की योजना का गर्भपात नहीं करवाना चाहता था। इसलिए सारा कुछ नये सिरे से करने की प्रतिज्ञा करते हुए तमाम कार्रवाइयों को अगले दिन के लिए मुल्तवी कर मैं बिस्तर पर लम्बा हो गया।

दोपहर से रात तक झुँझलाते हुए चहलकदमी करने और बेजान चीज़ों पर अपना गुस्सा उगलने के बाद इसके सिवाय मैं कर ही क्या सकता था?

अगले दिन मैं, जितना भी मुमकिन था, बन-ठनकर निकला। अपने शबनम झोले में, जिसे मैं क्रान्तिधर्मिता का न्यूनतम प्रतीक मानता था और लेखकीय पहचान का सर्वमान्य रूपक, पांडुलिपि सहेजकर पब्लिक बस में सवार हो गया। अन्दर ही अन्दर मेरा आत्मविश्वास कुलबुला रहा था। लेकिन उसके ऊपर मैंने गम्भीर भाव का आवरण डाल रखा था। और अब एक दूसरे दर्ज़े के प्रकाशक के सामने बैठा था।

''अपने समय की मुख्य पत्रिकाओं में मेरी कहानियाँ छप चुकी है, बिना पूछे ही मैं कह पड़ा था, ''किताब छापना आपके लिए घाटे का सौदा नहीं होगा।''

प्रकाशक ने मुझे यूँ देखा जैसे राह चलते टटपूँजिए को लोग हिकारत और विस्मय की मिली-जुली नज़र से देखा करते हैं, ''देखिए'', आखिर उसने कहा, ''सौदा, आप जैसा समझते हैं वैसा नहीं होता। तमाम और चीज़ों को मैं छोड़ भी दूँ तो आपकी कहानियाँ कुल सात ही हैं।'' पांडुलिपि के पन्नों को फाईल से अलग कर उसने टेबिल में रखी वजन मशीन पर रखा, ''कुल एक सौ पचपन ग्राम...यानी प्री-मेच्योर बेबी...सतमासा बच्चा...।''

''फिर दो महिने बाद आऊँ..?'' मैंने पूछा।

''पांडुलिपि का वजन कम-से-कम एक सौ सत्तर ग्राम तो होना ही चाहिए, यह हमारी पहली शर्त है। दूसरी शर्त भी मैं बता दूँ कि आपकी ओर से कोई शर्त नहीं होगी। और बाकी बातें तो बाद में होंगी लेकिन आपको अपनी पांडुलिपि में कम-से-कम पन्द्रह ग्राम की बढ़ोतरी करनी होगी। इसका मतलब एक औसत से थोड़ी बड़ी या फिर दो छोटी कहानियाँ। हमारी ओर से समय की कोई बन्दिश नहीं है। न आपके आने की और न ही पुस्तक छापने की।''

''पत्रिकाओं में छपना अलग मसला है। मेरी पत्रिकावाली बात पर वह अब जाकर आया, ''उनके तयशुदा विज्ञापनदाता और पाठक होते हैं। किसी अंक में कोई बुरी चीज़ छाप भी दो तो खास फ़र्क़ नहीं पड़ता। लेकिन हमारे खरीददार तो निर्धारित हैं। हमें उनके स्तर और उनकी खरीद पाने की योग्यता का ख़याल रखना ही पड़ता है। खैर, इन सारे झमेलों से आप लोगों को क्या फ़र्क़ पड़ता है? आप लोग तो बच्चे पैदा कर बस निश्चिन्त हो जाते हैं। अपनी रचनाओं को आप लोग अपनी सन्तान ही कहते हैं न! आपमें से थोड़े से लोग हैं जो बच्चे को पालने-पोसने यानी प्रचार-प्रसार की कोशिश भी करते हैं। लेकिन उनके खिलाफ तो आप लोग डंडा उठाए घूमते रहते हैं। सारी जिम्मेदारी जैसे हमारी है। आपके बच्चों को पालो-पोसो, उन्हें पढ़ाओ-लिखाओ, अच्छा इनसान बनाओ। और यदि वह कुछ बन गया तो आप लोग अपने पितृत्व का दावा करने आ जाएँगे। प्रकाशन का धन्धा भी अज़ीब चूतियापा है।''

मुझे तमाम कमीशनखोर प्रकाशकों के एजेंट याद आ गये थे, जो दलालों की

तरह मन्त्रालयों, कार्यालयों और पुस्तकालयों का चक्कर लगाते हुए अपने मालिकों की ओर से पचास प्रतिशत तक की कमीशन की पेशकश करते थे। मैं इस बाबत बोलना ही चाहता था कि मुझे अपने अग्रज और असफल लेखक की शराब में डूबी हुई समझाइश याद आ गयी—''यदि इस दुनिया में नाम कमाना है तो आलोचक और प्रकाशक, इन दोनों के खिलाफ कभी कुछ मत कहना। लेकिन अपने से वरिष्ठ और स्थापित लेखकों के खिलाफ लगातार कुछ कहते रहना। ज़रूरी नहीं कि बात हमेशा तार्किक हो...इस दुनिया में अनर्गल बातों का भी विशेष महत्त्व है'', सो मैंने चुप रहना ही बेहतर समझा और मुस्कराहट की मोटी परत अपने चेहरे पर पोत ली ताकि अन्दर का क्षोभ चेहरे की दरारों से बाहर न झाँकने लगे।

फिर मैंने पांडुलिपियों के भाग्य-निर्धारक उस महान वजन मशीन को देखा। प्रकाशक की टेबिल के बायीं ओर आसन जमाए हुए वह बैठी थी।

हर पांडुलिपि को छपने से पहले इन मशीनों की जाँच-विधि से उत्तीर्ण होकर निकलना पड़ता है, प्रकाशक कह रहा था, ''आपकी पांडुलिपि तो खैर, पहली ही मशीन से ओ.के. का सर्टिफिकेट नहीं ले पाई। यदि कोई पांडुलिपि इस स्टेज को पार कर लेती है तो हम उसे अगली मशीन में डालते हैं जो अलग-अलग तत्त्वों के आँकड़े देती है यानी विचार, कला, विषय, भाषा, समाज आदि की प्रतिशत मात्रा बताती है। उसके बाद वाली मशीन लेखक के जन-संपर्क यानी सम्भावित खरीद का दायरा बताती है। इस मशीन में हर लेखक के सम्पर्क-अभियान, संवाद, वरिष्ठ और समकालीन लेखकों से सम्बन्ध और मोबाइल फोन के बिल सम्बन्धी विस्तृत जानकारियाँ फीड हैं। यह हमारा सीक्रेट सॉफ्टवेयर है। और भी कुछ मशीनें हैं लेकिन उसके बारे में फिलहाल मैं आपको बता नहीं सकता। यह हमारा 'ट्रेड सीक्रेट' है। आप लेकिन इतना जान लीजिए कि हमारे प्रतिमान पूर्व-निर्धारित और अपरिवर्तनीय हैं।'

प्रकाशक खुद को ढीला छोड़ते हुए कुर्सी की पीठ से टिक गया, ''यदि आपको जाँच के इस दीर्घ और जोखिम भरे गलियारे से नहीं गुज़रना है तो एक रास्ता और है उसे शर्माजी समझा देंगे। लेकिन आजकल वो ज़रा व्यस्त रहते हैं। दरअसल सम्पादकों ने युवा विशेषांक निकाल-निकालकर छपास की ऐसी भूख पैदा कर दी है कि नये से नये लेखक के पास भी किताब भर की रचनाएँ तो हैं ही। और हर कोई जल्द से जल्द अपनी पुस्तक छपा लेना चाहता है। आप समझ सकते हैं कि स्थिति कितनी विकट है। ऐसे में हमारे शर्माजी किताब छपवाने का घोषित रहस्य सबको अलग-अलग अकेले में बताते हैं। आप चाहें तो उनसे भी मिल सकते हैं।''

मैं जानता था कि शर्माजी पुस्तक छपवाने का कौन-सा महान रहस्य बताते हैं इसलिए तुरन्त बोल पड़ा—''शर्माजी से मिलने की बजाय मैं मशीनों की जाँच-

प्रक्रिया से गुज़रना ही बेहतर समझता हूँ। लेकिन मेरी पहली चिन्ता तो पन्द्रह ग्राम वजन की कोई कहानी लिखना है। उसके बाद आपसे मिलता हूँ। बहुत-बहुत धन्यवाद।'' मेरे ज़वाब से वह थोड़ा खिन्न लगा। जैसे दस-बीस हज़ार का कोई असामी उसके हाथ से निकल गया हो। लेकिन मैंने उसकी खिन्नता को अपने ऊपर हावी नहीं होने दिया और प्रकाशक के कार्यालय से बाहर निकलकर सड़क के दूसरी ओर स्थित रचनामंडी में घुस गया।

मंडी में कहानियों और कविताओं की भरमार थी। मंडी की सँकरी गलियों में वे इतनी तेज़ी से इधर-उधर भाग रही थीं कि उन्हें पकड़ना आसान नहीं था। फिर भी बीसियों रचनाकार अपना फन्दा डाले हुए सड़क के किनारे व्यग्रता से बैठे हुए थे और उन्हें जब-तब फाँस ही लेते थे। बीच-बीच में महानगरपालिका का कोई गुमाश्ता आ जाता तो मंडी में हड़कम्प मच जाती। रचनाकार बेचारे अपना झोला-डंगर उठाकर भागने लगते। भागते-भागते भी कोई न कोई तो पकड़ा ही जाता और गुमाश्ता उनकी कहानियों और कविताओं को चींथ डालता। था तो वह अदना-सा गुमाश्ता, लेकिन ऐसे तनकर चलता जैसे शहंशाहे हिन्दुस्तान हो।

ऐसी गहमा-गहमी में चर्चित होने की बीमारी से ग्रस्त कुछ स्थापित और रेहड़ीनुमा रचनाकार उसके पीछे भी हो लेते थे। अपने पीछे बहुत चलाने के बाद गुमाश्ता उनके झाँसे में आई हुई रचनाओं को उलट-पलटकर देखता और अचानक अदृश्य हो जाता। रचनाएँ बेचारी कोसती रह जाती कि ऐसे टटपूँजिए रचनाकारों के झाँसे में आई ही क्यों? उपन्यासों की चाल में लेकिन ज़रा-सा इत्मीनान था। वे भारी भरकम भी थे इसलिए उन्हें फाँसने का सीधा अर्थ होता देर तक निबाह। एक तो वे जल्दी झाँसे में आते नहीं और आ गये तो जल्दी पीछा छोड़ते नहीं। कौन ऐसी मुसीबत मोल ले?

कहने को तो वह मंडी एक ही थी लेकिन हर गली अपने आप में एक जुदा दुनिया थी। एक गली बहुत साफ-सुथरी थी जहाँ आला दर्ज़े की बेदाग रचनाएँ इत्मीनान से टहल रही थीं। एक गली में हर बिकनेवाली चीज़ लाल रंग के पैकेट में बेची जा रही थी। एक लोक गली भी थी। वहाँ घूमनेवाली रचनाएँ धान या गेहूँ की बाली, बैल की घंटी के साथ कुछ ग्रामीण शब्दों का फुँदना लगाए इधर-उधर डोल रही थीं। एक अवसाद गली भी थी। यहाँ कवियों की आवाजाही अधिक थी। खा पीकर अघाए हुए कवि डकारते हुए इतने आँसू बहा रहे थे कि जलजला आ जाने का खतरा आन पड़ा था। युवा लेखकों ने अपना एक अलग डिपार्टमेंटल स्टोर खोल रखा था। यहाँ की कहानियों के पास मोबाइल, कम्प्यूटर, लैपटॉप, आला दर्ज़े के जींस और टी-शर्ट अत्यधिक मात्रा में थे। इसी स्टोर के बरक्स दूसरी युवा मंडली ने भी अपनी दुकान खोल रखी थी। दोनों मंडली के लोग बात-बेबात आपस में भिड़

पड़ते थे जिससे मंडी में घूमनेवाले लोगों का अच्छा खासा मनोरंजन हो जाता था। इन दोनों ही दुकानों के लिए कुछ बूढ़े रचनाकारों ने लीज़ पर ज़मीन उपलब्ध करवाई थी।

दो और दिलचस्प गलियाँ थीं। एक का नाम स्त्री गली था और दूसरे का नाम था दलित गली। यहाँ की कहानियाँ रबर के मोटे और लचीले डंडे हाथ में लिये चलती थीं और हर आने-जानेवाले लोगों पर इस तरह से प्रहार करतीं कि शरीर की टूट-फूट तो नहीं होती, लेकिन उस पर नीले निशान ज़रूर उभर आते। ऐसे निशान बाद में शरीर छोड़कर आत्मा जैसी किसी अनजान जगह में रहने लगते थे। इन गलियों में केवल स्त्री और दलित ही आ जा सकते थे। गली के मुहाने पर एक स्कैनिंग लेज़र मशीन भी लगी थी। यदि कोई अपनी पहचान छुपाकर भीतर घुसने की कोशिश करता तो बीप्-बीप् की आवाज़ बजने लगती।

बाकी सब गलियों में ब्राह्मणों और ठाकुरों का राज था। लेकिन यहाँ उनकी पैठ नहीं थी। इसलिए वे इन गलियों के धुर विरोधी थे और अकसर ही इन गलियों को मटियामेट कर दिए जाने की बात करते थे। कुछ पुरुषों और ऊँची जातवाले लोगों को भी बहुत मान-मनुहार के बीच यहाँ आने-जाने की सुविधा मिल गयी थी। शर्त बस यही थी कि उन्हें बात-बेबात, वक्त-बेवक्त अपनी निष्ठा प्रदर्शित करनी पड़ती थी।

रचना मंडी का व्यापक सर्वेक्षण कर लेने के बाद मैं किसी एक कहानी को फाँस लेने की मुहिम में जुट गया। पिछली सात कहानियों को फाँसने में ज्यादा दिक्कत नहीं हुई थी। बल्कि वे खुद ही मेरी झोली में आ गिरी थीं। सो मैं ऐसी ही किसी चमत्कारिक घटना की उम्मीद में इस बार भी आया था लेकिन मामला कुछ जम नहीं पा रहा था।

मैंने रचना मंडी में ही किराए का एक मकान ले लिया था ताकि आने-जाने की परेशानी से मुक्ति मिले। सुबह से शाम तक मैं वहाँ मारा मारा फिरता रहता । इस बीच कुछ कहानियों से दोस्ती भी हुई, लेकिन कुछ देर समय गुज़ारने के बाद पता चला कि उनमें कोई दम नहीं था। वे अन्दर से खोखली थीं और इतनी कमज़ोर कि चलना तो दूर बिना सहारे के खड़ी भी न हो पाती थीं।

जब बहुत मशक्कत के बावजूद कोई कहानी मेरे झाँसे में नहीं आई तो मैं मंडी के पिछवाड़े की ओर निकल आया। पूरी मंडी चूँकि मोटी और ऊँची दीवारों के भीतर थी इसलिए बाहर की दुनिया का ठीक-ठीक अन्दाज़ा नहीं हो पा रहा था। मैं हताशा से भरा हुआ इस ओर चला आया था। न सही कहानी, कुछ फुर्सत की साँसें तो मिलें। पिछवाड़े की ओर एक टूटा-फूटा लगभग गिरता गिरता-सा शराबखाना था। वहाँ इक्के-दुक्के लोग बैठे थे और चुपचाप पी रहे थे। शराबखाना किसी रूसी

उपन्यास के जर्जर पन्ने की तरह लग रहा था।

मैं भीतर गया और एक कोने में मक्खियों से भिनभिनाती टेबल के सामने की कुर्सी खींचकर बैठ गया और रम के एक क्वार्टर का ऑर्डर दे दिया।

''इस शराबखाने को किसी टी.बी. वार्ड के पीछे होना चाहिए था।''

''सही सोच रहे हैं आप, वेटर ने रम का क्वार्टर टेबल पर रखते हुए कहा, ''पानी सादा लाऊँ या...''

''बिसलरी...'', उसका वाक्य पूरा होने से पहले ही मैं कह पड़ा।

मैं कुछ और सोचने की शुरुआत करता कि वह पानी का बोतल, गाजर-ककड़ी के कुछ टुकड़े और बड़े से कटोरे में मुरमुरा लाकर रख दिया और काउंटर के पास जाकर खड़ा हो गया।

''शराबखाना गन्दा और उपेक्षित ज़रूर है, लेकिन रचना मंडी की अनियन्त्रित दौड़-भाग, कॉफी हाउस और चमकते बार की तुलना में यहाँ इत्मीनान है...'', एक साँस में गिलास खाली करते हुए मैंने सोचा।

''फिर भी आप लोग यहाँ आने से कतराते हैं। बल्कि साफ कहूँ तो बचते हैं। क्या है कि यहाँ आपके शहीदाना फक्कड़पन को नोटिस में लेकर पन्ने रँगनेवाले लोग नहीं आते हैं न...?'' उसने काउंटर के पास से ही कहा।

''अजीब है ये वेटर। मेरे सोचे हुए वाक्यों से संवाद बना रहा है।'' उसके चेहरे पर अपनी नज़रें गड़ाते हुए मैंने सोचा।

हलकी मुस्कराहट उसके चेहरे पर उभर आई थी जिसके कारण उसकी आँखें बन्द-सी हो गयी थीं, ''अपन तो ऐसे ही हैं...।'' वहीं से उसने फिर कहा था।

शराबखाने में जो इक्के-दुक्के लोग बैठे थे, वे अब नहीं थे। मैंने वेटर को गौर से देखा। वह निश्चित तौर पर कोई पहाड़ी था। छोटा चपटा चेहरा, छोटी-छोटी आँखें। कद-काठी भी पहाड़ियों जैसी ही। उसकी उम्र पचास के आस-पास रही होगी। हालाँकि पहाड़ी लोगों की उम्र का अन्दाज़ा लगाना आसान नहीं होता।

''कितना अच्छा होता यदि मक्खियों और मच्छरों के इस निर्विकल्प साथ के अलावा किसी इनसान का साथ भी मिल जाता। वैसे यह वेटर भी बुरा विकल्प नहीं है।'' मैं सोच ही रहा था कि वह अपना गिलास भरकर ले आया और मेरे सामने की कुर्सी खींचकर बैठते हुए कहा—''थैंक यू...''

''आप पहाड़ी ही हैं न?'' मैंने सीधा उससे पूछा क्योंकि मेरे सोचे हुए वाक्यों पर अपने जवाबों से वह जो हमला कर रहा था उसके कारण मैं तनिक दबा-दबा-सा महसूस करने लगा था। इसलिए मन की जबान से कहने की बजाय मैंने सीधे ही कहा। बाकायदा होंठ, दाँत और जीभ का वांछित उपयोग करते हुए।

''क्या फ़र्क़ पड़ता है? आप एक इनसान का साथ चाहते हैं। वह पहाड़ी हो

या मैदानी, देशी हो या विदेशी, औरत हो या आदमी, क्या फ़र्क़ पड़ता है?''

''आपकी बात सही है लेकिन बात कहीं से तो शुरू होनी चाहिए। इसलिए आपके पहाड़ी होने से ही शुरू हो तो क्या बुरा है?''

उसके रट-पिट जवाब देने से मैं थोड़ा असहज हो गया था। फिर भी अपनी खीज छुपाते हुए और पर्याप्त शालीनता का परिचय देते हुए मैंने कहा। मेरी शालीनता ने उस पर थोड़ा रंग जमाया भी था क्योंकि उसके चेहरे की व्यंग्य-मिश्रित बूढ़ी लकीरें पिघलने लगी थीं।

''हाँ मैं पैदा तो पहाड़ में ही हुआ था। लेकिन अब मैदानों में रहता हूँ। और अकसर अपनी जगह बदलता रहता हूँ।'' वह फिर चुप हो गया था। उसकी चुप्पी ने पहाड़ीवाले प्रसंग पर पूर्ण विराम लगा दिया था।

''लगता है कोई कहानी आज आपकी पकड़ में नहीं आई?'' उसने मेरे घाव पर नमक का बुरादा छींटा।

''आज...'', मैं मायूस हँसी के साथ बोला, ''पिछले सात दिनों से लगातार यहाँ भटक रहा हूँ...लेकिन कहानी तो कहानी कोई लघुकथा भी हाथ नहीं लगी। लगता है वायदा बाज़ार की तर्ज़ पर सारी कहानियाँ बुक हो चुकी हैं।''

''हो सकता है कि वे पूरी तरह आज़ाद हों। आप ही उन्हें पहचान न पा रहे हों। हो सकता है कि आप ही के भीतर कोई पूर्वाग्रह या दुराग्रह हो।''

''हो सकता है...लेकिन इस पर सोचने के लिए फिलहाल मेरे पास वक्त नहीं है। मुझे अपनी किताब के लिए एक ही कहानी की ज़रूरत है। यदि उसका स्तर औसत से भी थोड़ा नीचे हो, तो भी चलेगा। आखिर दुनिया के बड़े-बड़े उस्तादों ने औसत स्तर का काम किया है या नहीं?''

उसने ज़ोर का ठहाका लगाया, ''वे उस्ताद हैं। उनका औसत काम भी तुम जैसे लोगों के महत्त्वाकांक्षी कामों से ज्यादा बेहतर होता है। फिर..., उसने दोनों के गिलास मक्खियों को उड़ाते हुए भरे, ''एक बेहतर रचना कई औसत रचनाओं की खामी को पूरा कर देती है। उस्तादों की औसत रचनाओं से नहीं क्लासिक रचनाओं से सीखना चाहिए। लगता है लेखन का पहला सबक ही आपने अधूरा पढ़ा है।'' हँसी फिर उसके दाँतों के बीच से निकलकर तीर की तरह मेरे चेहरे में घुस गयी।

मैं सिगरेट सुलगाते हुए उसे घूर कर देखा और सोचा—''एक पहाड़ी वेटर की रहस्यमय मौत, यह अगली कहानी का शीर्षक हो तो कैसा रहेगा?''

''हा...हा...हा...'', अबकि बार वह पहले की तुलना में ज्यादा खुलकर हँसा। ''आपको किसी टी.वी. चैनल के सस्ते थ्रिलर धारावाहिक के लिए भी ज़रूर कोशिश करनी चाहिए। वहाँ आपका सफल होना निश्चित है।''

एक क्वार्टर और ले आओ और आधा पैकेट सिगरेट भी। खाने के लिए

पकौड़े या चिली चिकन, जो भी बन सके ले आना।''

''यहाँ किचन नहीं है। मूँगदाल, भुजिया सेव या फल्ली ही मिल सकती है।''

''फिर भुजिया सेव के दो पैकेट ले आओ।''

बाहर धूप अब ढलान पर आ गयी थी। दुकानों की परछाइयाँ पूरब की ओर की जगहों को घेरने लगी थीं। रचना मंडी का शोर भी उतार पर था। सौदे या तो पूरे हो चुके थे या होने की राह में थे। कुछ कहानीकारों ने अपनी फाँसी हुई कहानियों को तमगे की तरह गले में टाँग लिया था। कुछ लोग अपनी कहानियों को कन्धे पर चढ़ाए हुए विजयी मुद्रा में मंडी की परिक्रमा कर रहे थे। उनके पीछे-पीछे तमाशाई लेखकों का झुंड भी था। उसमें प्रशंसक और ईर्ष्यालु दोनों ही प्रजाति के लोग शामिल थे। मंडी का गुमाश्ता विजेता कहानीकारों के नाम पते नोट कर रहा था। आखिर उसे मंडी का रचना टैक्स जो वसूलना था! मेरे जैसे कुछ असफल लेखक अपनी हताशाओं के साथ अकेले रह गये थे।

पहाड़ी वेटर रम का क्वार्टर और भुजिया सेव, सिगरेट के पैकेट के साथ रख गया था। इस बार वह मेरे साथ बैठा नहीं। मैंने भी बैठने के लिए नहीं कहा। शाम के धन्धे का समय हो रहा था। मैं जानता था कि असफलता के मारे हुए लेखक कॉफी हाउस या चमकते बार में नहीं जाते। उन्हें ऐसे ही शराबखाने पनाह देते हैं।

शराबखाने की सभी लाइटें जला दी गयी थीं। मक्खियों की काम की पाली खत्म हो गयी थी लिहाजा मच्छरों ने दुगुने ताकत से अपना काम शुरू कर दिया था। शराबखाने में और तीन-चार लेखक और आ गये थे। सभी अपनी मायूसियों को शराब में घोलकर पिए जा रहे थे। पहाड़ी वेटर भी रोशनी करने के बाद पीछे की ओर के दरवाज़े से निकलकर जो गायब हुआ तो फिर दिखा ही नहीं। उसकी पाली भी शायद खत्म हो गयी थी। अब वहाँ कुछ दूसरे वेटर दिखाई पड़ रहे थे जो ऑर्डर की हुई चीज़ों को टेबिल पर रखते जाते।

''इस शराबखाने को किसी टी.बी. वार्ड के पीछे ही होना चाहिए।'' मैंने अपना अन्तिम गिलास खाली करते हुए सोचा। कहीं से कोई प्रतिक्रिया नहीं मिली। न हामी के रूप में, न हँसी के रूप में।

''बिल ले आओ...।'' मैंने एक युवा वेटर को चिल्लाकर कहा।

''यहाँ बिल नहीं देना पड़ता है...।'' शराबखाने के मैनेजर ने काउंटर से कहा। मैनेजर को मैं वहाँ पहली बार देख रहा था।

''क्यों...?'' मैं लड़खड़ाते हुए उसके पास पहुँचा और आश्चर्य से पूछा।

''यह असफल लेखकों की धर्मसेवा है। भगवान ने बहुत दिया है। बस समझ लीजिए कि मैं उसकी मर्जी निभा रहा हूँ। प्याऊ खोलता, धर्मशाला खोलता

या मन्दिरों में फल, कपड़े या खाना बँटवाता तो क्या हासिल हो जाता। आखिरकार लाचार मनुष्यों की क्षणिक सेवा होती। विद्वानों ने कहा है कि लेखक भगवान के बरोबर होते हैं। इसलिए मैं हालात के मारे हुए हताश लेखकों की सेवा करता हूँ। आप कह सकते हैं कि हताश देवताओं को बहकने का अवसर देकर मैं उनकी घायल इच्छाओं को मज़बूत बनाता हूँ।'' उसने दार्शनिक अन्दाज़ में अपना महान उद्देश्य लज़ीज टँगड़ी कबाब की तरह परोस दिया था।

''जो पानी खरीद सकता है वह प्याऊ से मुफ्त में पानी नहीं पीता।'' मैंने पाँच सौ रुपये का एक नोट काउंटर पर रखते हुए कहा।

''जिसने प्याऊ खोला है वह पानी बेचता नहीं है।'' उसने विनम्रता के साथ मेरा नोट मेरी मुट्ठी में बन्द करते हुए कहा—''भगवान आपको जल्दी ही सफलता दे।''

उसकी शुभकामनाओं की बारिश में भीगते हुए मैंने उसका चेहरा देखा। टॉलस्टॉय की तरह लम्बी सफेद दाढ़ीवाला वह बूढ़ा भव्य देवदूत लग रहा था। शायद वह टॉलस्टॉय ही था। रचना मंडी की घायल आत्माओं पर मलहम लगी रुई के फाहे रखता हुआ-सा।

''मुझे इतने भी अचरज से मत देखिए। जब आप अपने लायक कोई जबर्दस्त कहानी तलाश लेंगे, तब आप भी विजयोल्लास के घमंड में लिथड़े लेखकों के साथ जुलूस में शामिल हो जाएँगे। तब तक आप खुद को मेरा मेहमान ही समझें। और आप तो जानते हैं मेहमान और भगवान का रिश्ता...फिलहाल आप किसी कृति को रचने की कोशिश में असफल होकर हाँफ रहे लेखक हैं। हो सकता है मेरी धर्म-सेवा से आपको उम्मीद की रोशनी का कोई कतरा दिखाई पड़ जाए।''

थोड़ी देर वह चुप रहा। शायद इस इन्तज़ार में था कि मैं कुछ कहूँगा। लेकिन मेरे पास नशे में डूबी हुई नज़रों से उसे देखते रहने के अलावा और कुछ भी नहीं था।

''वैसे किस तरह की कहानी की तलाश में हैं आप?'' उसने पूछा।

''कुछ निश्चय करके तो यहाँ नहीं आया था। बस, कम से कम पन्द्रह ग्राम वजन की कोई कहानी चाहिए।''

टॉलस्टॉय मुस्कराया, ''रचनाकारों की रचनात्मक कामयाबियों, उनकी निजी कुंठाओं और महत्त्वाकांक्षाओं पर पलनेवाले टटपूँजिए प्रकाशक, देखिए, आपकी भाषा में कितने ताकतवर हैं। और इस हद तक ताकतवर कि उनकी भ्रष्ट और अतार्किक शर्तें भी आप लोगों के लिए प्रतिमान बन जाती हैं।...वैसे...यदि कोई भी कहानी चल जाती तो वही क्या बुरा था जिसके साथ आपने पूरी दोपहर गुज़ारी?''

''क्या...वह पहाड़ी वेटर...कहानी था?'' मेरा सारा नशा एक ही झटके में उछलकर गायब हो गया था। मैं उस कहानी को फिर से पकड़ लेने की खातिर

शराबखाने के उसी दरवाज़े की ओर लपका, जिसमें से अन्तिम बार जाने के बाद वह गायब हो गया था। लेकिन दरवाज़े के उस पार रचना मंडी के बाहर के अन्धेरे के अलावा कुछ नहीं था। अन्धेरा, जो बेतरह फैला हुआ था।

''अब कोई फायदा नहीं।'' उसने कहा, ''कहानी एक बार यदि पकड़ से छूट जाए तो वापिस झाँसे में नहीं आती। यदि आप उसे पकड़ भी लेंगे तो अब निभा नहीं पाएँगे। आप अपना अवसर खो चुके हैं। अच्छा होगा कि आप नये सिरे से कोशिश करें।''

कहानियों को न पहचान पाने के कारण पकड़ पाने में असफल होने का अनुभव मेरे लिये नया नहीं था। इससे पहले भी मैं कई बार ऐसी मुर्खतापूर्ण गलती कर चुका था। लेकिन यह मामला इस रूप में नया था कि मेरी चूक को मेरे अलावा शराबखाने का मालिक और वहाँ बैठे कई दूसरे लेखक भी देख रहे थे। शराबखाने की उस लाल मद्धिम रोशनी में खड़ा हुआ मैं इतना शर्मसार था जैसे किसी ने मेरे अन्तर को निर्वसन कर दिया हो और सारा कालिख इधर-उधर बिखर रहा हो।

अपनी असफलता का बोझ उठाए हुए इस तरह खड़ा रहना मुझे बहुत नागवार गुज़र रहा था। आखिरकार बोझिल कदमों से खुद को लगभग घसीटते हुए मैं वहाँ से चला आया और सारी रात रचना मंडी की सूनी गलियों में भटकता रहा। गलियों में लेखकों के बीमार सपने टहल रहे थे। दिन में ये सारे सपने कैद कर लिये जाते ताकि दिनचर्या की गतिशीलता को अपनी बाधाओं से ठेस न पहुँचाएँ। रचना मंडी की रातें अधूरी इच्छाओं की कब्रगाह थीं। उनके बीच घूमता हुआ मैं भी एक अधूरी कहानी ही लग रहा था।

सुबह-सुबह मैंने अपना सामान बाँधा और रचना मंडी से बाहर के बस स्टॉप पर आ गया। मंडी के चारों ओर दूर-दूर तक उजाड़ था। प्रशासन ने बड़ी चालाकी से इसे जन-समुदाय से बहुत दूर बसाया था ताकि मंडी की गहमा-गहमी नागरिकों की ज़िन्दगी में अवांछित हस्तक्षेप न करे।

कोई घंटे भर बाद बस आई। मैं मयसामान अस्त-व्यस्त और थका-हारा बस में चढ़ा। बस में सवार सारे मुसाफिर मुझे देखकर पहले तो मुस्कराए फिर ठहाका मार कर हँसे पड़े।

❑ ❑ ❑

णाणं

पयासयं

वीर नि.सं. 2470

भारतीय ज्ञानपीठ

ई.सन् 1944